ARNO.
LOS PERROS
SUICIDAS

Natalio Grueso

SAMARCANDA

Arno. Los perros suicidas

ISBN: 9788418720598
ISBN e-book: 9788418720994

Producción editorial: Lantia Publishing S.L.
Plaza de la Magdalena, 9, 3 (41001-Sevilla)
www.lantia.com
IMPRESO EN ESPAÑA – PRINTED IN SPAIN

A Miguel Porrúa

1

Era tan bella y liviana que parecía haber sido concebida por la luna llena en una noche de pasión con el viento. Luna preñada por el aire del desierto que cobija bajo su luz una danza de locos en la que ella, la mujer etérea, marcaba el compás. Fue la primera. De espuma de albahaca la mirada, de trigo tostado y jerez añejo la piel morena. Ni por esas. Los caballeros estaban ensimismados en bailar sin sentido hasta resultar vencidos por el agotamiento. Fue entonces cuando se decretó la muerte de la pasión. Al tercer día la mujer etérea, tal como había llegado, desapareció. Se desvaneció con la misma celeridad con la que se esfuman, mientras hacemos planes, nuestros sueños de juventud. Y luego estaba él. Su cabeza era el barrio más peligroso de la ciudad. Darse una vuelta por allí era garantía de salir del trance con heridas de pronóstico reservado. Había que ser muy insensato para adentrarse en aquella jungla sin brújula ni compás, como un ciego sin perro lazarillo ni bastón. Él fue el siguiente en mostrar los síntomas, nada grave en un principio, más allá de lo absurdo de ver a un hombre bailando con su propia sombra. Al día siguiente fueron dos, y al tercero ya eran cuatro. Cinco semanas más tarde todo el pueblo, contagiado por una epidemia de baile, danzaba sin control al ritmo de una melodía que solo ellos escuchaban en el interior de sus perturbadas mentes. Y, afuera, el silencio, denso como el néctar de las almazaras. Ya nadie se ocupaba de faenar los campos, nadie de las tareas del hogar. Los maestros en la escuela eran ahora derviches giróvagos que acompañaban con su cadencioso movimiento rotatorio el estilo libre de los alumnos. Policías en un vals infinito sin «vivan los novios», enfermeras que se contonean en una danza del vientre sin timbales, y un violín arrebatado y melancólico que solo sonaba en la cabeza de los clientes de los tenderetes del zoco.

No tardó la basura en apropiarse de las calles, esperando en vano a que alguien la recogiera, pero el carretero estaba demasiado ocupado marcándose unos pasos de claqué. Lo que al principio no era más que una excentricidad que provocaba las carcajadas de los vecinos de otros pueblos, pronto se convirtió en un problema de salubridad y orden público, pues si algo caracteriza a las orquestas imaginarias es que jamás se cansan de tocar. Siete semanas habían pasado desde que los primeros locos se pusieran compulsivamente a bailar. Y entonces se desató el drama. Un perro cruzó a la carrera las calles de la aldea hasta llegar al puente sobre el barranco y tomó el impulso suficiente como para superar el pretil y saltar al vacío, sin alas ni ladrido de despedida. Un can volador al que siguieron otros y, más adelante, jaurías enteras de perros suicidas que buscaban el abismo de la profunda garganta ante la indiferencia de los poseídos por la fiebre de la danza.

«Esto es obra del demonio —gritaban los ulemas—, los católicos han traído a este pueblo a Satán. Hay que quemar la iglesia, colgar al párroco y destruir sus símbolos. Y si ello no fuera suficiente para aplacar el poder del maligno, tendremos que pasar por la gumía a todos los bautizados del país», clamaban las masas enfebrecidas. Dicho y hecho. El mismo día en que un galgo que se parecía al dios Anubis se quitaba su perra vida saltando al vacío, la vieja capilla fundada por los franciscanos se convertía en una pira atizada por la turba, obsesionada con el fuego purificador que habría de expulsar al ángel caído de sus dominios del desierto de la península del Sinaí.

2

Un rayo de sol atravesaba una de las vidrieras dejando a la vista al trasluz pequeñas motas de polvo en suspensión. Olía a humedad y a incienso, como suele ocurrir en todas las iglesias que se encuentran cerca de un río. A esas horas tempranas de la mañana la nave principal de San Francesco a Ripa estaba en silencio. Había sido traspasar el umbral de las sólidas puertas e introducirse en un mundo de calma y paz que contrastaba con el ruido de las calles que ya empezaban a desperezarse afuera, en el Trastevere romano. Sentado en un banco a la derecha del altar se encontraba el hombre que le había citado. Arno mojó los dedos en la pila con agua bendita y se santiguó. Avanzó por el transepto en silencio, tratando de no quebrar el momento de recogimiento de su interlocutor. Este no tuvo necesidad de girarse para saber que su mejor agente estaba tras él.

—Buenos días, padre Arno. ¿Conocía esta iglesia?

El cardenal Rúspoli vestía los hábitos propios de su dignidad, incluido el solideo carmesí, y se protegía del relente de la mañana con una capa negra de alpaca. Arno, por su parte, portaba un traje de seda gris de corte impecable elaborado por las manos artesanas de la sastrería Gammarelli, alzacuellos, y una moderna y carísima parka de diseño con capucha comprada en una de las *boutiques* de lujo de Via del Corso. El joven agente contestó a la pregunta.

—Sí, eminencia, la conocía. Vengo por aquí con frecuencia, aquí al lado está la *trattoria* de la *signora* Concetta, donde voy cada vez que necesito reconfortar el estómago con los placeres de la cocina casera.

Rúspoli asintió.

—¿Añora la comida de su madre?

—Yo no tengo madre. Ni la tengo ni la he tenido nunca —respondió Arno, cortante.

El cardenal no quiso ahondar en la herida, no era el momento. Así que volvió a su pregunta inicial.

—Aunque usted sea cura y viva en Roma, no tiene nada de extraño que le preguntara si conocía esta iglesia. Al fin y al cabo, en la ciudad hay más de mil. No creo que haya ni uno solo de nosotros que las conozca todas. En cualquier caso, le he citado aquí porque este es el lugar más adecuado para el encargo que debo hacerle.

Arno asintió.

—Esta iglesia pertenece a los padres franciscanos. Al fondo, cruzando esa puerta, está el convento más antiguo de la orden, más de mil años tiene ya. Y aquí sigue. En él es donde residía san Francisco de Asís cuando visitaba Roma. Si tiene curiosidad, padre, aún puede ver su habitación, que no es más que una celda. El caso es que el santo que renunció a las riquezas, el amigo de los animales, fue un gran misionero, un apóstol de la iglesia que llevó por todo el mundo la palabra de Dios y que fundó conventos y misiones en países en los que no teníamos presencia alguna

De hecho, uno de los grandes retos que se impuso fue el de convertir a los musulmanes. Viajó a Egipto, fue detenido por los soldados sarracenos y llevado en presencia del sultán. No sabemos cómo lo hizo, pero el caso es que obtuvo de este el permiso para viajar por el país y por otros reinos limítrofes, donde fundó pequeñas comunidades cristianas que aún hoy perduran.

Repicaron las campanas. Eran las ocho en punto de la mañana. El tañido seco y reverberante sobresaltó a Arno. El cardenal Rúspoli se percató de ello sin necesidad de girarse para mirarlo.

—Tenga paciencia, Arno. Ya sé que conoce de sobra esta historia, pero es necesario recordarla para entrar en materia. Le decía que los franciscanos fueron nuestro ariete en Oriente Medio y, si bien nuestra presencia allí no es muy numerosa, sí es relevante el hecho de que los cristianos llevemos mil años en el territorio de los faraones. Una parte muy importante de esa estrategia de asentamiento y evangelización se diseñaba aquí, precisamente entre estos muros en los que estamos usted y yo sentados. Y en todos estos siglos no habíamos tenido que enfrentarnos a un reto tan delicado y misterioso como el que ahora se nos plantea.

Arno afiló los sentidos. A continuación siempre venía lo más complicado, la misión que habría de llevar a cabo. Sin embargo, Rúspoli pareció alejarse de la narración y le sorprendió con una pregunta inesperada.

—¿Cree usted en el demonio, padre Arno? —El joven agente enrojeció.

—Bueno, claro, esto... quiero decir... es un dogma de la iglesia desde... —Rúspoli le interrumpió con un gesto de la mano.

—No, no me refería a eso. No hablaba de dogmas, ni de concepciones teologales, metafísicas o espirituales. No. Me refería a la carnalidad del diablo, de la posesión colectiva.

—Supongo, eminencia —respondió el agente—, que los exorcistas de la Santa Sede le serían más útiles que yo en este caso.

—Vamos, Arno, usted es joven e inteligente. Deje cada cosa en su sitio. Mis colegas a cargo de ese negociado estarán encantados de cederme a sus mejores exorcistas para resolver este asunto.

Pero, créame, dudo mucho que consiguieran resultado alguno. Yo creo más en la avaricia y la maldad de los seres humanos, y para combatirlos son más útiles los agentes a mi servicio que todos los libros sagrados.

Arno asintió.

—¿Y qué tiene que ver esto con los franciscanos?

El cardenal se giró hacia él y le miró por vez primera durante toda la conversación.

—San Francisco fundó una iglesia en una pequeña aldea del norte de Egipto, en el Sinaí. La aldea ha ido creciendo con los años hasta convertirse en una próspera villa. Desde entonces nuestra presencia en el lugar ha sido continua. Ese es nuestro bastión más simbólico en territorio musulmán. Pero, desde hace algún tiempo, están sucediendo allí ciertos fenómenos extraños. La gente parece poseída, como si hubieran sido abducidos por una música que solo escucharan ellos en el interior de sus cabezas. Y los perros, Arno, los perros se suicidan. Al parecer ya no queda un solo perro con vida en el pueblo, todos se han suicidado. Los musulmanes más radicales, utilizando la ignorancia de las masas, han acusado a nuestra iglesia de ser la causante de los males del pueblo. Según ellos los cristianos hemos llevado al demonio a su tierra, y Satán los ha poseído.

El cardenal parecía realmente preocupado. Su mirada denotaba una tensión y una fatiga poco habitual en él que ocultaba más de lo que decía.

—Hace dos días el párroco de la iglesia de san Francisco en la aldea fue linchado brutalmente por la muchedumbre. Rompieron sus huesos a golpes y descuartizaron su cuerpo a machetazos. El problema es que la ira no se ha detenido ahí. Ahora amenazan con perseguir a todos los cristianos del país, uno a uno, y colgarlos para que el diablo se vaya de sus tierras. Y ya no son tiempos, querido Arno, por los que tengamos que seguir poniendo más muertos sobre la mesa. Ya está bien. Hay que ir allí y averiguar qué demonios está pasando.

—Nunca mejor dicho —subrayó el agente con humor. Su jefe sonrió.

—Espero que sea tan rápido para descubrir qué está pasando como lo es para los juegos de palabras.

—El cardenal se puso en pie, se santiguó frente al altar, y caminó hacia el exterior arrastrando con dificultad su pesado cuerpo, que parecía aumentar de peso día a día. Arno le siguió en silencio.

—En la oficina le darán el *dossier* con la información que necesita. Saldrá para allá esta misma tarde. Le hemos reservado habitación en el hotel Cecil de Alejandría. Allí le contactará una de nuestras personas de confianza en el país.

La luz les cegó momentáneamente al salir de la penumbra del templo. En la plaza, junto a la columna jónica que se alzaba frente a la fachada, esperaba el coche del cardenal. Era una berlina nueva, más amplia que la que utilizaba anteriormente y en la que ya le costaba encastrar su cuerpo. Antes de que el conductor arrancara, Rúspoli bajó la ventanilla y se dirigió a su hombre.

—Tenga cuidado, Arno. La iglesia ya tiene muchos mártires y no necesitamos más. Sin embargo tenemos pocos agentes secretos como usted. No podemos permitirnos el lujo de perderle.

3

Vino en busca del arcoíris y no encontró más que tinieblas, oscuridad en la tierra del sol, la que dejan las nubes de la ignorancia de un pueblo inculto y supersticioso. Los atardeceres, como delicados brochazos de acuarela pintados a poniente, sobre las aguas del Nilo, con unas palmeras recortadas en el horizonte y la vela en forma de delta de una falúa deslizándose silenciosa sobre las aguas, sin más prisa que la que tiene el sol para irse a descansar. Ella era aún muy joven para saber que el infierno puede estar a la vuelta de la esquina, reverso de una moneda de la felicidad más falsa que el beso de Judas, y que tras la cara de la belleza siempre se oculta la cruz de la maldad. «Te llamarás Jezabel», le dijo el enjuto varón que a partir de ahora sería su dueño. Ella bajó la cabeza, obediente y sumisa, porque sabía que la vida le iba en el envite. A través de las celosías de madera repujada que cerraban las ventanas podía escuchar el canto del almuecín, las voces de los vendedores de especias, el tintineo de los orfebres al repicar con sus herramientas sobre el latón, los cascabeles de los aguadores, el ruido de los cascos de las acémilas sobre el empedrado del zoco. El sonido de la vida, en definitiva. También podía oler los efluvios que emanaban de los frascos de los perfumistas, el regusto dulzón del cannabis, la fritura de los puestos que despachaban falafel, o el humo de las brasas donde se preparaban los *koftas*. En el interior de su prisión olía a lejía y a almizcle, a volutas de narguile, cachimbas de agua alimentadas con tabacos mentolados a los que se agarraban los visitantes del cabaret como si fueran las tablas que pudieran salvarles de sus naufragios. Chicas al salón, que la música va a sonar y vuestros vientres desnudos se retorcerán como si fueran de seductora goma para deleite de los clientes. Más tarde, con el paso de las horas, los velos que ocultaban lo poco que quedaba a la imaginación de los espectadores irían cayendo en la intimidad de los reservados previo paso por caja de los afortunados con posibles para catar las mieles prohibidas.

El cabaret se llamaba Camelot, reino imaginario en el que lo más parecido al mago Merlín era el viejo Malek. Sentado en su mesita en un rincón de la sala principal, siempre con el *tasbih* en las manos, desgranando las cuentas del rosario como si contara los días que le quedaban de vida, bebía un café turbio y dulzón en un estrecho vaso de cristal. Ocultaba sus ojos, siempre lacrimosos, tras unas gruesas gafas de pasta con los cristales ahumados. Una chilaba oscura y algo raída, y el huesudo mentón de la cara mal afeitado, dejando pequeños huertos de unos pelos hirsutos y blancos, duros como espinas, que hacían juego con su cabello canoso cortado a tijeretazos bastos. Parecía un pordiosero y, sin embargo, era el dueño de un pequeño imperio.

El gerente de la sala era su sobrino Salmán, delgado como su tío y tan mal encarado como él, vestía traje y corbata, al modo occidental, que completaba con el fez tradicional de lana cardada tiznada con bayas de color carmesí, elaborado por una prestigiosa casa de botaneros. Aquel sombrero era lo único de primera calidad del tugurio. Las bebidas eran garrafones de los de resaca martilleante asegurada. Las buenas botellas se guardaban para los clientes más distinguidos, aquellos que iban al Camelot con la billetera preñada. Las chicas de alterne vivían encerradas en el torreón de ese castillo imaginario. Bien alimentadas, perfumadas y vestidas con las mejores sedas, «a las chicas no les faltaba de nada», decía Salmán, quien parecía no incluir la libertad en su concepción de bienes básicos.

Durante el día el local permanecía cerrado. Ese era el momento de limpiar y ventilar, aunque resultaba imposible sacarles los cercos de bebidas derramadas y el humo del tabaco a las poltronas tapizadas en terciopelo rojo raído y desgastado por el uso. A la caída de la tarde, cuando el calor ofrecía tregua y la vida inundaba las calles cairotas, se abrían las puertas del viejo antro y comenzaba una noche más de excesos y depravación. A esas horas ya estaban las chicas en el salón, la gramola reproduciendo melodías de Um Khalzum, Salmán supervisando la sala, y el avaro Malek en su mesita con el café desgranando las cuentas del rosario. Comenzaba a llegar entonces la clientela, un compendio de expatriados pervertidos y locales de toda condición social y limitados escrúpulos. En la lotería de la ignominia, a Jezabel le correspondió esa noche un próspero comerciante de alfombras de paso por El Cairo, en su camino entre Persia y Kairuán. La ruleta de la fortuna no había sido demasiado cruel con ella, pues si bien su cliente no era Apolo renacido, tampoco era un hombre violento ni excesivamente desagradable. Mientras esperaba sentada sobre sus rodillas a que el comerciante se acabara la pipa de *shisha* y la botella de *whisky*, enfrascado en una ruidosa conversación con otros compañeros de farra nocturna, la chica pensaba en cómo escapar del laberinto en que se había visto atrapada. Quizás por ello, por andar sumida en sus pensamientos, no prestó mucha atención a la conversación que mantenían los comerciantes. En cualquier caso, aquella fue la primera vez en la que oyó hablar de la aldea embrujada de los perros suicidas.

4

El aire salado del mediterráneo perfumaba la tarde en el malecón de Alejandría. Un ejército de niños jugaba con cometas y balones sobre la arena de la playa, mientras las parejas de enamorados paseaban sus sueños y sus planes de futuro a la orilla del mar. El sol, que a lo largo del día había hecho su habitual declaración de poder, ofrecía su tregua diaria dando paso a un atardecer de cielos violáceos con pinceladas anaranjadas y a una brisa reparadora de todos los males. Las calesas recorrían la *corniche*, el elegante trote de los caballos marcando el ritmo sincopado que parecía música sinfónica frente al bullicio de las calles. Vendedores de chucherías, grupos de hombres tomando el té y fumando narguile en las terrazas, bicicletas y el claxon de los coches que trataban de abrirse paso entre los peatones que tomaban la calzada, completaban el panorama que el agente secreto Arno Axel, vestido como un caballero de mundo en viaje de placer, contemplaba desde el asiento del carruaje que lo llevaba a su hotel. A las puertas del Cecil un par de lacayos nubios vestidos de blanco se hicieron cargo de su equipaje. Se inscribió en el mostrador de recepción, recogió su llave, comprobó que no tenía ningún mensaje, y subió a su cuarto a descansar. Desde el balcón de la habitación podía ver toda la bahía alejandrina, el puerto, el tráfico de las calles y, frente a él, el inmenso mar, el Mediterráneo, la cuna de la cultura occidental.

El hotel se encontraba en un edificio colonial, de estilo ecléctico, con sus dos torreones a los lados y su fachada de color pastel con sus ventanas de estilo morisco. Durante la guerra había servido como centro de operaciones del servicio secreto británico, muy activo en esos años tratando de desmantelar los planes nazis, obsesionado como estaba Hitler por las obras de arte, el poder de los faraones y cualquier reliquia que le condujera cerca de los dioses entre los cuales él creía tener un puesto por derecho propio.

Tal como solía ocurrirle recién llegado tras un largo viaje, en lugar de encerrarse a descansar a Arno le gustaba salir a callejear, tomarle el pulso a la ciudad, embriagarse de sus aromas y sus sonidos, de su gente y de su espíritu. Aunque era la primera vez que visitaba la ciudad, sentía que no era la primera vez que pisaba sus piedras. Aún no había leído a Durrel, pero con el paso de los años solía bromear diciendo que su obra le había gustado tanto que, si de él dependiera, el cuarteto bien podría haberse convertido en un quinteto. También le fascinaba la figura de Cleopatra y su apasionada historia de amor con Marco Antonio, que terminó por llevarlos a ambos a vivir su pasión en el más allá.

Ya había caído la noche, y la vida en la *corniche* seguía tan animada como la encontró a su llegada. Paseó junto al mar. Luego decidió internarse por las callejuelas del centro. Allí las luces de las tiendecitas y los cafés refulgían como balizas que marcaban el camino al peregrino. Olía a especias, a frituras y a tabaco. Los niños jugaban despreocupados, los hombres hablaban muy alto, gesticulando sin parar, en esa actitud que, al que no conozca la cultura árabe, puede parecerle agresiva. Las mujeres caminaban portando vasijas o cestas con comida, y los ancianos, silenciosos y más sabios, simplemente veían la vida pasar. Un ambiente elegante y cosmopolita se respiraba en las calles, en las que convivían en armonía musulmanes, coptos, judíos, católicos, armenios, griegos, británicos e italianos. Sin embargo, a poco que uno rasgara las veladuras más superficiales, era evidente que algo estaba cambiando. El magma de la intolerancia bullía en las calles de la ciudad y, en cualquier momento, podría producirse una explosión que amenazaba con aniquilar la riqueza de credos, comerciantes, artistas y talento que habían hecho de la ciudad, fundada por Alejandro Magno, un paraíso de entreguerras.

Arno se detuvo frente a un puesto callejero que vendía dulces, dátiles y frutos secos. Compró un cucurucho de pipas que consiguieron engañar durante un rato a su hambriento estómago. Buscaba un restaurante agradable en el que poder darse una indulgencia de delicias mediterráneas. Pasó frente a un taller en el que un hombre tallaba una inscripción sobre el granito de una lápida mortuoria. Admiró la delicada grafía de caracteres árabes, líneas sinuosas que bien podrían componer un cuadro abstracto. Anotó en un papel el texto, jugando a intentar recrear los ondulados signos. Lo intentó varias veces con trazos cada vez más seguros y fluidos, hasta que quedó contento con su creación. Se lo enseñó orgulloso al cantero que estaba labrando la piedra, quien le devolvió una sonrisa y un gesto de aprobación. Por fin encontró una casa de comidas que le pareció acogedora. Unos *mezze* variados y unas brochetas de cordero regadas con un exquisito vino libanés del valle de la Bekaá solventaron con eficacia las urgencias de su apetito. El dueño era un hombre amable y risueño que contagiaba la alegría de disfrutar de su trabajo. Cuando hubo terminado la cena, Arno entabló conversación con él. «El país —le dijo— estaba pasando por unos tiempos convulsos. La revolución nacionalista de Nasser y el derrocamiento del rey Faruk habían sido recibidos con entusiasmo por la población, pero los nubarrones económicos seguían amenazantes y, además, comenzaban a oírse tambores de guerra». Junto a la cuenta, el tabernero trajo de cortesía una botella de Arak y dos vasos. Los llenó y brindó con el agente. Afuera la vida se iba apagando poco a poco, a medida que cerraban las puertas del zoco y la gente se recogía en sus casas. El agente sacó del bolsillo unos billetes y los dejó sobre la mesa, incluyendo una buena propina. Al hacerlo, sus dedos se encontraron con el papel en el que había escrito en trazos árabes la inscripción que estaba realizando el artesano sobre la losa de una tumba. Con la confianza que les había dado compartir un par de tragos de licor, se la enseñó al dueño del restaurante, rogándole divertido que le dijera si lo que había intentado escribir resultaba inteligible.

—¿Lo ha hecho usted? —preguntó.

—Sí —respondió el cura—, pero lo he copiado como si fuera un niño. —Ambos rieron.

»—¿Se entiende lo que he escrito? —El árabe asintió complacido.

—Sí, perfectamente. Es usted muy hábil dibujando.

—En fin —dijo Arno—, muchas gracias por la cena. Y por la conversación. Ha sido un placer conocerlo.

Se estrecharon la mano con fuerza y se desearon mutuamente buenas noches. Cuando estaba a punto de cruzar la puerta, Arno se volvió hacia su nuevo amigo y le preguntó:

—Por cierto, ¿qué es lo que dice en el papel?

El otro mudó el gesto para hacerlo más compungido, como quien muestra respeto por los muertos.

—Es una nota de difuntos.

—Eso ya me lo imagino, la copié de una lápida que estaban tallando. —El hostelero pareció relajarse.

—Ah, bueno, en ese caso tiene lógica.

—¿Y qué es lo que dice? —insistió el agente secreto.

Entonces el otro le pidió nuevamente el papel, lo leyó con atención y, mostrando una sonrisa feliz por poder ayudar a su visitante, le dijo:

—Arno Axel. Agente de los servicios secretos vaticanos. Muerto en acto de servicio. El Cairo, 1952. RIP.

5

En el mismo momento en el que los feligreses, a instancias del cura, se daban fraternalmente la paz, las puertas del templo se abrieron, del mismo modo en que se habían abierto por aquellas tierras siglos atrás las aguas del mar. Un regimiento de iluminados sedientos de sangre tomó la modesta plaza sin oposición alguna y, ante la estupefacción de los presentes, incapaces de reaccionar, los pasó a todos a cuchillo. Luego arrastraron los cadáveres y los colgaron a la intemperie para escarnio público. Mayor sadismo emplearon con el sacerdote, pastor de aquel rebaño de corderos ya degollados. Lo ataron al badajo de la enorme campana de la iglesia para que muriera lentamente al compás que marcaban las horas. No hizo falta pasar mucho más allá del mediodía, doce veces su cabeza se estrelló contra la masa de bronce hasta dejar sus sesos desparramados a la temprana hora del Ángelus.

Apenas quedaban ya perros con vida. Los pocos que aún no se habían suicidado permanecían encerrados en las casas, protegidos por sus amos antes de perder ellos también la lucidez y acabar entregados a un baile silencioso y eterno. Solo algunos ladridos apagados punteaban el sobrecogedor silencio en el que se había envuelto el pueblo. Ladridos que, al poco tiempo, dejaban de romper la engañosa paz tan pronto como los animales, aislados sin que nadie les diera de comer ni de beber, morían de inanición. Algunos, seguramente los más afortunados, consiguieron acortar el sufrimiento lanzándose contra las paredes hasta desbaratarse la cabeza, enloquecidos ellos también en la búsqueda de una forma de suicidarse.

A medianoche, formando un río de luz por el camino de entrada a una localidad cercana, una turba de exaltados portando antorchas avanzaba hacia la iglesia, donde el párroco se había encerrado temeroso por las amenazas que había recibido. La muchedumbre gritaba consignas contra el maligno y alabanzas a su dios, «*Allah akbar*», portando azadas, cuchillos y palos en una romería que presagiaba ofrendas sangrientas. «Colguemos al cura —gritaron—, que no quede un cristiano vivo». Por un ventanuco de la sacristía el sacerdote vio la muerte venir, avanzando impasible y arrolladora hacia él. «En tus manos encomiendo mi espíritu, Señor», dijo mientras los exaltados derribaban la puerta de la iglesia. Y, en efecto, fue el espíritu lo que encomendó, porque el cuerpo se lo quedaron las encolerizadas e irracionales masas de campesinos que cayeron sobre el infortunado sacerdote, descuartizándolo a golpes y machetazos hasta que no quedaron de él más que huesos rotos y carne tumefacta envuelta en una sotana, mortaja negra como la noche, negra como el corazón de los asaltantes, negra como un pueblo poseído por sus propios demonios. Y, mientras tanto, en las calles silenciosas, una pareja bailaba un bolero que solo ellos parecían escuchar.

Ellos fueron los siguientes tras el linchamiento inicial del párroco de la aldea poseída de Al-Junum. Pertenecían a la única comunidad cristiana existente en otra pequeña población cercana a aquella en la que todo empezó, a apenas unas millas de distancia cruzando el desierto pedregoso. Aquí ya no había perros suicidas, ni epidemias de baile pero, a cambio, cada noche, una voz infantil que nadie aventuraba a decir de dónde venía, cantaba dulces canciones de cuna, hermosas melodías que se colaban por las ventanas de las casas, con unas letras imposibles que solo se entendían si se escribían del revés. «El diablo, el diablo ha llegado hasta aquí», gritaron histéricos los campesinos rasgándose las vestiduras. «Es el maligno anunciando el fin del mundo», exclamaban otros. «Es Shaitán, el Satán de los cristianos», afirmaban los más eruditos.

Fuese quien fuese, lo cierto es que resultó suficiente para llevarse la vida de un puñado de católicos que no habían cometido mayor crimen que el de reunirse pacíficamente a celebrar el culto semanal a su dios. La población estaba aterrada. Las inocentes voces blancas de niños angelicales, almas en pena de querubines que no deberían estar en este lado de la realidad, lejos de traer la calma con sus sedosos timbres, eran portadores de ansiedad, desasosiego y terror. ¿De dónde salía aquella música que parecía flotar en el aire y surgir de la nada? Allí no había bosques donde esconderse, ni siquiera altas dunas de arena donde ocultarse, sino solo un pedregal, una llanura en mitad de un amplio valle en el interior del país, unido a la civilización por una carretera recta e infinita que, como si fuera un afluente del Nilo, desembocaba en una de las vías principales que, en paralelo al río, vertebraban el país de sur a norte. Un pueblo de pastores que vivía de sus cabras y camellos, asentados alrededor de un pozo que sacaba de las entrañas de la tierra el agua necesaria para permitir la vida en un paraje tan inhóspito. Con los años, la población nómada que vagaba por esas tierras desde tiempos ancestrales, había ido abandonando sus viejos hábitos y se había establecido en la aldea, echando unas raíces que atrajeron a otra gente, formando así una nutrida comunidad de habitantes que pasaban su existencia pacíficamente, alejados del ruido de la estresante capital. La inmensa mayoría de ellos eran musulmanes. Cuatro pequeñas mezquitas daban servicio a la población de la localidad. Había también una pequeña comunidad cristiana, descendiente de los primeros conversos a los que los misioneros franciscanos habían llevado la palabra del Señor, y que se reunían en la antigua iglesia fundada varios siglos atrás. Durante todo ese tiempo ambas religiones habían convivido en paz. Así había sido durante cientos de años hasta que ahora, los extraños fenómenos paranormales que se estaban produciendo habían hecho saltar las costuras del respeto, con el infausto resultado del linchamiento y la muerte de todos aquellos que se declararan cristianos. Rúspoli tenía sobradas razones para estar preocupado.

6

Algunos días, cuando el cansancio y el ruido de la ciudad se le hacían insoportables, Ezequiel pensaba si había hecho lo correcto abandonando la tranquilidad de su pequeña aldea para emigrar a la capital. En esos momentos de nostalgia contemplaba la posibilidad de emprender el camino inverso y regresar al pueblo. Luego, tras unas horas de descanso, volvía a recordar las razones por las que se fue, la falta de perspectivas profesionales que le hubieran condenado sin remisión a dedicarse al campo, en un agotador trabajo de sol a sol, duro y mal pagado, que durante tantos años había visto hacer a sus padres. La gran ciudad, con su ritmo vertiginoso, su hacinamiento y su contaminación, le ofrecía unas posibilidades que le negaba la sosegada vida rural. Había aprendido el oficio de cantero. Le gustaba trabajar con piedras, cincelar filigranas e inscripciones y, aunque su sueño era realizar esculturas para satisfacer su vocación de artista, mientras tanto se ganaba la vida con labores menos creativas como tallar lápidas de sepulturas.

Una mañana, mientras trabajaba en el pequeño taller que había abierto en el bazar de El Cairo, recibió la visita de un tipo de aspecto viscoso y algo siniestro que se presentó como Salmán.

Ezequiel, con la hospitalidad propia de su cultura, lo invitó a pasar al interior del local y le ofreció un té con hierbabuena. El estirado visitante no tocó la taza, ni tan siquiera le agradeció el gesto. Miró a su alrededor, asegurándose de que Ezequiel era el hombre adecuado para el encargo que quería realizarle. Vio los granitos y mármoles perfectamente trabajados, cortados a medida para embellecer las estancias de cualquier construcción. En algunas de ellas el artesano había tallado hermosos dibujos, adornando con su talento la frialdad de las piedras. Cuando se cercioró de que podía hacer el trabajo a satisfacción, Salmán le entregó una tarjeta de visita.

—Venga a esta dirección a medianoche —le dijo—, hay una persona que quiere hacerle un encargo.

El tipo viscoso y siniestro abandonó el pequeño taller sin despedirse, con la autosuficiencia grosera de quien está acostumbrado a que nadie discuta sus órdenes. Ezequiel lo vio perderse por el laberinto de callejuelas de Khan el Khalili, mientras leía la tarjeta de visita que le había dejado: «Club Camelot», decía, y una dirección del elegante barrio de Zamalek. Aprovechó la tarde para terminar un par de piezas de mármol rosado que le había encargado el ulema de una de las mezquitas de la ciudad. Más tarde, cuando se puso el sol, recogió el martillo, el escoplo y el cincel, apagó las luces del taller, y bajó las persianas satisfecho por el trabajo del día, que le permitiría llevar el jornal a casa y ahorrar algo de dinero para su retiro, que no tardaría en llegar. De camino al hogar se detuvo como de costumbre en el café de la plaza Al Houssein, donde jugaba con sus amigos su partida diaria de *manqala* mientras fumaba una *shisha* de tabaco mentolado. Ese era su momento favorito del día, el descanso de un guerrero que luchaba a diario contra unos enemigos tan tercos y poderosos como la piedra y la monotonía. Vivía solo. Nunca se había casado, ni le quedaba familia alguna más allá de unos primos a los que no veía desde hacía siglos. Ezequiel nunca sabría que esa era la verdadera razón por la que le habían elegido precisamente a él para el trabajo, el hecho de estar solo, de carecer de vínculos que, en caso de que algo saliera mal, pudieran hacer demasiadas preguntas.

Como nadie le esperaba en casa y aún faltaban algunas horas para la medianoche, decidió ir a cenar algo a uno de los puestos callejeros que se instalaban a la orilla del río. El Nilo, con el lento fluir de sus aguas caudalosas y tranquilas, traía también de paso una brisa fresca y suave que compensaba el calor asfixiante del resto de la jornada. Tras dar buena cuenta de un guiso de lentejas aromatizadas con comino y cardamomo, y de un buen plato de arroz con verduras, paseó por la ribera del río hasta llegar a la isla de Zamalek. Cruzó el puente y se internó por las calles del exclusivo barrio. Aquí las edificaciones eran más robustas y distinguidas que en el centro, algunas con un toque aristocrático que, echándole imaginación, recordaban algunas avenidas de París. No era un entorno en el que se sintiera cómodo, su vida transcurría al otro lado de la ciudad, entre el inmenso bazar y la popular y animada vida del viejo Cairo.

Faltaban unos minutos para la medianoche cuando llegó a la dirección que buscaba. Un cartel de neón en tonos anaranjados en el que podía leerse la palabra Camelot era el reclamo para atraer como insectos a la luz a la febril clientela. En una ciudad tan densamente poblada como la capital egipcia, nunca faltaba público para frecuentar semejantes locales que prometían paraísos en los que no había precisamente ríos de leche y miel, ni harenes de vírgenes vestales, sino mares de alcohol y mariposas sin virgo. Ezequiel entró en el edificio y subió los escalones que conducían a la primera planta, en la que estaba la sala. El ruido de la música guiaba su camino, una banda sonora ecléctica en la que tan pronto sonaban melodías locales como los grandes éxitos internacionales del momento. Una luz mortecina, más pensada para proteger la oscuridad de los rincones que para alumbrarlos, dejaba ver unas paredes desconchadas pintadas en tonos bermellón, una barra forrada en skay negro en capitoné, con un espejo de pared a pared en el fondo en el que se reflejaban las botellas de destilados presumiblemente provenientes de un garrafón, y unos sillones complementados por infinidad de cojines plagados de arabescos.

No había demasiados clientes, una noche floja en la que los principales consumidores parecían ser un grupo de funcionarios extranjeros a los que se les acumulaban las botellas de *whisky* sobre la mesa, y otro aún más numeroso de egipcios celebrando algún negocio, que bebían combinados de aguardiente y cola. Las chicas, todas ellas enjoyadas con bisutería y vestidas con sensuales telas de seda de vivos colores, se movían entre las mesas como gacelas suicidas en busca de sus depredadores. De vez en cuando la música se detenía súbitamente, se apagaban las luces, y un gran cañón iluminaba la exigua pista de baile, en la que una o varias Sherezades, algunas de buen ver y otras simples deshechos de tienta, comenzaban una danza de los siete velos con espasmódicos e imposibles movimientos de cadera y vientre mientras, poco a poco, iban mostrando más centímetros de piel hasta que ya era poco lo que quedaba a la imaginación del espectador. Reclamo que rara vez fallaba y que terminaba con la bailarina, una vez finalizado su número, sobre las rodillas de algún parroquiano tan básico como un garañón en celo.

Ezequiel se sentía totalmente perdido. Aquel nunca había sido su ambiente, no entendía qué podía gustarle a la gente de un lugar tan sucio, sórdido y ruidoso. Incluso las mujeres, algunas de ellas muy bellas, le producían la misma sensación de tristeza que los animales en cautividad, pájaros de hermosos plumajes encerrados en una jaula herrumbrosa y destartalada.

Salmán estaba sentado en un extremo de la barra, sobre un taburete de terciopelo rojo raído desde el que controlaba todo el local. Fumaba cigarrillos americanos y frente a él tenía un vasito de leche. En cuanto lo vio entrar le hizo señas para que se acercara. Ezequiel atravesó el local tratando de pasar desapercibido, como si se avergonzara de estar allí. Pero la realidad era que nadie reparaba en él, ocupados como estaban todos los clientes en otros menesteres. No hubo cordialidad alguna, ni tan siquiera la mano le ofreció. Salmán apuró el vasito de leche de un trago y le ordenó que lo siguiera. Cruzaron la pista de baile, subieron unos escalones hasta un pequeño reservado, descorrieron una cortina tupida que amortiguaba el ruido, y se encontraron frente a un anciano que fumaba narguile y jugaba con las cuentas de su *tasbih*. Si Salmán era un tipo hosco y mal educado, el viejo aparentaba ser todo lo contrario.

—Siéntese, por favor, le agradezco mucho que haya aceptado nuestra invitación. Mi nombre es Malek. —Se llevó la mano al corazón en señal de respeto y a continuación estrechó la suya. Ezequiel correspondió con timidez—. ¿Le han ofrecido algo de beber? ¿No? Salmán, ¿qué formas de tratar a nuestro invitado son esas?

Antes de que el viscoso y mal encarado asistente tuviera tiempo de hacerle un gesto a una camarera, Ezequiel declinó la oferta. El viejo Malek asintió y continuó hablando.

—No le robaré más que unos minutos. Así que se dedica usted a tallar piedras, y también realiza inscripciones en lápidas. ¿Es eso correcto?

—Sí, así es —repuso el cantero.

—Perfecto, pues entonces es usted nuestro hombre. Verá, queremos hacerle un encargo. Mi sobrino Salmán, aquí presente, le dará un breve texto. Queremos que lo talle en una lápida, una de esas sepulturas que utilizan los cristianos, con su cruz y todo —Ezequiel asintió.

—En principio no le veo ningún problema, parece un trabajo sencillo.

—Y lo es, desde luego que lo es, no tiene de qué preocuparse. Solo hay un pequeño detalle que para nosotros es importante.

Ezequiel asintió, esperando a que Malek terminara la frase.

—Muy simple. El trabajo deberá hacerlo en Alejandría. El cantero pareció sorprendido.

—Con todo el respeto, señor, no veo el motivo, puedo trabajar con mucha más comodidad desde mi pequeño taller aquí, y después ustedes pueden trasladar la lápida donde quieran. Incluso si me lo dicen con tiempo, quizás yo mismo pueda organizar el envío.

—El viejo dio una calada a su pipa y meneó la cabeza. No, eso no podrá ser. Es fundamental que usted trabaje sobre el terreno. Cuando haya concluido el encargo, ya le daremos nuevas instrucciones. Del resto de detalles, como el pago por sus servicios, por ejemplo, se encargará mi sobrino. Y ahora, si me disculpa...

Un gesto con la mano puso fin a la conversación. Ezequiel intentó preguntar qué sentido tenía hacer las cosas así, pero no le dieron la oportunidad. Además, había algo en el ambiente que le impedía negarse, ni tan siquiera plantearse tal posibilidad. Vio el rostro de Salmán tras él, listo para acompañarlo a la salida, y entendió lo que ocurría: era miedo. Ya iba a marcharse cuando el viejo lo detuvo con una última petición.

—Por cierto, hay una cosa más que me gustaría pedirle.

Ezequiel titubeó, pero volvió a sentarse dócil y obediente como un perrito faldero. Malek sacó de su bolsillo una llave y la dejó sobre la mesa.

—Esta llave guarda un secreto por el que algunas personas estarían dispuestas a matar para conseguirlo. Escóndala en su taller, aquí no estará segura.

El cantero tomó la llave con precaución, como si su contacto quemara la piel.

—¿Cómo quiere que lo haga?

—Ah, eso es cosa suya, que por algo es el maestro cantero y conoce mejor que nadie su estudio. No sé, escoja un lugar donde crea que nadie la buscará y métala ahí. Y cuando lo decida dígame el lugar en el que la ha escondido. Así solo nosotros sabremos dónde está, muy cerca de la lápida del señor Arno Axel.

Cuando por fin estuvo en la calle, sintiendo el aire fresco de la noche y escuchando el alegre ruido de las calles de El Cairo, experimentó una gran sensación de alivio, como si hubiera vuelto a la vida tras un desasosegante paseo por un reino de vicio y maldad. Todo era tan extraño que no tenía ninguna lógica. Aquella noche no pudo dormir.

7

Arno bajó a desayunar antes de la hora fijada. Quería tomarse un café y tener todos los sentidos en alerta cuando llegase su contacto en el país. Su jefe, el cardenal, no le había dado ningún dato, simplemente le había concertado la cita con el colaborador de La Entidad sobre el terreno: «A las nueve desayuno en el hotel con nuestro agente local», según decían las instrucciones que le había dado antes de partir. Y a las nueve en punto, con la puntualidad que era marca de la casa, se presentó ante él. Guapa hasta el exceso, la piel dorada por el sol de oriente y el soplo del mar, la melena de caoba claro recogida en una coleta, una camisa amplia de lino que llevaba remangada y que ocultaba unos pechos pequeños y duros y un abdomen plano y musculado. Por mucho que las ropas de campo tratasen de disimular sus formas, la esbeltez de aquel cuerpo no escapaba del ojo avezado de un amante de la belleza. Si al cuadro general le añadimos una sonrisa limpia y noble, el resultado era demoledor. Aunque quizás, lo más sorprendente de todo, era que se trataba de una monja.

Arno disimuló su sorpresa lo mejor que pudo y, tras besarle la mano y regalarle una sonrisa, la invitó cortésmente a sentarse a su mesa. Hubo un momento de silencio que no llegó a ser tenso y que ambos dedicaron a estudiarse mutuamente. Fue ella la que habló primero.

—No te preocupes, ya estoy acostumbrada a que la gente se sorprenda al conocerme.

Él trató de defenderse.

—Tienes que reconocer que no das el tipo que uno esperaría de una monja. Ella sonrió con los ojos antes de hacerlo abiertamente con la boca.

—Tampoco tú das el tipo de sacerdote.

El comentario relajó el ambiente. Por las ventanas del corredor se filtraba la luz alegre de la mañana. No hacía falta ver el mar para intuir que no se encontraba muy lejos. El olor del café recién hecho y del pan caliente le daban al elegante comedor del hotel una pincelada de calidez hogareña.

—Me llamo Siena —dijo la chica—, la hermana Siena.

Arno asintió con cierto gesto guasón, como si aún no se acabara de creer que aquella mujer fuera una monja. La hermana Siena le puso al día de los últimos sucesos ocurridos en la pequeña aldea de Al-Junum, en la que habían tenido lugar los extraños hechos que habían conducido al suicidio a todos los perros del lugar, y habían dejado en un estado catatónico al compás de un tres por cuatro a toda la población. La multitud enfurecida que había asesinado al párroco de la iglesia acusándole de brujería había sido aún más salvaje y más cruel de lo que decían los informes. No solo habían apaleado al bueno del sacerdote hasta matarlo y habían descuartizado su cadáver, sino que también lo habían quemado hasta convertirlo en cenizas. Tampoco se había librado del martirio el monaguillo, un jovencito de una localidad cercana que acudía de vez en cuando a ayudar al cura en la misa y tuvo la mala suerte de encontrarse en el lugar equivocado en el momento más inoportuno. Lo más preocupante, continuaba narrando la hermana Siena, no es solo la desgracia y el tormento que han sufrido los nuestros, sino que nos han llegado informaciones que aseguran que se están organizando cacerías de cristianos, pues los más ignorantes y radicales consideran que solo de este modo conseguirán terminar con la maldición. De seguir las cosas así, continuó la monja, tendremos que abandonar el país o asumir resignadamente nuestro destino y dejarnos matar.

—Creo que los tiempos del martirio ya han quedado atrás —respondió Arno parafraseando a su jefe—. Tendremos que evitar que la violencia nos devore.

Ella lo miró con gesto triste.

—Pues me temo que vamos ya con retraso, se nos agota el tiempo. Hemos dado instrucciones a todos los nuestros para que extremen la precaución y traten de ocultarse en la medida de sus posibilidades.

—¿Y las autoridades —preguntó Arno— no nos ofrecen protección?

—Me temo que no podemos contar con ellos. El país es un caos. Desde que derrocaron al rey Faruk y se estableció el régimen de los militares nacionalistas, bastante tienen estos con afianzar su posición en el poder. Además, lo que le ocurra a una minoría cristiana no está entre sus preocupaciones. Somos demasiado débiles. Las fronteras están muy amenazadas, y los tambores de guerra con Israel suenan cada vez con más fuerza.

—En esta zona del planeta parece que están condenados a estar siempre a palos —reflexionó el agente— Algo de eso hay, ya sabes, el Sinaí, la tierra prometida, la sede sagrada de las tres religiones del Libro. Llevo ya unos cuantos años aquí y las cosas cada vez se ponen más complicadas.

Se produjo entonces un silencio que ambos aprovecharon para darle un bocado a los manjares que habían puesto sobre su mesa. Vistos así, vestidos de modo informal, jóvenes, radiantes y llenos de vida, parecían más una pareja de recién casados en viaje de luna de miel que dos agentes secretos al servicio de la iglesia católica. La pregunta la formuló la hermana Siena, así, sin preámbulo alguno.

—¿Crees en las posesiones diabólicas?

Arno a punto estuvo de atragantarse con el trozo de fruta que estaba tomando.

—Es la segunda vez en dos días que me hacen esta pregunta.

—¿Y ha cambiado tu respuesta?

—No, sigue siendo la misma.

Ella esperó a que él completara la frase, animándole con la mirada a continuar. Pero él terminó de un trago el café de su taza y cambió de tema.

—Esa aldea maldita, Al-Junum, ¿está muy lejos de aquí? —Ella encogió ligeramente los hombros.

—No mucho, un par de jornadas en coche, dependiendo del viento del desierto. Cuando sopla el simún la carretera se llena de arena y es difícil avanzar.

Ahora sí, Arno sonrió abiertamente.

—Pues creo que ya va siendo hora de que usted y yo, mi querida señorita, nos vayamos de viaje.

8

Los militares reunidos en la sala formaban un olivar tétrico, con sus uniformes verde aceituna cargados de medallitas de latón de todos los colores. Gamal Abdel Nasser, autoproclamado presidente tras dar un golpe de Estado y derrocar al rey Faruk, presidía el consejo de la revolución. Entre los planes que debatía con sus conmilitones estaba implantar la censura, prohibir los partidos políticos, y gobernar con mano dura eliminando cualquier atisbo de oposición. Su plan era convertirse en el dueño del país. Y, a pesar de ello, gozaba de un amplio respaldo popular. Su secreto había sido apelar a los instintos más básicos de la población, al orgullo de un pueblo milenario, cuna de la cultura más desarrollada del planeta, que llevaba muchos años colonizado y sometido por las potencias extranjeras. Nasser sabía cómo manipular a las masas, sabía que no hay nada más efectivo que apelar al espíritu colectivo, tocando la fibra del nacionalismo, patria, dios y bandera, pues el sentimiento identitario y el sentido de pertenencia a un rebaño suelen ser más poderosos que el sentido común. También era cierto que se lo había puesto muy fácil su predecesor, el rey Faruk, un vividor irresponsable y caprichoso que llevaba una existencia rodeado de lujos y excentricidades, mientras su pueblo pasaba hambre y penurias.

Esa mañana el presidente Nasser era portador de buenas noticias. Estaba ansioso por compartirlas con su junta militar. Tras meses de negociaciones había llegado a un acuerdo con los británicos, que colonizaban el país desde finales del siglo anterior y que, si bien le habían otorgado el estatus de reino independiente, seguían *de facto* gobernándolo como si fuera un protectorado. Pero ahora, tras el acuerdo alcanzado, Nasser declararía a la República Árabe de Egipto como un Estado independiente sin nexo alguno con la metrópoli.

La noticia fue recibida con aplausos por sus camaradas de armas. Aquello les iba a permitir insuflar un soplo de moral y orgullo a la humilde población egipcia, formada en su inmensa mayoría por campesinos que cultivaban la tierra en las riberas del Nilo, aprovechando las crecidas del río divino que les traía la vida, y de nómadas y pastores que poblaban los oasis del desierto o las costas bañadas por el Mediterráneo. La expulsión definitiva de los dominadores ingleses era la excusa perfecta para celebrar un gran acto de reafirmación nacional que, como suele ocurrir con todos los dictadores, ellos identifican con su propia persona. Un baño de masas para rendirle culto al líder, al autoproclamado nuevo padre de la patria. Y para asegurarse de que la convocatoria fuera un éxito, nada mejor que hacerlo en Alejandría, la ciudad natal del presidente, donde sus partidarios abarrotarían las calles aclamándole con total seguridad.

9

La monja resultó ser mujer de armas tomar. Arno lo supo en cuanto emprendieron ruta camino de la aldea endemoniada de Al-Junum. Lanzó su macuto en el asiento de atrás del todoterreno, le arrebató las llaves de las manos y, sin dar opción a discutirlo, se sentó ella al volante. Él se quedó en pie, mirándola sorprendido, con un gesto incrédulo pero sonriente.

—¿Vas a quedarte ahí todo el día o podemos irnos ya? —preguntó ella mientras arrancaba el cochc.

Él lanzó también su mochila al asiento trasero y se sentó en el lugar del copiloto.

—A sus órdenes, mi sargento —dijo con guasa.

Ella le miró de soslayo al tiempo que abría gas y aceleraba dejando tras de sí una estela de polvo.

—¿Algún problema, *pater*? —Arno, ahora sí, rio con ganas.

—En absoluto, hermana Siena, solo que no quiero ni imaginarme cómo será la vida en su convento.

—No te preocupes, guapo, no estás en peligro. Allí los hombres no sois bienvenidos.

Dejaron la ciudad atrás y tomaron la principal carretera del país que, paralela al río, recorría Egipto de sur a norte. A los lados iban escoltados por las tierras fértiles del delta, formando un gran triángulo de vida que se convertía en la despensa del recién estrenado Estado soberano. Tras una hora larga de viaje los agentes del Vaticano tomaron una desviación hacia el interior del desierto. Un camino apenas asfaltado en sus metros iniciales que rápidamente se transformaba en un sendero pedregoso a cuyos lados se acumulaban la arena y el polvo del desolado paraje. Dejaron atrás un par de pequeños pueblos en los que la vida parecía seguir un ritmo monótono y pausado. Luego, durante más de tres horas no encontraron a nadie, más allá de algún camión de carga o algún blindado del ejército. Por lo demás todo era sol y soledad. Silencio, sin embargo, había poco. Al menos en el interior del todoterreno, porque la hermana Siena no dejaba de hacerle preguntas a Arno.

—¿Por qué te dedicas a esto? —preguntó mientras llevaba el volante con una mano y le daba un trago a la cantimplora con la otra.

—¿Te refieres a trabajar para la secretaría de Estado o a ser cura? —contestó el agente.

—Vamos, conmigo no tienes por qué ser tan formalista, no hace falta que midas tus palabras. Sé que trabajas para La Entidad, que eres agente del servicio secreto. O espía, si lo prefieres. Yo, de algún modo, también lo soy, el cardenal Rúspoli también es mi jefe.

—Rúspoli no me advirtió de que eras una mujer. —Ella le miró divertida.

—¿Y desde cuándo el viejo zorro te cuenta todo lo que sabe? De todos modos, ¿cuál es el problema, Arno? No me dirás a estas alturas que te dan miedo las mujeres.

Apenas unos pocos años antes el comentario habría incomodado al joven cura y le habría hecho, con toda probabilidad, enrojecer. Pero ahora pinchaba en hueso. Su recurrente aventura siempre interrumpida con Alexandra le había dado las tablas suficientes para manejarse con soltura en tan pantanoso terreno.

—No —dijo por fin—, claro que no, lo que me sorprende es que seas una monja, eso es todo. Supongo que no son más que prejuicios.

Ella le interrumpió.

—¿Acaso estás insinuando que las monjas no somos mujeres?

—¡No! Yo no quería decir... En fin, déjalo.

—La hermana Siena sonrió traviesa. Sabía cómo sacar partido a sus cartas que, de primeras, siempre dejaban sorprendido y descolocado a su interlocutor. Lo hacía para calibrar la pasta de la que estaban hechos los demás. Arno así lo entendió, al fin y al cabo no debía ser fácil ser mujer, joven, guapa, independiente y vivir en territorio musulmán, y mucho menos si además había tomado el difícil camino de convertirse en la esclava del Señor. Aunque, bien pensado, la hermana Siena era lo menos parecido a una esclava que el agente pudiera imaginar. ¿Quieres escuchar música? Podemos buscar algo en la radio.

La pregunta de la monja quedó flotando en el aire, sin respuesta, porque en ese momento se oyó un ruido seco, perdió el control del volante, y el coche fue a parar a la cuneta cruzando de lado a lado la pedregosa carretera.

—Vaya —dijo ella resignada—, creo que hemos pinchado, ha reventado el neumático.

Arno no contestó, ni tan siquiera la miró. Estaba muy serio. Parecía un lebrel en jornada de caza olfateando el aire, con los oídos afinados para percibir el menor signo anómalo en el ambiente. De pronto agarró a la hermana Siena por el pelo, que llevaba recogido con una goma, y le bajó la cabeza con fuerza hasta aplastar su cara contra su entrepierna.

—¿Pero te has vuelto loco o...?

No le dio tiempo a la monja a decir más, porque Arno echó su cuerpo sobre ella cubriéndola por completo para protegerla, en el mismo momento en que dos disparos, silabeantes como serpientes venenosas, pasaron sobre su cabeza. Una tercera bala impactó contra el respaldo del asiento, justo donde debía encontrarse el corazón de Arno, y una cuarta se estrelló contra la ventanilla haciendo añicos el cristal.

—No te muevas —susurró él.

Así permanecieron unos segundos que a Siena se le hicieron eternos, intentando escuchar cualquier ruido que anunciara unos pasos acercándose o un fusil al que estuvieran amartillando con nuevas balas. Pero nada de eso ocurrió. Entonces, muy poco a poco, Arno fue incorporándose hasta asegurarse de que el peligro había pasado.

—Creo que ya se han ido —dijo por fin.

Ella, con las pulsaciones todavía desbocadas, se percató entonces de lo comprometido de la situación y de lo que pensaría cualquiera que los viera allí en semejante posición, abrazada a las caderas y al vientre firme y musculoso del joven Arno. Ahora el miedo se mezclaba con el rubor y la sorpresa. Miró al agente, pero no dijo nada. Durante un instante se aguantaron las miradas, sin saber muy bien qué decirse. Fue él quien habló primero.

—¿Estás bien? —Ella asintió, todavía le costaba articular palabra.

—Vamos, tenemos que cambiar la rueda y continuar antes de que se nos haga de noche.

Levantaron el capó y buscaron el gato. La de repuesto se veía algo gastada, ligeramente deshinchada, pero serviría para salir del paso hasta que pudieran llegar al siguiente pueblo. Miraron el mapa. Necesitaban encontrar alguna aldea en la que reponer fuerzas y comprobar los daños que pudiera haber sufrido el coche, pero en el mapa no aparecía nada hasta el final de su viaje.

Apuraron un trago de la cantimplora y comieron una barrita de chocolate. El sol seguía castigando con fuerza, pero no tardaría en retirarse haciendo que la temperatura cayera drásticamente. A pesar de todo habían tenido suerte. Uno de los disparos había rozado el depósito de combustible. Por unos centímetros no se habían quedado sin gasolina en mitad del desierto o, peor aún, no habían volado por los aires si la mecha hubiera prendido.

Hicieron el resto del camino más despacio, confiando en que el viejo neumático de repuesto que nadie se había ocupado de cuidar no los dejara tirados en mitad de la nada. La hermana Siena seguía al volante, pero ahora Arno ya no estaba tan relajado, dejando indolente que el todoterreno devorara millas. Lo que les quedaba de jornada estuvo en tensión, atento a cualquier señal extraña del camino, vigilando que nadie les tendiera una nueva emboscada. Al atardecer llegaron a un pequeño pueblecito, poco más que un puñado de casas a ambos lados de la carretera en la que los habitantes habían instalado unos cuantos tenderetes en los que vendían fruta y dátiles. De vez en cuando una ráfaga de viento arrastraba arena de un lugar a otro, cubriendo la calzada y ocultándola de la vista. No aparecía en el mapa que marcaba su ruta, y lo tomaron como un presagio de buena suerte. Aparcaron el coche y dieron un paseo por el pueblo. Las calles estaban desiertas, a pesar de que el calor ya no apretaba con la fuerza del mediodía. Aun así sentían la mirada de la gente tras los muros de las casas, construidas con piedras y adobe. Por fin, en una pequeña placita, vieron algo parecido a un cafetín, dos pequeñas mesas bajo un toldo elaborado con lana policromada y alguna más en el interior del local. En una de las mesas se sentaban un par de viejos desdentados con la piel llena de arrugas, cortesía de años de pastoreo al albur de las inclemencias del tiempo. Tomaban té muy dulce y ardiente, fumaban narguile y jugueteaban con el *tasbih* de cuentas de rosario. No escuchaban música. No se decían nada.

Simplemente dejaban pasar el tiempo. Fue Siena la que habló, y lo hizo en un árabe impecable que sorprendió a Arno. Uno de los hombres dijo unas palabras. Entonces se abrió la cortina de flecos para espantar moscas y del interior del local salió un hombre algo más joven, con un delantal oscuro a la cintura y un trapo en las manos. Miró de arriba abajo a la pareja de forasteros. La monja le preguntó si había algún lugar en el que pudieran quedarse a pasar la noche. Aún estaban lejos de su destino y, con el coche tiroteado y con una rueda que no se mostraba muy fiable, ambos pensaban que sería más prudente dormir a cubierto y partir al amanecer. Sin demostrar un ápice de simpatía, el tabernero señaló un cobertizo al fondo de la calle. Por unas pocas rupias podrían pasar la noche allí. Los aventureros agradecieron el gesto, regresaron al coche y sacaron su escaso equipaje para trasladarlo al lugar en el que habían de pernoctar. Preguntaron al posadero si podía darles algo de cenar. Tras pensarlo durante un instante que les pareció eterno, los invitó a pasar al interior del café. Al cruzar la cortina de flecos sus ojos tardaron unos segundos en acostumbrarse a la oscuridad. Había una pequeña barra en la que se apilaban las pipas de agua y los juegos de té, con sus pequeños vasitos delgados y altos sobre las bandejas y las esbeltas teteras repujadas. Tres mesas de madera tosca completaban el mobiliario. Al fondo, oculta tras una portezuela desvencijada, se encontraba la zona privada de la casa. Siena y Arno tomaron asiento frente a una de las mesitas. El sol del camino les había dorado la piel. Ahora estaban tranquilos, relajados, felices ante la perspectiva de llevarse un plato de comida al estómago. El día había sido largo. Olía a comida recién hecha, un guiso de cordero cocinado lentamente y sazonado con una montaña de especias. Una mujer a la que no habían visto se acercó a ellos con dos platos y una jarra de té. Luego trajo una olla de barro repleta de carne, verduras y arroz. La dejó frente a ellos sin decirles nada y regresó a la habitación trasera en la que estaba la cocina. Cuando abrió la puerta los ojos grandes y curiosos de tres niños se cruzaron con los del agente. Comieron con ganas, quizás porque no hay guiso malo para quien lleva el hambre a cuestas. Cuando se quedaron saciados, tras acabar también con unas tostas de pan recién horneado, se retiraron a descansar al cobertizo. Unos jergones de paja les servirían de colchón. Encontraron también un par de mantas que les resultarían muy útiles para abrigarse del relente de la madrugada. Arno sacó una petaca de uno de los bolsillos de su pantalón y le ofreció un trago a su compañera de aventuras.

—Es un malta escocés —señaló—, doce años madurando en barricas de roble. Te ayudará a dormir. —Ella lo miró desconfiada. Finalmente aceptó la petaca y le pegó un trago, tímido al principio, como el gato que apenas pasa la lengua para probar si lo que hay en el plato le gusta, y después ya con más decisión. Arno sonrió al ver su mueca al beber, como si el agua de vida que había tomado le hubiese arañado las entrañas. Ahora fue él quien tomó un trago largo. Se quitaron las botas y se acostaron escuchando el mágico silencio de la noche en el desierto. Ella no tardó en quedarse dormida. Arno se levantó, entreabrió ligeramente la puerta de la caseta, y colocó un cubo que encontró en una esquina encima de la entrada, de tal modo que si alguien intentara entrar a lo largo de la noche, el estrépito del cubo metálico al caer los despertaría, poniéndolos en guardia. Cuando completó la operación le pegó otro trago a la petaca y se dejó caer sobre el jergón. Ya podían intentar descansar unas horas, antes de continuar la ruta hacia la aldea poseída de Al-Junum.

10

La ventaja de estar solo en la vida es que uno es libre para tomar decisiones y cambiar súbitamente de aires si así lo considera oportuno. El inconveniente está en que no tienes a nadie de confianza para decirte que estás cometiendo un grave error. Quizás eso fue lo que le ocurrió a Ezequiel, que no encontró razón alguna para declinar la oferta que le habían hecho en el Camelot, ni tuvo cerca a alguien que le advirtiera del peligro que corría asociándose con semejantes tipos. Sin preguntarse qué sentido tenía todo aquello, y estimulado por el generoso anticipo que había recibido al abandonar el club de alterne, hizo las maletas, bajó las persianas de su taller, y se fue a Alejandría. Su contrato le obligaba a permanecer tres semanas en la ciudad mediterránea. Trabajaría en una pequeña tienda del bazar, donde compartiría espacio con otros orfebres y vendedores de alfombras. O al menos eso es lo que le habían dicho. Tiempo suficiente para preparar los bloques de granito, cortarlos, tallarlos y realizar la inscripción que le habían pedido. «Un capricho de burgués adinerado —pensó—: una tumba repujada hasta convertirla en una pequeña obra de arte».

La ciudad era nueva para él. Acostumbrado a vivir en los rigores climáticos del interior del país, sin más alivio que el que proporcionaban las aguas de un pozo, Alejandría le pareció un mundo nuevo y fascinante. No se cansaba de pasear por la *corniche* y de admirar la inmensidad del mar. Vivía en un pequeño cuarto de hotel que había alquilado en el centro de la ciudad, no muy lejos de su lugar de trabajo. Un lugar modesto y muy básico, pero suficiente para cubrir sus necesidades durante los días que debía permanecer en la ciudad.

En la trastienda del local siempre había gente, personas que nadie le presentaba y que entraban y salían de la tienda con el mayor sigilo, tratando siempre de que nadie los viera. Los tipos vestían chilabas y llevaban largas barbas, como ulemas en un día de asueto al abandonar la mezquita o la *madrasa*. Se pasaban las horas hablando, no trabajaban en nada, eso lo dejaban para Ezequiel y otros dos muchachos que, a la vista de los transeúntes, se afanaban cada uno en sus labores. Nunca prestó atención a lo que hablaban aquellos hombres, pues no estaba entre los vicios de Ezequiel el de la curiosidad malsana. Al tercer día de su llegada, y tras una larga jornada cincel en mano trabajando la piedra, bajó a la playa para darse el placer de caminar sobre la arena. Compró unos dátiles a un vendedor callejero que arrastraba un carrito ambulante y se quedó absorto mirando la puesta de sol moteada por un batallón de cometas que los niños volaban alegres aprovechando la brisa del mar. De pronto se acercó a él una mujer, velos y cascabeles ocultando la triste realidad de un cuerpo adiposo y ajado, castigado por los años y los excesos.

—Déjame que te lea la mano, corazón, que voy a contarte tu futuro.

Ezequiel retiró el brazo instintivamente. La gitana, con su curioso atuendo de vivos colores más propio de tierras hindúes que egipcias, volvió a tomarle la mano con firmeza.

—No te cobraré nada, corazón, solo unas piastras si tu generosidad te lo permite.

Él utilizó la mano que le quedaba libre para tomar unas monedas y deshacerse así de la vendedora de buenaventuras. Ella recorrió cada surco de la palma de su mano con el dedo. Luego la soltó de golpe, como si de pronto quemara. Sus ojos, maquillados con *kholi* negro, se clavaron en los del cantero, unos ojos a punto de salirse de sus órbitas, ojos de animal asustado, espantado ante lo que acababa de ver. La gitana no pronunció palabra alguna, ni siquiera quiso aceptar el dinero que le ofrecía Ezequiel. Dio media vuelta y salió corriendo. El hombre reaccionó con rapidez y fue tras ella.

Espera, mujer, ¿qué has visto que tanto te ha asustado? No puedes dejarme así. Descalza sobre la arena, los largos faldones de su vestido le impedían escapar del paso ágil del cantero, que no tardó en atraparla y enfrentarse a ella.

—No huyas, acepta mis monedas y dime lo que has visto.

Ella le miró con recelo y negó con la cabeza. Él tomó su mano y le puso unas piastras en la palma.

—Toma, este es tu precio. Y ahora dime, bruja, ¿qué es lo que has visto?

La gitana volvió a negar con un gesto, como si al hacerlo pudiera espantar la realidad. Después se armó de valor, arrojó las monedas al suelo, y dijo:

—Aléjate de mí. Llevas la muerte a tus espaldas.

11

Con el primer rayo de sol de la mañana, los enviados del Vaticano dieron por finalizado su descanso. El ruido de los cencerros y los balidos de unas cabras les informaban de que no habían sido los primeros en comenzar el día. El cubo que Arno había colocado sobre la puerta seguía en su sitio. El improvisado catre había resultado ser bastante incómodo, y ahora eran los riñones y la espada los que protestaban. Aun así habían agradecido haber dispuesto de unas horas de calma tras el intento de asesinato del día anterior. El pueblo parecía haber recobrado algo de vida. Había niños correteando por las callejuelas, pastores que sacaban a su ganado para llevarlos a pastar los cuatro hierbajos que pudieran encontrar entre las piedras, y mujeres que lavaban la ropa y la tendían al sol. Agradecieron al posadero la hospitalidad, pagaron las modestas monedas que les pidió a cambio del techo y la comida, y salieron a la calle en busca del coche. Hincharon la desgastada rueda de repuesto y aprovecharon para poner a punto el resto de los neumáticos. Llenaron las cantimploras en la fuente alrededor de la cual había crecido el pueblo y, todavía con el frescor de la mañana que no duraría mucho, emprendieron de nuevo su ruta por el desierto del Sinaí. La carretera subía una pequeña colina desde la que se contemplaba todo el valle. Esa mañana era Arno el que conducía tratando de no forzar demasiado el vehículo, pues no estaba seguro de que tras el tiroteo de la tarde anterior no tuviera algún daño oculto. Quedarse allí tirados no parecía un plan excesivamente apetecible. De pronto la hermana Siena dijo algo. Parecía sobresaltada. Estaba de espaldas al agente, mirando por la ventanilla, y el cura no entendió lo que decía.

—Para, por favor. Te he dicho que pares.

—¿Se puede saber qué te pasa?

—Para aquí. Vayamos a ese mirador.

Desde un pequeño promontorio en la cima de la colina podía contemplarse todo el valle.

—Pero si no llevamos ni diez minutos desde que salimos —dijo el cura—. A este ritmo no llegaremos nunca.

—Calla y ven conmigo —respondió ella, y la orden no admitía discrepancia alguna.

Arno echó el freno de mano y la siguió hasta el borde mismo del risco. Desde allí había una vista diáfana desde la que se divisaban varias millas a la redonda, hasta que el paisaje se fundía con el cielo.

—Sí, ya lo sé —dijo el agente—, es inmenso, una gran llanura sin nada alrededor. Así que vámonos ya, por favor, cuanto antes salgamos antes llegaremos.

—¿No te das cuenta? —preguntó Siena—. De eso se trata, de que es inmenso y no hay nada alrededor. Mira —y le señaló la carretera por la que habían venido.

Él por fin comprendió lo que la monja trataba de decirle. Se frotó los ojos y miró bien en todas direcciones por si se hubieran despistado. Luego se cruzaron la mirada y ambos regresaron al coche sin decir palabra. Arno sacó la petaca y, a pesar de la hora, le pegó un buen trago al *whisky*. Ella se la arrebató de un manotazo y se sirvió también una dosis abundante. Arrancaron el cuatro por cuatro y continuaron el viaje. Ninguno de los dos lo mencionó, pero ambos habían comprobado con sus propios ojos que el pueblo en el que habían dormido, aquel que no aparecía en los mapas, había desaparecido.

12

Un cáncer terco e intratable se había llevado la vida del rey Jorge VI justo cuando más lo necesitaba su país. Convertido en un líder querido por su pueblo, al que no había abandonado durante los duros días de contienda continental en que los alemanes bombardeaban Londres, fallecía antes de haber cumplido los sesenta devorado por la insolente enfermedad en un momento especialmente delicado para la nación. La joven princesa Isabel, una chica tímida y veinteañera que apenas había tenido tiempo de disfrutar de la juventud, se vio así transformada, de la noche a la mañana, en la reina de un imperio en descomposición, un imperio que vivía sus horas más bajas tras la pérdida de la India y de gran parte de sus colonias. Tan joven y con tantas responsabilidades a sus espaldas. Ella, la niña Isabel, la pequeña Lilibeth, que ni siquiera estaba llamada a desempeñar el cargo si no hubiera sido por esa americana díscola y frívola llamada Wallis Simpson que había hecho perder la cabeza y la corona al rey Eduardo, dejando a su padre Jorge VI como soberano y a ella, como primogénita, en su sucesora cuando él faltara. Y ese día había llegado.

Más allá de la pompa y el boato de la ceremonia de entronización, teatro que la realeza centenaria manejaba con habilidad de prestidigitador, la realidad era una delicada y compleja partitura en la que el otrora poderoso imperio no tenía serenata alguna que tocar. La segunda guerra mundial había dejado al país hecho unos zorros, con sus finanzas quebradas y sus principales infraestructuras destruidas. Un panorama poco recomendable para mirar afuera y liderar un imperio en unos tiempos en los que la fiebre del nacionalismo se expandía por todo el orbe y su antítesis, el colonialismo, gozaba de una pésima reputación. El carismático primer ministro Winston Churchill se había visto forzado a dimitir y, a la espera de nuevas elecciones, era su ministro de exteriores Anthony Eden quien le había sustituido en el cargo. Eden, conde de Avon, era un clásico ejemplar de la aristocracia británica, hijo de una familia conservadora de terratenientes a los que la mala cabeza de los herederos había llevado a la ruina. Educado en Eton y Oxford, era un hombre tan guapo como inestable, del que sus enemigos más mordaces llegaron a decir que era «mitad loco, mitad mujer hermosa». Su carrera política había sido meteórica, manteniéndose siempre como leal escudero de su mentor Churchill. Pero ahora que estaba solo en la cúspide del poder, las responsabilidades le caían encima como aguaceros de los que resultaba inútil pertrecharse. Nunca terminaba de escampar, y los problemas se le acumulaban al viejo imperio en descomposición. Él, que había lidiado con Hitler, con Stalin y con Zhu Enlai, el hombre que gozaba de un prestigio envidiable en la escena mundial, estaba a punto de meterse en una gatera de la que le iba a resultar muy difícil salir.

El número diez de Downing Street no gozaba de buena fama entre sus moradores. Todos, inequívocamente, acaban detestando el sobrio edificio del barrio de Westminster. Quizás porque, ricos y aristócratas la mayoría de ellos, estaban acostumbrados a mayores lujos en sus habituales residencias privadas o, quizás, como había afirmado uno de sus antecesores, porque no había un día de paz entre esos muros. Anthony Eden, además, estaba enfermo. Una úlcera de estómago le torturaba desde hacía años, y un par de operaciones menores que quizás por falta de pericia de los cirujanos no salieron bien, le habían dejado secuelas que ahora pagaba con tremendos dolores que agriaban su carácter y le impedían mantener la calma y la mesura. Solo las drogas podían aliviarle, y a ellas se entregaba con una frecuencia cada vez mayor. ¿Dónde demonios está la benzadrina?, gritaba por los pasillos del ala privada del complejo gubernativo. ¿Quién me la ha escondido? Pero la realidad era que nadie la había tocado, nadie hubiera osado violentar así al primer ministro, ni siquiera su esposa, acostumbrada a las tensiones del poder por ser la sobrina del mismísimo Churchill. Abrió armarios, vació cajones, buscó por las rendijas de los sofás hasta que, por fin, encontró la droga donde la había dejado, aunque su memoria le traicionara. Tras tomar una dosis doble se sintió más calmado. Las ideas volvían a su cabeza, el tablero geopolítico mundial volvía a cobrar sentido, y sus convicciones estaban más arraigadas que nunca. Ahora lo veía claro. No bastaba con negociar, con controlar o pactar. Todo ello no conduciría a nada, pues estaba convencido de que su enemigo manejaba una agenda secreta que trastocaría el orden internacional dejando al imperio británico a los pies de los caballos de la Historia. El enemigo era Nasser, ese egipcio fanfarrón e iluminado, lector de un solo libro. Había que acabar con él antes de que él acabara con Gran Bretaña.

13

Al principio no fue más que un viento suave que no presagiaba lo que habría de venir. La primera señal fue la desaparición de los pájaros. La segunda fue el silencio, un silencio extraño de ausencia completa de vida. Ni los insectos ni los reptiles salían de sus escondites bajo las piedras. El desierto se había quedado mudo. La tercera señal fue la luz. El cielo, tan iluminado por el sol cegador que impedía mostrar su color azul pálido, se fue oscureciendo sin avisar ni enviar heraldos. Primero añil, después ocre. Y más adelante, simplemente, ya no hubo cielo al que encomendarse.

Arno detuvo el coche en mitad de la carretera de piedras y tierra. «Esto no me gusta nada», dijo. La hermana Siena bajó del vehículo y olfateó el aire. Esa sensación ya la había vivido con anterioridad.

—Arno —señaló—, creo que es hora de demostrar que seguimos teniendo fe y que nuestros rezos sirven para algo.

Se avecinaba una tormenta de arena. No les quedaba otra que encerrarse en el coche y rezar un rosario mientras pasaba sobre ellos toda la fuerza del viento. Taparon con una manta el cristal roto por los disparos del día anterior. Cuando comprobaron que el vehículo estaba bien sellado, cubiertas las rendijas por las que podría colarse la arena, dejaron a mano las cantimploras y el chocolate para reponer energías y esperaron a que los vientos del simún pasaran sobre ellos. Vientos rojos, secos, abrasadores. Vientos venenosos contra los que no se puede luchar, y a los que la única manera de vencer es doblegándose a su caprichosa voluntad. Apenas cinco minutos después comenzó el espectáculo. Lo vieron venir acercándose como un regimiento de húsares al galope, una montaña de polvo y arena que los engulliría en segundos. Se agarraron instintivamente a sus asientos y cerraron los ojos. El golpe zarandeó el coche como si fuera de papel. El silbido del viento impedía mantener comunicación alguna, aunque en ese momento ni Arno ni Siena tenían nada que decirse, más allá de compartir ese silencio cómplice de quienes viven el mismo naufragio. Su principal preocupación ahora era que los cristales no sucumbieran al empuje del viento y la arena, o que ninguna piedra arrastrada en la tormenta hiciera una esquirla que terminaría por rajarlos y ceder ante las toneladas de polvo que se les venían encima.

Poco a poco, a medida que el coche iba quedando enterrado, al infierno del ruido y el movimiento se sumaba el de la oscuridad. Aún faltaban varias horas para el ocaso y, sin embargo, la noche anticipada ya había caído sobre ellos. El ambiente en el interior del vehículo era cada vez más irrespirable. Partículas de polvo en suspensión colonizaban cada espacio de la carlinga, atacando a las mucosas, resecando ojos, nariz y boca, cuarteando los labios. Los agentes secretos se embozaron en pañuelos que, periódicamente, remojaban en agua para hidratarse. A veces parecía que el simún, el viento cálido del diablo, se había cansado de ellos y se había retirado a descansar, pero en realidad no era más que la pausa que necesitaba para tomar un mayor impulso. Arno nunca había vivido una tormenta del desierto, pero había leído lo suficiente como para saber que la cólera de Eolo podía durar horas e incluso días. Si ese fuera el caso, la situación se iba a poner muy fea, pues no sería descabellado aventurar que el oxígeno se fuera acabando tan pronto como quedaran sepultados bajo la arena. La hermana Siena hizo un ovillo con las piernas y se dejó caer sobre el hombro del agente. Se acurrucó sobre su pecho, como la cría de un animal que busca la protección del macho al calor de su cuerpo. Arno la rodeó con el brazo y le susurró unas palabras al oído, todo va a salir bien, o algún mensaje tranquilizador parecido que ella no pudo escuchar con nitidez por el ruido ensordecedor del viento. Refugiada entre los fuertes brazos del cura se sintió mucho mejor, convencida de que nada malo había de pasarle al abrigo del cuerpo musculado del agente. En sus pensamientos, ahora estaba en una laguna de aguas cálidas y transparentes, descansando a la sombra de una palmera tras una larga y relajada jornada en la que el sol había dorado su piel otorgándole un sensual color canela. Arno, por su parte, aprovechó el momento para estudiar la situación. El viento seguía soplando con furia, acumulando más arena sobre el vehículo en cuyo interior, de repente, ahora sí, ya se había hecho la noche. Una noche tan oscura como el futuro que se dibujaba ante ellos. Habían quedado atrapados en una cárcel de la que jamás podrían escapar, celda sin barrotes hecha de paredes de arena. No había forma de salir de allí, solo podían confiar en que la tormenta amainara y que un milagro los sacara de aquel encierro. Él correspondió al abrazo y, reconfortado por el descanso que acompaña a los que se rinden, poco a poco se fue quedando dormido, confiando en que se produjera ese milagro que los sacara de su inesperada sepultura. «Al fin y al cabo —pensó—, nadie mejor que un cura y una monja para creer en los milagros».

14

Nasser estaba radiante. Desde primera hora se encontraba en la oficina despachando los asuntos rutinarios de gobierno, pero su cabeza estaba en otra parte, soñando ya con el viento salado de su ciudad natal y con una multitud de seguidores aclamándole en las calles y siguiendo su discurso a la nación. Esa mañana, además, había tenido una idea brillante. Iba a retransmitir su intervención por la radio, de modo que su arenga pudiera ser escuchada en todo el mundo árabe. Egipto ya le pertenecía y empezaba a quedarle pequeño. Quería impulsar un sentimiento pan-arabista que llegase a todos los rincones del Magreb y de oriente medio, una marea humana que reclamara su papel en el mundo ante las potencias coloniales que habían estado sometiéndolos con el yugo de la metrópoli hasta fechas muy recientes. Y él iba a ser el líder supremo de ese movimiento internacional que estaba llamado a revolucionar el tablero político mundial.

Los preparativos marchaban bien, le decían sus hombres de confianza, todo iba a estar dispuesto para una jornada memorable. Por ello consideró que la excusa perfecta para su baño de masas era la celebración colectiva de la expulsión de los ingleses de territorio egipcio, el final de su protectorado y su dominación absoluta del país, por más que en el pasado hubieran puesto a un rey marioneta como jefe del Estado, un rey a las órdenes del gobierno británico.

La jugada era magistral. El pueblo entregado y lanzado a las calles para celebrar algo que consideraban propio, él como el adalid y padre de ese proceso bendecido con la gracia de los dioses y los grandes líderes, y el mundo árabe al completo siendo testigo radiofónico del acontecimiento. Todo parecía atado a la perfección, pero la mente teatral de Nasser consideraba que aún faltaba un elemento para convertir su aparición pública en una obra maestra. Las mejores dramaturgias eran aquellas que incluían giros inesperados en el guion. Él era un héroe, y como todo héroe necesitaba su némesis, un enemigo que hiciera de contrapunto en la trama. Y para un dictador no hay mayor enemigo que aquel que amenaza su hegemonía. Por eso iba a aprovechar su multitudinario discurso para deshacerse definitivamente de todos aquellos que le molestaban en su camino hacia la gloria. Una estrategia que debía manejar con la máxima discreción, y de la que no estaban enterados ni siquiera sus más estrechos colaboradores, pues no hay mejor manera de proteger un secreto que no compartirlo con nadie.

—Mi coronel, ha llegado la visita que estaba esperando —le anunció uno de los soldados que formaba parte de su guardia personal.

Nasser asintió.

—Hágalo pasar.

Tras un a sus órdenes mi coronel y tras apenas un minuto de espera regresó el soldado acompañado de un viejo vestido con una chilaba y unas grandes gafas de pasta de cristales ahumados. Lejos del Camelot, Malek no parecía un proxeneta, ni mucho menos el dueño de un negocio mafioso, sino un anciano piadoso e inofensivo de los de tertulia con los amigos en el cafetín y oración cinco veces al día. El presidente y él eran viejos conocidos. Tras abandonar la Facultad de Derecho después de haber pasado en ella poco más que unas semanas, Nasser intentó entrar en la academia militar que, por entonces, era un coto cerrado en el que solo admitían a los cachorros de las clases dirigentes. El joven aspirante, que no era más que el hijo de un cartero, fue rechazado en un par de ocasiones. Fue entonces cuando decidió recurrir a los servicios de un conseguidor que pudiera recomendarle y lograr su admisión. Y ese papel lo encarnó Malek, dueño de un par de locales de alterne que contaban entre sus clientes con algunos altos mandos del ejército, entre ellos los responsables de la academia militar. Se fijó el precio de la transacción y Malek consiguió que admitieran al chaval, quien desde entonces había quedado en deuda con el viejo y le había prometido resarcirle en cuanto alcanzara el poder. Y ahora que lo había conseguido no perdía ocasión de enriquecer a su antiguo benefactor con todo tipo de prebendas y de acudir a él cuando necesitaba a alguien de confianza para ejecutar un trabajo del que era mejor que no quedaran rastros ni registro alguno.

—¿Ya está todo en marcha?

—Tal como lo planeamos, señor presidente, no tiene de qué preocuparse.

—Le veo muy optimista, Malek, preocuparme es parte de mi cargo. Y además me juego demasiado en esta apuesta.

El viejo murmuró algo y movió repetidamente la mano, como si quisiera apartar los malos pensamientos de su cabeza.

—Confíe en mí. Mi gente no fallará. Lo que no entiendo es lo que pretende usted, no sé qué piensa ganar con esto.

Nasser se atusó el bigote, asegurándose de que estaba impecable, y le respondió sin titubear.

—Eso es asunto mío, usted simplemente cumpla con lo pactado.

Cuando terminó de contarle los detalles, el coronel supo que la coreografía estaba perfectamente diseñada. Ya no tenía dudas de que su plan era tan brillante y audaz que sería la espoleta que necesitaba para convertirse en el principal líder del mundo árabe y deshacerse de paso de sus principales enemigos de forma definitiva. Su estrategia solo tenía un pequeño inconveniente: para resultar un éxito debían morir algunos inocentes, pero ¿qué importancia tenían unas cuantas vidas frente a la gloria eterna del nuevo faraón de Egipto?

15

Lo despertó el balido de un rebaño de cabras. La luz se filtraba entre los tablones de madera que formaban un rudimentario cobertizo. Había dormido muy profundamente, un sueño del que ahora trataba de despertarse con esfuerzo. Se incorporó del camastro en el que estaba tendido, un tosco catre que, a juzgar por lo descansado que se encontraba, bien pudiera haber pasado por el confortable lecho de un rey. Una manta de lana basta había servido para protegerle del relente de la noche. Ahora, sin embargo, hacía calor, y su camisa se encargaba de recordárselo marcando cercos de sudor por toda la tela. Estaba descalzo. Alguien le había quitado las botas que aguardaban alineadas a los pies del lecho. Tenía la boca pastosa, el pelo encrespado por la arena y los labios cuarteados por el contraste de temperaturas. Intentó levantarse, pero apenas lo consiguió volvió a tumbarse. Se mareaba, todo le daba vueltas. No sabía dónde estaba ni cuántas horas había dormido, ni recordaba cómo había llegado hasta allí. Cerró los ojos y decidió descansar un poco más. Se sentía muy débil y necesitaba poner en orden sus ideas. Se dejó ir en un dulce duermevela. Luego se despertó sobresaltado, empapado de nuevo en sudor. Trató de entender lo que había pasado. El último recuerdo que tenía era el de estar abrazado a la hermana Siena en el interior de un coche, sepultados por las toneladas de arena que había arrojado sobre ellos el terrible viento simún del desierto. Recordaba sus intentos vanos por encontrar una salida, el calor, la falta progresiva de oxígeno y la suavidad del cuerpo de la monja abrazado al suyo, dejándose ir lánguidamente hacia la otra orilla de la laguna, pues ambos habían aceptado que de allí jamás podrían escapar, y que su paso por este mundo agotaba ya sus últimas horas. Y sin embargo ahora...

Abrió la improvisada puerta de madera desvencijada que resguardaba la intimidad del chamizo y salió al exterior. El sol cegó sus ojos, acostumbrados como estaban a tantas horas de penumbra. El ronquido de una manada de dromedarios que cuidaban de sus majalulos atrajo su atención. Estaban sentados formando un semicírculo con las mantas y sillas apiladas en el centro. Arno dio unos pasos hacia el improvisado campamento. El suelo pedregoso le recordó que se había olvidado de ponerse las botas. Aun así siguió caminando, buscando a alguna persona que pudiera decirle dónde estaba. Una nube de humo al otro lado del cobertizo indicaba que alguien había hecho una hoguera. Se acercó hasta ella y vio una olla en la que burbujeaba un caldo que olía a carne y verduras, pero no había ni rastro de quién podría haberlo cocinado. Por la posición del sol calculó que debían ser las últimas horas de la tarde, en breve éste empezaría a ocultarse para dar paso a la noche y a las bajas temperaturas. Su reloj de pulsera no funcionaba, se había quedado parado en algún momento del viaje. Marcaba poco más de las cuatro, que tanto podían ser de la tarde como de la madrugada. Su equipaje había desaparecido y tampoco había rastro del todoterreno. No era capaz de comprender nada, pero al menos estaba vivo, y el olor del perol al fuego le recordó que tenía hambre. Volvió al tendejón, se calzó las botas e investigó el interior intentando encontrar algún objeto que le ayudara a recordar. Pero allí no había nada, más allá del improvisado jergón en el que se había despertado. De pronto se activaron las señales de peligro. Arno sintió que había alguien a su espalda. Se giró muy lentamente y allí estaba él, la misma mirada, el mismo rictus, el rostro delgado y mal afeitado lleno de arrugas como surcos en la tierra. Era el viejo tabernero que les había dado cobijo en la aldea en mitad de la nada en la que se habían detenido tras sufrir el tiroteo. La misma aldea que, al día siguiente, había desaparecido como si jamás hubiese existido y no fuera más que una ensoñación causada por un golpe de calor. Su mirada estaba vacía. Era totalmente inexpresiva. En ella no había compasión, pero tampoco odio, no había nobleza, pero tampoco mezquindad. Era una mirada hueca, ausente y, quizás por ello, profundamente desconcertante. El viejo no dijo nada. Dio media vuelta y salió del cobertizo. Arno le siguió. Las cabras pastaban libremente alrededor del minúsculo campamento, devorando cualquier hierbajo que creciera entre las piedras. Los camellos, por su parte, rumiaban ruidosamente su cena tras haber terminado otra jornada de trabajo. El viejo pastor se sentó en una piedra junto a la hoguera, llenó dos tazones con el caldo del guiso que se cocía en la olla y le entregó uno al agente. Este le dio las gracias. Cuando repuso fuerzas intentó mantener una conversación con su anfitrión, pero este parecía ausente y no consiguió obtener respuesta alguna. Estaban solos bajo una bóveda celeste que comenzaba a puntearse con la luz de las estrellas. La soledad del paisaje a su alrededor los hacía más diminutos, más frágiles, dos pequeños corchos flotando en la inmensidad de un océano de arena. Arno paseó hasta un pequeño promontorio desde el que tenía una vista de todo el conjunto. Allí no había nadie más que ellos dos, el náufrago y su rescatador. O su carcelero, pues el agente no sabía con exactitud el papel que jugaba el silencioso viejo. Por lo demás ni rastro de su coche ni de la hermana Siena. Regresó al rudimentario campamento y se acomodó entre los camellos y el fuego de la hoguera. Ahora volvía a sentir un irresistible sopor. Antes de cerrar sus ojos por completo aún tuvo tiempo de ver al viejo pastor frente a él afilando su gumía y apuntándole con ella. «Quizás —pensó Arno—, todo lo que estaba viviendo no fuera más que una desagradable pesadilla».

16

Lo que al principio no eran más que un puñado de feligreses encandilados por el discurso de su ulema, fue cobrando peso poco a poco hasta convertirse en un movimiento cada vez más influyente e implantado en la sociedad. Su única ideología era el cumplimiento de la ley islámica, seguir los mandatos del profeta contenidos en su libro sagrado, interpretándolos con ojos del pasado milenio y no con los del devenir natural de los tiempos. De ahí a la creación de un partido político no hubo más que un paso. Lo llamaron los Hermanos Musulmanes y, rápidamente, consiguieron calar en las capas menos ilustradas de la población. Su crecimiento fue meteórico. Habían combatido la corrupción de costumbres del monarca y su corte de depravados, y por ello habían apoyado el golpe de Estado de los llamados «oficiales libres» liderados por Muhammad Naguib y por Nasser. Pero el ahora presidente tenía sus propios planes, sustentados sobre unas ínfulas de grandeza que no permitían la presencia de nadie a su lado que pudiera hacerle sombra. Por eso, en menos de un año, se había deshecho de su socio en la revolución, arrogándose todo el poder y convirtiéndose en dictador y líder supremo.

El siguiente obstáculo para consolidar su hegemonía eran precisamente los Hermanos Musulmanes, los mismos que le habían ayudado a encaramarse en la presidencia y que ahora exigían su parte del pastel en el reparto de las prebendas. Con el fin de combatir a sus enemigos, Nasser había ordenado construir campos de concentración en mitad del desierto a los que enviaba a sus opositores más insidiosos. Pero una cosa era encarcelar a unos cuantos díscolos molestos y otra muy distinta silenciar al principal partido del país que, gracias a la religión, contaba con el respaldo de una parte muy sustancial del campesinado y el proletariado egipcio. Aquellos que le habían ayudado a auparse en el trono del gobierno eran ahora su principal preocupación y el mayor peligro para consolidar su posición. Debía acabar con ellos, pero debía hacerlo con la suficiente inteligencia como para no violentar al pueblo y ponérselo en contra.

En las oficinas cairotas de la Hermandad, bajo un gran retrato de su fundador Hassan Al-Banna, los jóvenes líderes de la organización están celebrando una tensa reunión. Un sector del movimiento, el formado por los más impacientes y levantiscos, pide combatir abiertamente al gobierno, proponiendo acciones revolucionarias y violentas. Otro sector más moderado, por el contrario, es partidario de negociar con Nasser para atraerlo hacia sus postulados. Al fin y al cabo el dictador es un hombre de fe, un musulmán practicante y cumplidor con los mandatos de la Sunna y el Corán, un hermano en la fe, y una buena parte de los militares que habían dado el golpe de Estado como integrantes del movimiento de los oficiales libres eran simpatizantes e incluso miembros de los Hermanos Musulmanes.

Tras varias horas de reunión decidieron iniciar negociaciones con el presidente Nasser. Pretendían arrogarse el derecho de control y veto sobre las decisiones del gobierno, con el único fin de imponer la ley islámica en todo el país. Había que ser muy ingenuo para creer que el coronel aceptaría someter su voluntad a la aprobación de un comité externo por muy avalado que estuviera atribuyéndose la representación del mismísimo profeta. Para un caudillo no hay representante intermedio entre Dios y sus órdenes, suyo es el poder y la gloria, y ambos son bienes demasiado escasos como para compartirlos con nadie. Cuando vieron que nada iban a conseguir dialogando con el gobierno, los Hermanos Musulmanes intensificaron su presión haciendo proselitismo en las calles. Estudiantes y sindicatos obreros fueron utilizados como arietes contra las políticas de Nasser. Agitar los movimientos populares reclamando reformas islámicas era su objetivo fundacional, un objetivo irrenunciable por el que valía la pena sacrificar la vida si ello fuera necesario. Los cachorros más jóvenes de la organización pedían sangre. El debate había subido de intensidad y las apuestas no dejaban de doblarse. Pero mientras discutían entre ellos y buscaban fijar una posición común, Nasser tenía sus propios planes para aplastar a todos sus oponentes, fueran enemigos declarados o incluso hermanos en la fe. La cima siempre es muy estrecha como para albergar a más de dos, pues hay espacios que resultan difíciles de compartir. Y tras la reunión del presidente con el viejo Malek, el proxeneta del Camelot, la suerte ya estaba echada.

17

Cuando se despertó no había nadie a su alrededor. El último recuerdo que tenía antes de caer rendido a un sueño incontrolable era el viejo pastor blandiendo el cuchillo frente a él. Le dolía la cabeza y se sentía muy confuso. ¿Qué sentido habría tenido rescatarle para después asesinarle a puñaladas? Y, sobre todo, ¿cómo había llegado hasta allí? Eso era lo que había intentado preguntarle al pastor sin obtener respuesta alguna. Ahora ya era tarde para volver a intentarlo porque no había nadie a su alrededor. El campamento había desaparecido. No había ni rastro del sencillo tendejón, ni de la hoguera, ni de las cabras o los camellos. Estaba solo, tendido en el suelo en mitad del desierto, pero en una zona más pedregosa por donde podían circular los coches. No tenía agua, ni comida, ni herramienta alguna para poder sobrevivir. De aquella situación solo podría salvarlo un ángel que bajara del cielo, pero Arno, a pesar de su fe, siempre había recelado de los milagros. Su jefe el cardenal solía decirle que los milagros existen, pero que para que sucedan alguien tiene que creer en ellos. Y eso fue exactamente lo que pasó, que un ángel apareció de la nada para rescatarlo. No bajó del cielo, sino que, mucho más prosaico pero más funcional, el ángel llegó por carretera. Al principio no fue más que una minúscula nube de polvo a lo lejos que el agente confundió con un remolino de aire. Poco después la nube se fue haciendo cada vez más grande. Se frotó los ojos, pues ver un espejismo en aquel lugar hubiera sido absolutamente lógico. Además aún se sentía débil y cansado, le dolía la cabeza, y la ropa mugrienta y pegajosa por el sudor se le agarraba al cuerpo magullado de tanto dormir sobre el suelo. La nube se acercaba a gran velocidad. Aprovechaba un camino que, en otro momento, debió haber sido el cauce de un río seco y que, ahora, servía de improvisada carretera a través del pedregal. Permaneció en pie, tratando de adivinar quién iba en el todoterreno que se estaba aproximando a él. Quienquiera que fuese sería bienvenido como un rayo de esperanza, pues el panorama que se le presentaba por delante no hacía presagiar nada bueno. Si alguien no le rescataba, probablemente no sería capaz de aguantar con vida más que unas horas, una muerte lenta a causa de la sed y achicharrado por el sol. Los últimos días habían sido tan extraños que podía esperar que sucediese cualquier cosa. Lo importante ahora era salir de allí con vida y, si lo conseguía, ya tendría tiempo para averiguar qué había sucedido. Quizás quienes afirmaban que el lugar estaba maldito no estuvieran tan desencaminados, aunque la mente racional y cartesiana del agente no estaba dispuesta a aceptar soluciones tan simples y ridículas.

En esas cábalas andaba cuando el coche llegó a su altura. Los cristales estaban recubiertos del polvo del camino y resultaba difícil adivinar quién iba en el interior. El vehículo se detuvo junto a él. Durante un instante no ocurrió nada. No podía ver al conductor, y quienquiera que estuviera dentro disfrutaría del morboso placer de observar sin ser observado. De pronto el coche aceleró y siguió su camino dejando a Arno en la cuneta, abandonado como un par de zapatos viejos a la deriva en mitad de un mar de arena. De nada sirvieron sus voces ni sus aspavientos pidiendo ayuda. Vio cómo su única esperanza de vida se alejaba a toda velocidad, dejando tras de sí un nuevo reguero de polvo. Poco había durado la esperanza del ángel milagroso, convertido ahora en una cruel broma de quien fuera que manejara su destino. Alguien estaba jugando con él para acabar desquiciándole. Si las cosas seguían así mucho tiempo, empezaría a comprender a los habitantes del pueblo maldito a los que habían contagiado una epidemia de baile y él mismo acabaría enloquecido bailando un tango con su propia sombra.

Agotado, se dejó a caer sobre la arena. Caminar no tenía mucho sentido, pues no sabía dónde se encontraba y no haría más que desperdiciar sus escasas fuerzas. Pero quedarse quieto tampoco parecía la mejor de las ideas, por cuanto permanecer allí inmóvil a la espera improbable de que algo sucediera era fiar al destino su futuro y su vida. No tuvo que dedicar mucho tiempo a resolver el dilema, porque a los pocos minutos vio venir, esta vez frente a él, otra nube de polvo. Cuando estuvo más cercana comprobó que era el mismo todoterreno que unos minutos antes se había detenido junto a él y que ahora volvía de nuevo a deshacer lo andado. Otra vez se repetía la misma historia, el coche detenido a su lado, los cristales tintados y sucios que impedían ver el interior, la pausa desasosegante sin que nada ocurriera. Solo que esta vez Arno no estaba dispuesto a dejar pasar su último tren hacia la supervivencia y se abalanzó sobre el capó. Lo aporreó con fuerza, pidiendo a gritos ayuda. Pero nadie le contestó. En vista de que nada sucedía, el agente se lanzó sobre la puerta del conductor e intentó abrirla. Para su sorpresa la puerta cedió, no llevaba echado el seguro. Abrió con decisión, preparado para enfrentarse con la persona que estuviera al volante. Quizás fue el efecto del poderoso sol sobre su cabeza sin sombrero, quizás el cansancio de unos ojos castigados por el reflejo de la luz y los minúsculos granos de arena. O quizás, sencillamente, comenzaba ya a volverse loco. Lo cierto es que de todas las posibilidades que pudiera imaginar, la única que jamás hubiera contemplado fue precisamente la que se encontró. Y es que al volante del coche, simple y llanamente, no había nadie.

18

Entre su camarilla de militares Nasser se sentía incomprendido. Devolverle la dignidad a un pueblo exigía sacrificios y mano dura, solía decir, y un líder carismático dispuesto a consagrar su vida por su país. La traducción de tan grandilocuentes palabras era que quería prohibir los partidos políticos, pretendía imponer la censura a la prensa y, con la excusa de proteger la seguridad de todos, iba a permitir a las autoridades allanar viviendas sin autorización, detener indiscriminadamente sin existir una acusación formal o incluso abrir la correspondencia privada de los ciudadanos.

—Nasser es un dictador de libro —decía el premier británico Anthony Eden a los miembros de su gabinete—, un vampiro que necesita sangre para vivir, y en su caso la sangre son las guerras, por eso no deja de atacar a Israel, porque le interesa mantener al país en una guerra permanente.

En las últimas semanas, los servicios secretos ingleses que, tras la retirada de su gobierno aún mantenían una sólida base de agentes en el país, habían alertado de un descontento popular cada vez mayor en una parte de la sociedad. De haber abrazado la llegada de los revolucionarios como contrapunto al caprichoso, despilfarrador e infantil monarca, había pasado al hartazgo por las medidas cada vez más restrictivas de las libertades que había impuesto Nasser. La eterna guerra con el vecino israelí, además, no solo era una sangría para las arcas del Estado, sino también para una población que veía cómo sus hijos y hermanos más jóvenes eran reclutados forzosamente y enviados al frente, del que muchos de ellos no regresarían jamás. Los planes de los militares consistían en instaurar el partido único y promulgar una constitución en la que se entregaban poderes absolutos al líder supremo. En tan solo un par de años, el coronel había conseguido expulsar al rey por considerar que tenía demasiado poder y ahora resultaba que él se arrogaba más prebendas incluso que el monarca.

Anthony Eden se sentía muy solo en su visión de la política egipcia. Nadie parecía querer ver lo evidente, que el otrora aclamado salvador de Egipto no era más que otro espadón con el uniforme lleno de chapitas de colores y sentimientos absolutistas, es decir, un dictador peligroso para el equilibrio político internacional y para los intereses de un imperio británico más parecido a un aristócrata arruinado al que ya no le quedan joyas que vender para pagar al servicio.

El dictador era un amante del cine y del teatro. Tenía un gran sentido escénico del poder, le gustaba la liturgia del culto al líder, de la adoración al macho alfa de la manada. Por eso no tardó en imponer su retrato en todas las escuelas y oficinas del país, y siempre encontraba una buena ocasión para celebrar un desfile o una parada militar. De ahí que en los últimos días no se hablara en palacio más que del gran discurso que el presidente Nasser iba a pronunciar ante la multitud en su ciudad natal de Alejandría.

Gamal Abdel Nasser era hijo de un funcionario de correos y de un ama de casa que murió siendo él poco más que un niño. La ausencia de la madre lo marcó profundamente, y lo convirtió desde muy joven en una persona atrevida y con gran iniciativa. Su padre era trasladado de destino con frecuencia y eso le permitió tomar conocimiento de la realidad de su extenso país. En cuanto tuvo oportunidad ingresó en el ejército, y pronto alcanzó el grado de oficial, demostrando arrojo y valentía en todas las acciones en que se vio envuelto, sobre todo en la perpetua guerra con Israel. Desde su posición militar iniciaría los preparativos para ejecutar un golpe de Estado y hacerse con el poder. El hijo del cartero de Alejandría había logrado en apenas unos pocos años convertirse en el nuevo faraón de Egipto. Y lo que estaba planeando iba a ser su consagración final.

Pero no era la sede del gobierno en El Cairo el único lugar en el que se preparaba la gran aparición pública del coronel. También era el asunto que ocupaba al grupo de hombres que, cada día, se reunían en la trasera de la tienda del zoco alejandrino en la que Ezequiel seguía tallando sepulturas. Solo que su misión era justamente la opuesta. Lo que ellos buscaban era convertir un acto multitudinario de exaltación del líder en un magnicidio. Y para organizarlo sin despertar sospechas habían creado una tapadera tras la que se sentían protegidos, a salvo de los centenares de agentes y delatores que el régimen tenía repartidos por todo el país. Eran de la partida el propio Salmán, que había dejado el cabaret Camelot para ponerse al mando de la operación, y un joven con pocas luces llamado Mahmoud Al-Latif, integrista musulmán y fanático seguidor de los principios del Corán y de sus exégetas los Hermanos Musulmanes. Él era el elegido para la gloria, en sus manos llevaría el arma que debía acabar con la vida de Nasser. Solo así podría recuperarse la senda marcada por el profeta y convertir Egipto en una república islámica donde no imperase más ley que la *sharía*, y donde al infiel no le quedaran más opciones que la conversión, el exilio o la muerte.

19

Por muchas vueltas que daba alrededor del coche no conseguía explicarse cómo había llegado hasta allí. Buscó por todas partes, pero no encontró a nadie. Si no fuera porque el metal de la carrocería quemaba al tocarlo, todo podría haberse atribuido a un espejismo. Pero aquello era demasiado real como para formar parte de un sueño. Arno comprobó que las llaves estaban puestas en el contacto y que el depósito de gasolina estaba lleno. Y como lo prioritario en ese momento era salir de allí cuanto antes, se sentó al volante del todoterreno y arrancó siguiendo la desolada carretera de arena y piedras. Ya tendría tiempo de pensar cómo diablos había llegado aquel coche hasta él, si era un regalo del cielo o, por el contrario, del mismísimo Satanás. Y, sobre todo, tendría que valorar si estaba perdiendo la cabeza.

Condujo en dirección sur, aunque lo hacía por pura inercia, porque en realidad no tenía idea de dónde estaba. Pero recordaba que la aldea maldita de Al-Junum, esa en la que los perros se convertían en suicidas y los habitantes en cuerpos danzantes, se encontraba en algún lugar al mediodía de Alejandría, en pleno desierto del Sinaí. Llevaba ya un par de horas al volante cuando divisó a lo lejos una nube de polvo que parecía seguir su misma ruta. Aceleró hasta darle alcance e intentó ponerse a su altura para ver quién iba dentro. Pero la carretera era demasiado estrecha y, si intentaba adelantar, corría el riesgo de quedarse varado en la arena. Hizo sonar el claxon un par de veces, agónica señal de socorro que no consiguió ningún resultado, ruido perdido en mitad de la inmensidad. Aprovechando una zona más amplia y llana del camino consiguió situarse en paralelo al vehículo, que seguía sin hacer caso a sus continuas peticiones de ayuda. Intentó averiguar quién iba en el interior, pero nuevamente todos los cristales estaban tintados y resultaba imposible ver a los ocupantes del coche. Mantuvo la persecución durante más de veinte minutos que se le hicieron eternos. Luego vio aparecer otro vehículo a su derecha, y a continuación un camión. Al rato ya eran dos y más adelante cuatro. Poco a poco fueron apareciendo más coches, motocicletas y, por fin, peatones. Había edificios de ladrillo y hormigón, y calles asfaltadas, y semáforos. También carromatos tirados por mulas y algunos pastores despistados conduciendo su rebaño de camellos entre el ruido y los atascos de la ciudad. Lo que al principio eran poco más que unas casas dispersas, se había transformado por completo hasta formar barrios abigarrados densamente poblados, en los que la vida fluía a borbotones. Arno siguió avanzando hacia el centro de la ciudad casi por inercia, llevado en volandas por la corriente del tráfico que, ahora sí, era ya insoportable. De pronto se dio cuenta de que en el caos de las calles había perdido de vista al coche de los cristales tintados que le había llevado hasta allí. Volvía a estar desorientado, solo que ahora en lugar de estar en mitad de la nada, en un desierto pedregoso y baldío, lo estaba en el corazón de una gran ciudad. No sabía dónde se encontraba, no entendía nada de lo que le estaba ocurriendo. Se sorprendió al pensar en la hermana Siena. ¿Qué habría sido de ella? La última vez que la vio estaba abrazada a él, refugiándose entre sus brazos y protegiéndose de la tormenta de arena que los sepultaba en vida. Recordó la suavidad de su piel y el olor de su pelo, a trigo y espliego, y la sensación de excitación que le causaba el calor de su cuerpo contra el suyo. Era un recuerdo placentero pero, al tiempo, muy desasosegante, pues por muy joven y hermosa que fuera la chica no dejaba de ser una sierva de Dios que había tomado los hábitos, fruta prohibida, Eva dándose un banquete de manzanas. Arno intentó despejar su mente. Necesitaba ganar tiempo para recapacitar y tratar de entender los increíbles acontecimientos que había vivido, necesitaba ordenar sus ideas antes de seguir adelante.

Entonces se dio cuenta de que seguía estando muy cansado, agotado por la tensión y el sueño intermitente y deslavazado. Al fondo de un callejón tranquilo en el que apenas había más ruido que el de unos niños jugando, vio el cartel de una pensión. Sin pensarlo demasiado giró hacia allá y aparcó a las puertas de la posada. No llevaba equipaje alguno, sin embargo conservaba en los bolsillos del pantalón algo de dinero. Pidió una habitación, pagó una noche por adelantado que apenas le costó un puñado de rupias, y tomó la llave que el conserje descolgó del casillero. «Último piso —le dijo—, primera puerta a la derecha». Subió la escalera con dificultad. Le fallaban las piernas y su cuerpo parecía pesar toneladas. Abajo, en la recepción, sonaba en la radio la inconfundible voz de la Kalzum, la gran dama de la canción árabe, entonando una melodía en la que se ensalzaba la figura del todopoderoso presidente Nasser. El cuarto se encontraba a la altura de la azotea del edificio. El agente abrió la puerta y vio, para su sorpresa, que estaba limpio. Una cama con las sábanas inmaculadas y recién planchadas le llamaban con la fuerza de un agujero negro. Arno aseguró la puerta por dentro con una doble vuelta de llave y una silla empotrada contra el pomo. Dejó la ropa en el suelo con la urgencia de los que buscan cama, bien porque alguien los espera dentro en guardia para la batalla de los cuerpos, bien porque ya no tienen fuerzas para seguir despiertos. Pero antes se acercó a la ventana para cerrar las contras y preservar la calma y la oscuridad de la habitación. Y allí, desde la altura en la que se encontraba, con el barrio a sus pies, pudo ver las azoteas de los demás edificios en las que la ropa tendida se secaba al sol y a la brisa que la remecía. Y, por encima de ellas, elevándose majestuosa sobre el bosque de edificios, la impresionante silueta triangular de la gran pirámide de Keops.

20

La ciudad se despertó con ambiente festivo. Desde las primeras horas de la mañana los seguidores del presidente se encargaron de engalanar las calles. Animaban al gentío anunciando la ansiada presencia de su líder, que había elegido su ciudad natal para dirigirse a la nación. Los operarios contratados por el régimen revisaban una vez más la solidez de la tribuna que habían instalado en la gran plaza desde la que Nasser pronunciaría su discurso. Los responsables de la megafonía comprobaban la ecualización de los micrófonos y altavoces, y un equipo de la radio pública preparaba sus mejores unidades para retransmitir el parlamento a toda la comunidad de pueblos integrantes del mundo árabe. Los servicios de seguridad del Estado, así como la escolta privada del coronel, comprobaban que el dispositivo diseñado no tuviera grieta alguna por la que pudiera filtrarse un ataque al líder. Enemigos, desde luego, no le faltaban. A los represaliados y torturados por el régimen había que sumar a los servicios secretos de alguna potencia extranjera, a los israelíes a quienes había declarado la guerra, o a los Hermanos Musulmanes cuyas facciones más radicales sentían que Nasser, en su egolatría, estaba dispuesto a suplantar hasta al mismísimo profeta. La ocasión, además, se presentaba idónea, pues los ojos y los oídos del mundo estarían puestos en la alocución del presidente a su pueblo.

Mientras los miembros del partido del gobierno repartían octavillas y reclutaban a cualquiera que encontraran por las calles para que asistiera a la gran concentración de apoyo al gobierno, Mahmoud Al-Latif, el joven radical seguidor de los Hermanos Musulmanes al que estos consideraban demasiado violento y apasionado en sus planteamientos, observaba desde la distancia el escenario al que dentro de unas horas se subiría el coronel. Había llegado a Alejandría la noche anterior y, sin apenas tiempo para dejar su escaso equipaje en una humilde pensión del centro de la ciudad, se había dirigido al zoco para reunirse con su contacto. Buscó la dirección, caminando entre tenderetes que exhibían frutas y especias multicolores, frutos secos, dátiles, telas, alfombras y filigranas de orfebre, hasta que por fin llegó a su destino. Se trataba de una marmolería en cuyo escaparate estaba bien visible un nombre esculpido sobre una lápida, un nombre que era la contraseña que le habían dado: Arno Axel. A las puertas de la tienda un artesano pulía otra gran pieza de piedra en la que estaba grabando la misma leyenda, como si de repente todos los Arno Axel del mundo hubieran decidido morirse al mismo tiempo.

El cantero se llamaba Ezequiel. Tras saludar al visitante le indicó que él no era el dueño de la tienda, sino que simplemente le habían contratado para realizar un trabajo que no debería llevarle más que unos pocos días. Al oír la conversación se abrió una cortina y de la trastienda salió un hombre delgado y mal encarado que pidió a Mahmoud que le siguiera. El joven atravesó el umbral y se encontró en una pequeña sala llena de confortables cojines de encaje y damasquinado sobre los cuales reposaba un viejo que, a pesar de estar en el interior de una habitación en la que no había mucha luz, llevaba unas gruesas gafas con los cristales ahumados. Hizo un gesto con la mano invitándole a sentarse frente a él.

—Llega usted puntual. Eso está bien, muy bien —el joven asintió complacido—. Tómese un vaso de té conmigo, por favor, tenemos tiempo de sobra.

Mahmoud agradeció el gesto y sorbió con placer el ardiente brebaje.

—¿Están claras las instrucciones? —preguntó el hombre de las gafas oscuras.

El chaval afirmó con la cabeza, mientras pronunciaba un atropellado «sí, señor». No hubo respuesta. Miró alrededor, pero no había nadie más que ellos en la habitación, si bien al otro lado de la cortina podía intuir la silueta del tipo delgado y mal encarado que le había recibido y que, ahora, hacía guardia a la puerta para evitar que les molestaran.

El viejo pareció satisfecho.

—De acuerdo, pero si le parece repasemos los detalles una vez más.

Dedicaron la media hora siguiente a reproducir punto por punto lo que habían planeado, cómo acceder al recinto, dónde situarse, cuándo actuar y cómo actuar una vez cumplida la misión. Terminado el repaso y tras consultar los planos del lugar en el que habría de celebrarse el discurso del presidente, el hombre flaco que vigilaba la entrada regresó junto a su dueño, sacó de un arcón un arma y una caja de munición y se la entregó al joven.

—Este es el revólver que debe usar —ordenó el anciano—, tiene seis balas en el tambor. Úselas todas y acabe con el tirano de una vez.

Mahmoud acarició el arma y la guardó con cierta torpeza. Aunque había disparado con anterioridad se notaba que no era un experto en su manejo.

—Mañana a estas horas —continuó el viejo— todo el mundo conocerá su nombre. Será usted un ídolo, se convertirá en un mito. Es el elegido de Allah. Se despidieron con un respetuoso movimiento de cabeza llevándose una mano al corazón. El esbirro Salmán lo acompañó hasta la puerta del local. Ajeno a todo cuanto ocurría en la trastienda, el humilde cantero se esforzaba en cincelar las letras en una lápida de mármol. Ya había terminado dos y ahora trabajaba en la tercera, y en todas ellas podía leerse el mismo nombre y la misma leyenda. A Mahmoud aquello no le pareció extraño, quizás porque ni siquiera llegó a planteárselo. Su cabeza estaba ya en otro lugar, su mente solo visualizaba el momento en el que reventaría a tiros al enemigo de Dios y del pueblo. Estaba convencido de que, cuando consiguiera su objetivo, sus antiguos correligionarios en los Hermanos Musulmanes le abrirían los brazos nuevamente para acogerle en su seno como el héroe en que estaba a punto de convertirse. Nasser tenía las horas contadas.

21

Y por fin había llegado el esperado día de la consagración. Nasser, vestido con su uniforme verde oliva, regresaba a las calles de su infancia convertido en el gran líder que el país necesitaba. Para mostrar su cercanía con el pueblo eligió el traje de faena, ropa de campaña como la que se ponía cuando iba a las trincheras en primera línea de batalla. Sabía que ese día los ojos y los oídos del mundo estarían puestos en él, así que se afeitó con especial esmero, perfilando su bigote de galán de cine con unas tijeras hasta dejarlo impecable. Luego se peinó, fijó su espeso cabello negro con gel, se perfumó y, dispuesto para la gloria, salió a la calle en busca de la aclamación popular.

El aparato de propaganda del partido había funcionado con eficacia. Las calles estaban abarrotadas por una multitud que aclamaba a su líder, un padre de la patria que venía a anunciarles la buena nueva de la salida definitiva de Egipto de las tropas británicas. Nasser sabía explotar con habilidad el orgullo compartido por una bandera, alimentando de paso el miedo y el odio al extranjero. A hombros, como un torero en tarde de rabo, fue llevado por los suyos abriendo imaginarias puertas grandes hasta el estrado desde el que dirigiría su mensaje a todo el mundo árabe, un mensaje en el que iba a anunciar el nacimiento de una nueva era, la del nacionalismo panarabista, despojadas definitivamente las naciones del yugo metropolitano de la corona y del resto de potencias occidentales. A partir de ese día ya no habría a quién culpar, y la miseria del pueblo sería responsabilidad exclusiva de sus propios gobernantes.

No muy lejos de la cabecera de la acción, siguiendo a prudencial distancia los movimientos del tirano que se creía Dios, Mahmoud Al-Latif pensaba en lo orgullosos que iban a estar de él los Hermanos Musulmanes. La acción que estaba a punto de realizar sería el detonante que necesitaban sus acomplejados líderes para salir de su estado de letargo y hacerse definitivamente con el poder, instaurando en todo el país un gobierno islámico en el que la *sharía* y el Corán fueran la única ley, y los ulemas y muftíes sus máximos intérpretes. Llevaba el arma que le había entregado el viejo Malek en la trastienda de la marmolería. La tenía a resguardo de miradas ajenas escondida bajo su larga *galabeya* de color ceniza. No le resultó fácil sortear el gentío y acercarse al estrado desde el que Nasser pronunciaba su discurso. Había tanta gente en las calles que resultaba difícil avanzar entre la multitud. Le llevó más tiempo del que pensaba pero, afortunadamente, el discurso era largo y quedaba continuamente interrumpido por los aplausos, vítores y cánticos de los seguidores del *raís*, coreando su nombre junto con eslóganes aprendidos durante las horas de espera.

Por fin consiguió llegar frente a la tribuna. Aunque estaba rodeado de guardias y militares, estos no iban a poder evitar el magnicidio. Nasser estaba ante él, a apenas cinco metros de distancia. Desde allí era imposible fallar el disparo. Acarició la pistola bajo las ropas. Se aseguró de que el arma estuviese montada y cargada, lista para vaciar el cargador sobre el presidente antes de que la seguridad se le echara encima. Por un momento anticipó el placer del éxito, saboreó la miel de la recompensa que le esperaba si a cambio debía entregar el alma, un vergel de huríes y ríos de leche y miel le esperaban en el paraíso. Estaba demasiado concentrado en su misión como para prestar atención a las palabras que en ese momento pronunciaba el coronel, de lo contrario habría escuchado cómo ridiculizaba a los Hermanos Musulmanes y su ideología:

—Yo siempre he querido colaborar —decía Nasser— honestamente con los Hermanos Musulmanes, para que pudieran avanzar por un camino recto. Tuve un encuentro con su líder y me presentó sus demandas.

»—¿Sabéis qué me pidió? «Lo primero —me dijo— es necesario que impongas el uso obligatorio del velo, y que ordenes que cada mujer que salga a la calle lo lleve puesto». ¡Cada mujer!

Alguien desde el público gritó: «¡Que se lo ponga él!».

Y la multitud comenzó a aplaudir. Fueron esos aplausos los que aprovechó Mohamed Al-Latif para sacar el arma, apuntar al presidente y vaciar el cargador sobre él. Seis fueron los disparos que le descerrajó a bocajarro, toda una serenata de plomo antes de que los escoltas del presidente se abalanzaran sobre el agresor. El pánico se apoderó de la multitud, miedo, desconcierto, gritos histéricos que cortó de raíz la voz, más fuerte y poderosa que nunca, del gran líder arengando incansable a las masas.

—Conciudadanos, mi sangre corre por vosotros y por Egipto. Viviré por vuestra salvación y moriré por la de vuestra libertad y vuestro honor. Dejémosles que me maten. Poco me importa, pues os he insuflado orgullo, honor y libertad. Si Gamal Abdel Nasser debe morir, vosotros os transformaréis en Gamal Abdel Nasser, porque Gamal Abdel Nasser es uno de vosotros y está listo para sacrificar su vida por la nación.

Hablar con tanta soltura y con un discurso tan elaborado tras media docena de balazos requería de la intervención divina o, cuando menos, del milagro de la torpeza mayúscula en el manejo de las armas. No fue ese el caso en el atentado contra el coronel. La explicación, como suele ocurrir con los misterios más insondables, era mucho más sencilla, y para encontrarla no había más que aplicar la lógica. Si resultaba imposible fallar el disparo a esa distancia, apuntando al cuerpo y a la cabeza por si el objetivo llevara un chaleco antibalas, y no le había ocurrido nada, era evidente que las balas debían ser de fogueo.

Mahmoud Al-Latif no entendía lo que estaba pasando. Él estaba seguro de haber dado en el blanco y, además, del cañón de su pistola aún salía humo. Aturdido por los golpes y empujones que recibía de la muchedumbre y de los soldados que lo llevaban detenido, empezó a comprender que alguien le había traicionado y que lo habían utilizado como una marioneta para satisfacer otros intereses. Cuáles fueran los propósitos de ese plan secreto era algo que su escasa imaginación no era capaz de intuir. Lo que, a cambio, no le resultaba tan complicado de presagiar era su propio futuro, un futuro en el que todos los caminos desembocaban en el mismo lugar: el patíbulo.

22

El nuevo día amaneció cálido y luminoso. El cielo cairota, inmensa bóveda celeste, cobijaba bajo su manto la alegría de la vida callejera. Tras el sueño y una larga ducha, Arno se sentía de nuevo lleno de fuerzas. Desayunó en un puesto callejero que vendía pan y dátiles, y caminó por las animadas calles de Giza. El pueblecito, surgido al pie de las majestuosas pirámides, justo en la puerta del desierto, se había convertido ya en un barrio más de la capital egipcia, imparable en su desbordado crecimiento que la consagraba ya como una urbe desmesurada. Lo más urgente ahora era encontrar a la hermana Siena. Si daba con ella estaba seguro de poder poner un poco de luz a los extraños acontecimientos que había vivido en su búsqueda de la aldea poseída de Al-Junum. Siena había desaparecido durante la tormenta de arena. Quizás había regresado a Alejandría, donde se conocieron. No tenía ninguna dirección donde localizarla, así que el agente telefoneó al hotel Cecil y preguntó por ella, pero nadie pudo darle ninguna información. Tampoco había mensaje alguno para Arno, su equipaje seguía allí, tal cual lo había dejado, esperando a su regreso que, ingenuamente, él había calculado que no llevaría más que un par de días. Pidió que le enviaran sus maletas a El Cairo, dejó la mísera pensión, y se instaló en el Windsor. El hotel se encontraba en un distinguido edificio del centro, no demasiado alejado de la ribera del Nilo. Durante muchos años había sido cuartel general de los británicos, y su famoso bar de los toneles el centro de reunión de la comunidad de expatriados, buscavidas y espías. Ahora, tras las medidas adoptadas por Nasser para recuperar plenamente la soberanía y expulsar a los ingleses del país, el Windsor vivía horas inciertas y acogía conspiradores de toda condición.

Arno aprovechó el resto del día para pasear por la ciudad, en la vana espera de que la brisa del río le trajera la inspiración para entender lo que estaba pasando. Pero nada de eso ocurrió. Desde su llegada al país el asunto no había hecho más que enturbiarse, añadiendo capas de surrealismo a lo que ya de por sí parecía absurdo. Pero el agente sabía mantener a raya a los fantasmas de la fe ciega y esotérica y buscar siempre la explicación científica, por alejada de la lógica que se encontrara.

Caminó hasta la central de correos, un impresionante edificio que los británicos dejaban como legado de su paso por el país, al igual que habían hecho en el resto de sus colonias, conscientes de que un eficiente servicio postal era la base sobre la que se afianzaban las comunicaciones del imperio. Telégrafos y ferrocarriles formaban el binomio sobre el que se edificaba toda la estrategia política, militar y comercial de la metrópoli, en contraste con los españoles, que cada vez que conquistaban un nuevo territorio lo primero que hacían era construir una iglesia. Y ese hecho tan significativo le hacía plantearse muchas cosas a Arno, cada día más cínico y escéptico con la vida que había elegido. El agente escribió un mensaje cifrado a la central vaticana preguntando por la dirección de la hermana Siena, pues esta ni siquiera le había dicho en qué convento residía o si, al igual que algunos otros colegas del servicio secreto, vivía integrada en la sociedad con una profesión e identidad falsas. Cuando lo tuvo redactado envió el telegrama a La Entidad y siguió callejeando por la ciudad. La presencia militar en las calles era abrumadora. No quedaba un puente, un cruce o una simple esquina en la que no hubiera una patrulla del ejército. Nasser no quería arriesgarse a que pudiera germinar un movimiento de oposición contra él. Siguiendo al dictado el manual del dictador, había ligado su persona y su nombre al propio país, de tal modo que cualquier crítica contra él sería considerada como una afrenta a todo Egipto. Tuvo además la clarividencia de intuir que el nacionalismo, el sentimiento identitario excluyente, era el mecanismo más efectivo para soliviantar a su pueblo y unirlo en torno a una causa común. El enemigo era el extranjero, al que había que expulsar o aniquilar, mientras que él, envuelto en la bandera nacional, era el símbolo del orgullo de toda la nación. Se trataba de una técnica tan repetida como eficaz que, sorprendentemente, seguía teniendo la capacidad de embaucar a una buena parte de la sociedad que entregaba insensatamente todo el poder y lo depositaba en las manos de un dictador con más o menos escrúpulos.

Cuando regresó al hotel, avanzada ya la tarde, Arno se encontró con la grata sorpresa de un telegrama de respuesta por parte de sus oficinas en el palacio apostólico vaticano. Tomó el sobre que le entregó el *concierge* y se dirigió al bar para leerlo mientras disfrutaba de un trago que haría las veces de aperitivo antes de la cena. A esas horas el bar del Windsor estaba en todo su apogeo. La clientela era una curiosa mezcla de aristócratas locales venidos a menos y expatriados internacionales, trabajadores en su mayor parte de embajadas extranjeras acreditadas en el país o agentes comerciales, hombres de negocio, oficiales y funcionarios británicos vestidos de paisano para disfrazar su condición militar. Arno miró el telegrama, todavía sin abrirlo. En él quizás se encontrara la primera pieza del puzle de respuestas que necesitaba para entender los misteriosos sucesos que le habían ocurrido desde su partida de Alejandría. Abrió el telegrama con la avidez de quien espera la solución a todos sus males, pero lo que leyó en aquel trozo de papel lo dejó completamente desconcertado. Volvió a leer el mensaje con la vana esperanza de haber leído erróneamente el contenido, pero el texto era tan lapidario que no dejaba margen para interpretación alguna:

«No existe ninguna hermana Siena trabajando para los servicios secretos vaticanos».

23

La operación había sido un éxito. Nasser estaba exultante, todo había salido tal como lo había previsto. El intento fallido de magnicidio lo había convertido en un héroe nacional, un ser todopoderoso, casi inmortal, el caudillo que necesitaba la nación para reafirmar su orgullo y su independencia.

En las cancillerías de todo el mundo el atentado también tuvo efectos inmediatos. El golpista revolucionario que había derrocado al rey estaba ahora en el punto de mira de la comunidad internacional. Y eran muchos los que no veían en él precisamente a un aliado, sino más bien a una amenaza para la estabilidad mundial. El coronel sabía que aquél era su momento, la oportunidad que había estado esperando para deshacerse de una vez por todas de sus enemigos y afianzar su poder absoluto. A su regreso a El Cairo, tras el triunfal paseo por las calles de Alejandría, culpó públicamente a los Hermanos Musulmanes de su intento de asesinato. De poco sirvieron las protestas de estos, ajenos totalmente al atentado, que trataron de explicar sin demasiado éxito que Mahmoud Al-Latif ya no era uno de los suyos, y que había sido repudiado precisamente por sus ideas radicales y agresivas que alentaban el uso de la violencia contra el gobierno y sus representantes.

Las fuerzas represoras del dictador arrestaron a miles de seguidores del principal partido opositor, pero de paso incluyeron en sus redadas a comunistas, liberales, monárquicos y cualquier otro representante de una fuerza política que osara hacerle sombra y disputarle el poder. Muchos de ellos fueron fusilados. Otros fueron condenados a penas muy severas, entre las que la cadena perpetua fue la más habitual. Junto a las detenciones masivas de disidentes, Nasser aprovechó para profundizar en su política de partido único, prohibiendo la existencia de cualquier otro movimiento que no estuviera liderado por él. También instauró una censura aún más severa que afectaba a los medios de comunicación y a los creadores, ya fueran músicos o escritores. Ordenó que las dos grandes figuras de la canción árabe, Um Kalzum y Abdel Hafez, interpretaran canciones que glosaran su figura. Al comprobar que su apelación al concepto de una gran patria árabe unía a las masas en torno a su liderazgo, decidió profundizar en su formulación, expandiendo su mensaje por los países limítrofes y por el resto del mundo árabe.

En vista del éxito que iba alcanzando extendió su estrategia por todo el territorio nacional. Visitó todas las regiones y, en cada una de ellas, se dio un baño de masas. Aprovechó también el momento para depurar a los suyos, dejando a su lado exclusivamente a los más fieles y dóciles, deshaciéndose de cualquier atisbo de oposición interna que pudiera cuestionar su liderazgo.

Le hizo esperar más de dos horas, tiempo que el viejo Malek aguantó estoicamente sin protestar. En la antesala del despacho presidencial pudo ver el ajetreo de funcionarios, ordenanzas y militares que preparaban un nuevo viaje del líder, otro eslabón más en su estrategia de propaganda y control del país. Cuando por fin le hicieron pasar y estuvo en presencia del coronel, se encontró a un Nasser relajado y sonriente, pletórico. El té, ardiente y dulce como solo se toma en esas latitudes, esperaba ya sobre la mesa.

—Adelante, por favor, no se quedé ahí, siéntese y sírvase usted mismo.

Malek, dócil como un corderito, obedeció al tiempo que hacía una reverencia aduladora.

—No tengo mucho tiempo —prosiguió el mandatario—, salgo de viaje esta misma tarde y aún debo resolver algunos asuntos, pero no quería dejar de agradecerle personalmente su trabajo.

—Me alegra saber que todo salió bien, señor —respondió el viejo—, tal y como lo habíamos planeado. Todo el mundo se tragó la farsa. Lo más importante, en estos casos, es mantener el secreto, cuantas menos personas sean conocedoras del plan menos posibilidades hay de que alguien se vaya de la lengua. La clave es encontrar a un fanático tan estúpido como para creerse todo el cuento. Pero, una vez identificado, el resto es fácil, solo era cuestión de asegurarse de que usaría las balas de fogueo que le habíamos dado con el arma.

Nasser se quedó pensativo, en su mente volvía a revivir el momento de los disparos.

—¿Y qué hubiera pasado si el tipo hubiese decidido usar su propia munición en lugar de la que ustedes le habían proporcionado? —preguntó, dejando entrever por vez primera un atisbo de preocupación.

El viejo Malek sonrió, esa misma pregunta se la había hecho a sí mismo antes de contratar al sicario.

—Eso habría sido imposible, señor. Mi sobrino se encargó de registrar la habitación en la que se alojaba y asegurarse de que la única arma y munición a su alcance fuese la que nosotros le habíamos proporcionado. De todos modos, y por si eso hubiera fallado, la pistola que le entregamos estaba trucada. En caso de que la hubiera cargado con una munición real, al disparar, le habría estallado entre las manos.

Nasser asintió satisfecho.

—No me equivoqué con usted, para determinados trabajos sigue siendo el mejor. Seguro que en el futuro tendremos ocasión de volver a trabajar juntos.

—*Inshallah* —dijo el viejo.

Entonces el presidente se acercó a su escritorio, sacó de un cajón un abultado sobre de papel manila y se lo entregó a Malek.

—Y aquí está mi parte del trato, tal como convinimos. Ya ve que soy un hombre de palabra.

Malek guardó el sobre en un bolsillo en el interior de su *abaya* y se llevó la mano al corazón en señal de respeto y agradecimiento. Luego abandonó el despacho, dejando al presidente ocupado en sus tareas. Al llegar al vestíbulo principal, antes de salir del palacio de gobierno, abrió el sobre y comprobó que estaba todo el dinero acordado. El secreto de su éxito consistía en no fiarse de nadie.

24

Le gustaba disfrutar de la victoria en soledad. Antes de compartirlo y de exhibirlo ante los demás, necesitaba algo de tiempo para saborear su éxito y sentirse un hombre afortunado. Anthony Eden regresó por un día a la casa familiar de Windlestone Hall, una impresionante residencia aristocrática que ya no pertenecía a los de su linaje desde que su hermano mayor, asediado por las deudas tras una gestión desastrosa del patrimonio familiar, hubiera tenido que venderla. Pero lo que nadie podría quitarle nunca eran los paisajes de su infancia, la alfombra verde de los campos del condado de Durham en los que tantas horas había pasado de niño y a los que ahora regresaba convertido en una de las personalidades más importantes del reino. No solo había conseguido emparentar con su admirado maestro y mentor Winston Churchill al casarse con su sobrina sino que, convertido ya en primer ministro, había arrasado en las elecciones, había conseguido llevar al Reino Unido al pleno empleo, devolviendo el ánimo a un país en el que había trabajo para todos y, por si todo ello no fuera suficiente, Su Majestad imperial la reina Isabel II le había honrado con la orden de la jarretera, la más alta condecoración otorgada por la soberana, convirtiéndole en miembro de pleno derecho del club más exclusivo del mundo. Apenas había cumplido los cincuenta y ya había alcanzado el cénit del éxito. En todo esto pensaba mientras paseaba por la campiña inglesa sin ser consciente de que todo cénit tiene su nadir, y que del uno al otro apenas hay un paso. Y el suyo estaba en la vieja tierra de los faraones.

El primer ministro siempre había trabajado en el servicio exterior. Ni la economía ni la política interna eran su fuerte. Y además le aburrían profundamente. Él prefería dedicarse a componer jugadas en el tablero internacional, consciente de que tras las dos guerras mundiales que habían hecho de la primera mitad del siglo un infierno, se avecinaban tiempos en los que la prevención y la creación de estructuras de defensa internacional iban a ser el elemento político primordial de la segunda mitad. Confiaba en la colaboración transatlántica gracias a su buena relación personal con el presidente americano, el general Eisenhower, que se remontaba a los duros años de la guerra en los que Eden había estado al frente del Foreign Office. Sin embargo no le profesaba demasiada simpatía a su secretario de asuntos exteriores, John Foster Dulles, a quien consideraba un cowboy sin estilo ni clase alguna. Por ello, cuando Gamal Abdel Nasser se convirtió en la china en el zapato británico, la alianza internacional empezó a resquebrajarse por ese flanco de discrepancias entre las dos potencias a ambos lados del océano. Dulles simplemente hablaba de controlar a Nasser, a quien no veía como un peligro serio para el orden internacional. Eden, en cambio, quería eliminarlo, deshacerse de él al precio que fuera, pues lo consideraba una amenaza para la estabilidad mundial. Nasser, decía, es igual que Mussolini, un caudillo, un dictador sin escrúpulos que acabará sometiendo a su pueblo para, a partir de ahí, expandirse y conquistar otros. La referencia a Mussolini no era baladí, pues el italiano se había convertido en una de sus bestias negras en los años inmediatamente anteriores a la contienda mundial, antes de que los británicos se vieran forzados a intervenir o dejarse conquistar por los nazis y sus aliados. «Anthony Eden es el tonto mejor vestido de Europa», había dicho el *duce* con sorna para ridiculizarle, y un comentario tan banal pero tan hiriente iba a quedar grabado en su memoria. Y no estaba dispuesto a que Nasser repitiera la afrenta ahora que había conseguido alcanzar la cima de su carrera.

—¿Está usted sugiriendo que asesinemos a Nasser, señor? —le preguntó uno de sus colaboradores.

Eden estaba fuera de sí.

—Estoy ordenando que lo eliminemos del mapa político, el cómo no es asunto mío. Y además estoy seguro de que cuento con el aval de nuestros aliados americanos.

Pero el primer ministro calculó mal y se pasó de frenada. Washington no compartía su visión y no estaba por la labor de apoyar un movimiento que podía soliviantar a todo el mundo árabe y ser visto como un retorno al colonialismo por el resto de la comunidad internacional. Lo cierto era que el imperio británico había quedado totalmente desmantelado y a sus líderes les quedaba ahora la ingrata tarea de gestionar los despojos. En apenas una década el viejo orden mundial se había quedado obsoleto. Tras el final de la guerra los cambios se sucedían a una velocidad endiablada. Se habían creado las Naciones Unidas, las alianzas militares de la OTAN y el Pacto de Varsovia, los mecanismos económicos globales tras los acuerdos de Bretton Woods, y la puesta en marcha del Banco Mundial y el Fondo Monetario Internacional. Rusia ya no era el aliado que había combatido contra los nazis, ahora era la principal amenaza con sus políticas proselitistas de expansión del comunismo. Y por si todo ello fuera poco, ahora Nasser pretendía crear un movimiento panarabista y asociarse con otros versos sueltos como él con la creación del eje de los países no alineados.

Anthony Eden, de nuevo en la soledad de su despacho, miró la centenaria condecoración que le había otorgado la reina, esa orden de la jarretera que anclaba sus raíces en las mismísimas leyendas artúricas y que distinguía a los caballeros de la mesa redonda. Ahora él era uno de ellos, un miembro destacado de ese exclusivo club, y no iba a fallarle a su reina y a su país. Si Nasser quería guerra la iba a tener.

La clave de todo el embrollo estaba en un trocito de tierra arrebatada al desierto entre las localidades de Port Said y Suez. Apenas ciento veinte millas de longitud por unas trescientas yardas de anchura eran suficientes para desatar una guerra global. El canal de Suez. Quien controlara el canal de Suez controlaría buena parte del comercio mundial. Por él pasaban las dos terceras partes del petróleo que necesitaban los británicos para el consumo interno de su población y su industria. A través del canal entraban en Europa las importaciones de especias y materias primas de las antiguas colonias de la India, y por él también salían la mayoría de las exportaciones de productos manufacturados que la potente maquinaria de la industria británica ponía en los mercados internacionales. Un avispado antecesor suyo en el cargo llamado Benjamín Disraeli, amigo íntimo de la reina Victoria, había visto las posibilidades inmensas que ofrecía la nueva ruta de navegación creada por el ingeniero francés Ferdinand de Lesseps a mediados del siglo XIX y, gracias a un préstamo de la banca Rothschild, se había hecho con el control de la infraestructura poniéndola en manos de la corona británica, aprovechando que el pachá de Egipto, necesitado de efectivo para sus correrías, había puesto en venta una parte muy significativa de las acciones de la empresa nacional que gestionaba el canal. Una conferencia internacional celebrada en Constantinopla en 1888, auspiciada y amañada por los ingleses, había consagrado la neutralidad de la infraestructura pero dejándola bajo supervisión y mandato del Reino Unido. Y, desde entonces, durante más de medio siglo esas habían sido las reglas del juego, y los beneficios que esa situación reportaba a la corona eran incuantificables. Y ahora, por vez primera desde la creación misma del canal, un gobernante osaba poner en entredicho los acuerdos internacionales y reclamaba su parte del pastel en el reparto del dinero. Ese era Gamal Abdel Nasser, un sátrapa al que solo le interesaba el poder y el culto a su figura. Por eso el premier Anthony Eden se desesperaba clamando solo en un desierto de incomprensión sin que el resto del mundo pareciera querer darse cuenta de lo que estaba a punto de suceder, y así se lo trasladó a su gabinete y a los miembros del parlamento. O Nasser o Gran Bretaña, no había término medio.

25

El agente no tardó en descubrir que el Windsor era un nido de espías, el peor lugar de la ciudad para pasar desapercibido. Así que decidió cambiarse de hotel y trasladarse al lujoso Continental. Refugiado en el oasis de silencio y frescor en que se había convertido este hotel, alejado del calor pegajoso, del ruido y la putrefacción de los callejones de El Cairo, Arno luchaba contra la superstición y trataba de entender los extraños sucesos en los que se había visto envuelto desde su llegada a Egipto. El agente secreto era un cura cartesiano, un defensor del racionalismo en una institución basada en lo irracional y, aunque había estudiado teología con los mejores maestros en la universidad pontificia, en el fondo nunca le habían convencido algunos de los dogmas de la Iglesia. Cada año que pasaba se volvía más escéptico. Quizás el suyo no fuera el más adecuado de los trabajos para fortalecer la fe, si bien él trataba de equilibrar la balanza aumentando sus creencias divinas a medida que iba perdiendo la confianza en el ser humano. Y tantas contradicciones no dejaban de atormentarlo.

Delgadísima línea la que separa la austeridad de una celda monacal de la comodidad de la suite de un hotel de lujo, de la sublimación de los instintos y el cilicio a darle rienda suelta al deseo. Por ambos terrenos se había paseado el padre Arno y en ambos encontraba el mismo desasosiego pero, puestos a elegir, debía reconocer que era tan débil y humano como cualquiera, y que prefería la comodidad de un buen colchón a una cama dura, el agua cálida de un baño con espumas y jabones aromatizados que la ducha fría del convento, y el cuerpo caliente de una mujer hermosa a su lado entre sábanas de suave algodón, que la soledad de un catre estrecho con una manta rijosa y espartana.

Su mente estaba bloqueada, le costaba pensar con claridad, consecuencia quizás de las largas jornadas expuesto al sol del desierto. Por eso, cuando llamaron a la puerta de su habitación, lejos de enfadarse por la interrupción agradeció la visita. Cuando abrió se encontró ante él con un joven nativo, vestido con *galabeya* y sandalias. Las espinillas de su rostro reflejaban que el chaval era aún un adolescente. Saludó con una inclinación de cabeza, llevándose una mano al corazón mientras susurraba tímidamente un *salam aleikum* que fue correspondido por el agente con el consiguiente *aleikum salam*. Superada la cortesía de los saludos, el joven egipcio sacó de un bolsillo interior de sus amplios ropajes un sobre y se lo entregó a Arno. Este le dio las gracias y le pidió un segundo mientras buscaba unas monedas para darle una propina al mensajero, pero en cuanto se dio la vuelta el chaval ya había desaparecido. Le resultó extraño, un joven renunciando a una propina en el país en el que cada gesto de un extranjero debía ir acompañado de ese pequeño peaje, en un lugar en el que una de las primeras palabras que aprendían los niños era precisamente esa. El agente observó la carta que acababan de entregarle. Estaba lacrada con trementina roja, pero no llevaba sello alguno. Tampoco había remitente ni más datos que su nombre escrito a máquina en el anverso del sobre. Hasta ese momento había permanecido en pie, pero en cuanto la abrió tuvo que buscar rápidamente el amparo de una butaca para no caerse al suelo. Dentro había una humilde cuartilla en la que alguien había escrito una frase a mano. No fue el texto del mensaje lo que le sorprendió, pues ya estaba acostumbrado a ese tipo de advertencias. Lo que le dejó noqueado fue el nombre del autor de la nota. De pronto los recuerdos se le vinieron encima como si fueran una avalancha de lodo. Un lodo, eso sí, que lejos de resultar tóxico y desagradable llevaba el aroma de noches inolvidables en las que el cura decidió morder la manzana prohibida y devorarla hasta quedar saciado. Volvió a leer la nota. El mensaje era escueto, pero había algo en él que más que un imperativo tajante lo convertía en un ruego, más que una amenaza o una advertencia parecía una desesperada petición: «Sal del país inmediatamente».

Eso era todo cuanto contenía, apenas cuatro palabras que barruntaban peligro. Pero lo más sorprendente de todo era el nombre con el que venía firmada la nota. No tuvo ninguna duda en reconocer su letra, y hasta creyó intuir en la tinta violeta con la que había sido redactada otra prueba más de su veracidad. Quien le conminaba a abandonar la misión cuanto antes era su añorada amiga Alexandra Maxwell.

26

A media mañana las ventanas del Camelot estaban abiertas de par en par. Las chicas que por las noches seducían a los clientes vestidas con velos de colores mientras secundaban la música de la orquestina con golpes de vientre y cadera, baldeaban ahora cubos de agua en el pegajoso suelo desinfectado con lejía y zotal. Una camarera se encargaba de quitar el polvo a las botellas, una a una, hasta dejarlas relucientes en sus baldas tras el mostrador.

Sentado en su reservado, el viejo Malek contaba los billetes de la recaudación de la noche anterior. Con un ancestral ábaco sumaba cantidades que, a juzgar por su cara, siempre le parecían poco. Las gafas negras encastradas en una tosca montura de pasta ocultaban la mirada del avaro mercader que lo mismo traficaba con sicarios como con alcohol de contrabando, proxeneta, asesino y ladrón a tiempo completo.

En un extremo de la barra del bar, encaramado en su taburete, su sobrino Salmán limpiaba su arsenal de armas, un par de pistolas a las que mimaba con ternura de amante enamorado, una *Tokarev* soviética semiautomática y una *Star* de nueve milímetros de las que se habían usado en la guerra civil española. También llevaba siempre encima una navaja con las cachas nacaradas y la virola y el rebajo de acero inoxidable. Jezabel, en uno de los cuartos del piso de arriba, hacía tablas de ejercicio para fortalecer y tonificar los músculos. Acabada su gimnasia dedicaba la siguiente hora a los tratamientos de belleza y cuidados del cabello y la piel. Su rutina poco tenía que ver con la del resto de las chicas, destinadas al alterne sin más horizonte que seguir otro día más con vida. Ella ocupaba un puesto de alto rango en el escalafón, en el organigrama de la pequeña industria de la infamia cuya tapadera era el Camelot. Jezabel era la favorita del viejo Malek. A ella le encargaba su jefe los trabajos más delicados, aquellos que requerían algo más que la fuerza bruta o la destreza en el manejo de las armas.

Los vientos de guerra alimentaban las expectativas de crecimiento del negocio. Malos tiempos para todo el mundo menos para los señores de las cloacas. Los conflictos proporcionaban oportunidades para el contrabando, la delación pagada y el ajuste de cuentas. Además se incrementaba la clientela de los prostíbulos, pues la soldadesca se desprende en tales situaciones de las ataduras morales ante la inminencia de enfrentarse cara a cara con la muerte. Había que vivir el día a día como si no hubiera un mañana, entre otros motivos porque quizás fuera cierto que para algunos de aquellos infelices no lo habría. Ahora que el dictador se había convertido en un cliente satisfecho de Malek, las perspectivas para el negocio no podían ser más halagüeñas. El éxito del montaje del falso atentado contra el coronel había hecho crecer su prestigio ante un hombre todopoderoso que, ahora sí, gobernaba el país a sus anchas con mano de hierro. La avaricia, sin embargo, puede ser un sentimiento más poderoso que las bombas y los tanques. Solo el miedo podía ejercer un contrapeso, pero en la balanza de su mente depravada, el dinero pesaba mucho más que el temor. Por eso Malek no tuvo reparos aquella mañana en sentarse a hacer negocios a espaldas de su benefactor, aunque los intereses de sus nuevos clientes no coincidieran precisamente con los del régimen.

El hombre que se sentó frente a él vestía un elegante terno de paño de lana y raya diplomática, inapropiado para el clima caluroso de la ciudad. Delataba un corte impecable de una de las mejores sastrerías de Saville Road. Fumaba con elegancia unos delgados cigarrillos con los que dibujaba nubes azuladas en la intimidad del Camelot. Hablaba un árabe con fuerte acento británico, no se le podía pedir más a un anglosajón por muy políglota que fuera. Malek pidió que les sirvieran el té, pues la hospitalidad árabe no estaba reñida con el crimen y la extorsión. El caballero, con evidentes ademanes de aristócrata británico, le expuso claramente la situación. Su mandante estaba especialmente interesado en derribar al gobierno, por lo que su misión sobre el terreno consistía en desestabilizar el país. Para ello resultaba crucial apoyar a los Hermanos Musulmanes en su campaña contra el totalitarismo de Nasser.

Quizás su empleador no era muy consciente de los riesgos que asumían al fortalecer a un movimiento islamista radical cuya principal propuesta política consistía en instaurar la ley coránica en todo Egipto y, de paso, en todo el orbe de influencia musulmana. Malek, que sabía que en su trabajo la prudencia es un arma imprescindible para mantener boyante el negocio y salvar de paso el pellejo, se abstuvo de advertirle de los peligros que su encargo implicaba. Prefirió centrar la conversación en regatear el precio de sus servicios. Y como perro que cuando muerde hueso no lo suelta, en cuanto intuyó que su nuevo cliente no parecía muy preocupado por contar monedas cual si fuera un Mr. Scrooge en uno de sus malos días, le apretó las tuercas hasta sacarle los rescoldos del fondo de sus bolsillos. A la segunda taza del dulzón y ardiente té moruno el acuerdo estaba ya cerrado. El caballero inglés marcaba los objetivos, el cómo llevarlos a cabo quedaba al albur del sicario que, si algo poseía, era imaginación para el mal. Para evitar malos entendidos tomó una servilleta de papel y garabateó los términos de su contrato. Por parte del cliente no había ningún inconveniente en que procediera como mejor le viniera en gana, deshaciéndose, si ello fuera preciso, de cualquiera que obstaculizase su labor.

Un apretón de manos cerró el acuerdo. Al despedirse, el elegante caballero que seguía dibujando volutas azuladas con sus cigarrillos, le dio un nombre para que, en adelante, pudieran comunicarse.

—No trate de ponerse en contacto conmigo —le conminó—, yo sabré dónde encontrarle.

El viejo Malek sonrió.

—Siempre estoy aquí, el Camelot es mi casa.

El inglés miró con cierta repugnancia el decrépito local. Se despidió con un golpe de cabeza y abandonó el cabaret. Cuando estaba a punto de cruzar el umbral de la puerta oyó tras de sí la voz del viejo.

—Dígame al menos cuál es su nombre, ¿cómo debo llamarle?

Miró al anciano con la actitud del aristócrata maleducado ante una insolencia del servicio.

—Puede llamarme Támesis.

Malek sonrió con cierta maldad y susurró con sarcasmo:

—Pues entonces usted a mí puede llamarme Nilo, no te jode.

Pero esto último lo dijo en voz tan queda que nadie lo oyó. El inglés había abandonado ya el Camelot.

27

Los sucesos acaecidos durante los últimos días no podían hacerle olvidar la razón de su viaje a Egipto. Seguían llegando alarmantes noticias de católicos hostigados por todo el país, acusados de haber llevado a Satanás a la milenaria tierra de los faraones. Eran incidentes puntuales, provocados por minorías de fanáticos exaltados, pero el riesgo de que la ola de odio se extendiera masivamente era cada vez más alto. Arno había sido enviado por su jefe con el objetivo de descubrir el misterio de los perros suicidas de Al-Junum, y para ello tenía que viajar hasta allí, algo que aún no había conseguido a pesar de sus intentos. Si el primero de ellos, el que emprendió en Alejandría, había resultado ser un desastre que solo aportó más enigmas a la ya de por sí inexplicable situación, quizás una nueva expedición partiendo esta vez desde la capital resultara más exitosa. No había tiempo que perder, así que decidió partir al día siguiente. Dedicó el resto de la jornada a aprovisionarse para el viaje. Revisó los mapas, compró algunos víveres, llenó las cantimploras y un gran bidón con agua potable, y alquiló un vehículo todoterreno. El que le había traído hasta El Cairo, aquél que había aparecido de la nada, había desparecido igual que se había presentado, al levantarse por la mañana y salir de la posada ya no estaba allí donde lo había dejado aparcado. Estudió la ruta por enésima vez. A la salida de El Cairo se encontraría con algunas localidades que, a medida que recorriera millas, se irían haciendo cada vez más pequeñas y lejanas entre sí, hasta llegar a un territorio desértico, siempre en dirección a oriente que, en los planos, aparecía totalmente despejado y sin aparente vida hasta llegar por fin a la aldea maldita cuyos habitantes se habían olvidado de vivir para dedicarse exclusivamente a danzar en silencio una música que solo ellos podían escuchar.

Saldría al amanecer para aprovechar la mayor cantidad posible de horas de luz. Si todo iba bien, algo que tras el primer intento no parecía tan sencillo, calculó que el viaje le llevaría no más de dos jornadas completas. Para limitar los riesgos Arno decidió que acamparía para pasar la noche, evitando así buscar cobijo en alguna venta del camino. Sus anteriores experiencias así lo aconsejaban. Intentó conseguir un parte meteorológico preciso que le ayudase a prevenir las tormentas de arena, pero todos aquellos con los que habló le aseguraron que los vientos del desierto eran impredecibles. Tanto como la propia vida en El Cairo, convertida en un polvorín a punto de estallar en el que los ingleses se resistían a perder el poder y la influencia acumulados tras tantos años de ocupación, el nacionalismo panarabista inflamaba las calles y el radicalismo musulmán luchaba por no caer en la persecución y el ostracismo e imponer sus criterios religiosos y morales a toda la sociedad. Y en mitad de ese panorama la iglesia católica luchaba por mantener una parcelita de presencia pública que le permitiera realizar su labor proselitista y defender sus intereses en oriente medio. Demasiada responsabilidad para un solo hombre, pensaba Arno, acostumbrado a lidiar con las misiones más complejas y peligrosas.

Cuando lo tuvo todo preparado para el viaje se regaló un paseo por la costanera del Nilo para disfrutar de la puesta de sol.

Allí, junto a las aguas del río sagrado, el caos de la gran ciudad quedaba amortiguado por el lento y constante discurrir del inmenso caudal camino de su inminente desembocadura en el delta. Caminaba despacio, distraído, tratando de aclarar sus ideas. Jóvenes parejas de enamorados hacían planes para un futuro tan incierto como esperanzador cuando apenas se tienen veinte años, sin ser conscientes de que su mundo, una vez más, estaba a punto de estallar. Niños ruidosos, sonrientes y sucios se acercaban al agente pidiéndole *backshees*, unas monedas a cambio de dejarle tranquilo. Los más osados tiraban del faldón de su americana, y los más tímidos ejercían su infantil chantaje mirándole con ojitos de mascota abandonada. Algunos intentaban venderle baratijas que semejaban tesoros funerarios, papiros de imitación y hasta perfumes con fórmulas infalibles para enamorar a las damas. Arno trataba de quitárselos de encima con una sonrisa y palabras amables, pero la insistencia de los chavales conseguía sacar de sus casillas hasta al mismísimo santo Job. Antes de que pudiera darse cuenta, Arno se vio rodeado por un ejército de pequeños vagabundos que tiraban de sus ropas y le hablaban todos al mismo tiempo. El agente sacó de su bolsillo un puñado de monedas y las arrojó al suelo, como quien lanza semillas en un terreno fértil. Los chicos, ávidos como pájaros hambrientos, se lanzaron sobre ellas, peleándose por llevarse la mayor parte posible del botín. Ese fue el momento que aprovechó el cura para cruzar la calle y zafarse de ellos. Tan ocupado estaba en recuperar la paz y la calma de su paseo que no se percató de que un coche había estado siguiéndole durante todo el trayecto, un auto discreto en cuyo interior viajaba la silueta delgada y mal encarada de Salmán. Y cuando el sobrino del viejo Malek te seguía, nada bueno podía esperarse. Su presencia era la misma que la del heraldo de la muerte, y esta vez había fijado sus ojos sobre el agente de los servicios secretos vaticanos.

28

—Caballeros, no saben lo que detesto tener que decir esto, pero no me han dejado otro remedio. Les advertí de que esto iba a ocurrir.

El primer ministro Anthony Eden se dirigía a los miembros de su gabinete durante una reunión informal previa al consejo de ministros. Sobre la mesa estaba el memorándum enviado por su embajador en El Cairo en el que se detallaban las peticiones económicas formuladas por el gobierno del coronel Nasser para que la metrópoli asumiera compensaciones por sus años de dominación. Entre otras cosas, los egipcios solicitaban al gobierno británico una cantidad exacerbada de dinero, en concreto varios cientos de millones de libras esterlinas, para financiar una impresionante obra pública que debía asegurar el regadío a todos los terrenos cultivables del país. El ministro de hacienda fue el primero en hablar:

—Es una obra disparatada, jamás recuperaríamos la inversión. Darles ese dinero sería lo mismo que enterrarlo en esa ridícula presa que quieren construir.

—A nuestra costa —terció el ministro de la guerra.

—Con esa cantidad podríamos remodelar por completo nuestro sistema público de salud —intervino el titular de sanidad.

—Ese Nasser se ha creído que es la reencarnación de un faraón, parece que en ese país no son capaces de sacudirse la Historia de encima. Todos sus gobernantes quieren hacer una obra que emule en grandiosidad a sus antepasados —remató el responsable del servicio exterior.

—Por mí como si quieren llenar el país de pirámides, pero que no traten de hacerlo con el dinero del imperio británico —señaló de nuevo el de hacienda, que parecía llevar un ábaco incrustado en el cerebro.

—¿Qué imperio? Ya no nos queda imperio —farfulló el primer ministro, como si estuviera tratando de asumir una realidad dolorosa hablando consigo mismo—. En fin —continuó diciendo Eden—, he hablado con el presidente Eisenhower. A los americanos también les han pedido dinero y no están dispuestos a ceder, así que creo que por esta vez podemos ir de la mano en nuestra respuesta. Ya que aún no están por la labor de derrocar a Nasser, al menos nos ayudarán a ponerle límites aunque, sinceramente caballeros, dudo mucho de que sirva para algo. Ese hombre no parará hasta conseguir que todos los árabes nos odien. Cada vez estoy más convencido de que la única salida es apartarlo del poder, ya sea por las buenas o por las malas.

Pero en la mente del dictador esa era una opción que ni tan siquiera se contemplaba. Al contrario, cuanto más le apretaran las potencias extranjeras más fuerte consideraba su posición, pues ello no hacía más que exacerbar las ansias y el odio de una población empobrecida a la que resultaba muy fácil convencer de que todos sus males eran culpa de la explotación colonial.

La idea se le había ocurrido durante uno de sus viajes propagandísticos a las provincias del sur, ya en la tierra de los nubios. Desde tiempos inmemoriales el Nilo había sido la fuente de vida de Egipto al regar los campos de sus riberas con cada crecida anual que, además de proporcionar agua en abundancia indispensable para las cosechas, enriquecía la tierra con su sedimento de limo. El gran problema que se les planteaba era la dependencia de factores incontrolables, pues si los caprichosos astros no se alineaban convenientemente y el río era cicatero a la hora de ceder sus aguas para el regadío, el trigo no crecería y la hambruna resultaría inevitable. Nasser, sintiéndose poderoso e invencible, decidió retar a los dioses, cambiar el curso del río y con él el de la Historia, al construir una presa gigantesca en mitad del desierto que fuera capaz de abastecer a toda la agricultura del país en los años de sequía. Sus planes establecían construir el enorme reservorio de agua en tierras cercanas a la ciudad de Aswan, lugar sagrado para los ismaelitas. Se trataba de una zona desértica pero de enorme valor patrimonial, porque allí se concentraban algunos de los mejores templos funerarios construidos en la época de los faraones, y salvarlos de las aguas iba a requerir trasladarlos piedra a piedra en una complejísima y, por tanto, costosísima labor de ingeniería. El templo más representativo y valioso que habría que trasladar era el de Abu Simbel. Edificado por Ramsés II mediante un revolucionario método de excavación en la roca, el templo había quedado semi sepultado por las arenas de desierto hasta que el explorador Burckhardt lo descubrió a principios del siglo XIX. Se trataba de un tesoro arqueológico incalculable que obligaba a la comunidad internacional a conminarse para salvarlo de su entierro definitivo en el fondo de las aguas.

En el plan de la presa se incluía la construcción de un gran embalse, un lago artificial que almacenaría las aguas que regularían la irrigación de los campos. A medida que se avanzaba en el diseño del proyecto se iba poniendo nombre a cada una de las piezas que formaban la obra. La presa recibió el nombre de Aswan, la ciudad más próxima a ella, pero aún quedaba por dar nombre a la joya de las actuaciones: el gran lago que, a no ser que se trasladara de lugar, sepultaría el mítico templo de Abu Simbel. Y como quiera que había varias propuestas sobre la mesa y ninguna parecía despertar la unanimidad de los responsables del proyecto, el presidente decidió zanjar la cuestión de la forma que le pareció más lógica, bautizando al embalse con su propio nombre que, a partir de entonces, pasó a denominarse lago Nasser. Pero eso no fue más que una anecdótica prueba de su egocentrismo y de su poder omnímodo. Junto a ella, embebido en su soberbia y siendo muy consciente de que jugaba con fuego, Nasser tomó otra decisión mucho más problemática y de profundo calado en el frágil equilibrio internacional que amenazaba la paz mundial. Si las potencias extranjeras no estaban dispuestas a financiar su obra más emblemática, entonces los propios egipcios tomarían lo que consideraban suyo, aunque para ello hubiera que quebrantar los contratos y acuerdos internacionales y romper la baraja de la legalidad y la seguridad jurídica. El territorio de su nación albergaba muchas joyas, eso era por todos sabido, pero ninguna tan deseable y valiosa como la puerta de acceso al comercio de Europa con oriente: el canal de Suez. Y la llave de esa puerta la tenía ahora el coronel Gamal Abdel Nasser.

29

Tras su visita al Camelot, Támesis decidió ir a almorzar al restaurante del Continental. Aún era temprano y el comedor no estaba muy concurrido. Un par de condesas prusianas que ya solo vivían de recuerdos, algunas autoridades militares y dos o tres expatriados a los que conocía de vista. Los vientos de guerra todavía no eran lo suficientemente huracanados como para haber agitado los cimientos de la capital y, aunque no se hablaba de otra cosa, los comensales lo hacían con una distancia tal que parecía que aquello no fuera con ellos y el país no estuviera al borde del colapso y la invasión.

Todas las mesas del comedor estaban reservadas. Támesis tuvo que rogarle al *mâitre* que le hiciera un hueco. En unos segundos el asunto estuvo solucionado, lo que tardaron en pasar unos billetes del bolsillo del inglés a las manos apropiadas.

—Seremos dos para el almuerzo, estoy esperando a una dama —dijo Támesis en cuanto tomó asiento.

Entretuvo la espera disfrutando de la elegancia del lugar, con su aire colonial y el frescor que proporcionaban las fuentes y la vegetación interior. Un *negroni* que no tardaron en servirle fue la pieza que faltaba para rematar la perfección del panorama, convirtiendo al Continental en un oasis de exquisitez en mitad del caos cairota. Los grandes ventiladores de aspas que colgaban del techo del restaurante marcaban con su cadencioso ritmo los pasos de la mujer a la que esperaba. Ella cruzó el salón con la seguridad que da el saberse guapa, atrayendo hacia sí las miradas de deseo de los mozos y los camareros, las de envidia de algunas señoras, y las de reprobación de los más fanáticos y amargados. Támesis la recibió con la camaradería de un compañero más que con los modales de un caballero. Ella, vestida con un caftán de algodón inmaculado, tomó con cierta desfachatez y sin pedir permiso un cigarrillo de la pitillera de su amigo, que reposaba sobre la mesa junto al aperitivo. Fue llevarse el pitillo a los labios y, de la nada, surgieron tres llamas para que pudiera prenderlo, *mâitre,* camarero e inglés compitiendo porque su fósforo o su encendedor fuera el elegido. Ella los miró a los tres con media sonrisa cínica en la que había mucho de desdén. Despreció el servicial gesto de los caballeros y de un pequeño bolso de mano sacó su propio encendedor. Aprovechó la presencia del servicio para pedir que le prepararan un *bellini*. Luego miró a su compañero de almuerzo y, sin dedicar un segundo a banales preliminares de cortesía, preguntó:

—¿Y bien?

Él tomó un trago de su aperitivo y se encogió de hombros.

—Ha costado más de lo previsto, pero el encargo ya está hecho.

—O sea, que has pagado el doble de lo que deberías.

—Son unos maestros en el arte del regateo, no podemos competir en eso. Son años de cultura de mercaderes y negociantes en los zocos de todo oriente.

—Supongo que tienes razón —concedió ella por fin—. Además, en este caso, el dinero es lo de menos. Lo importante es que hagan bien su trabajo.

—Eso está garantizado, jefa, tenemos las mejores referencias de ese sinvergüenza, capaz de vender a su madre por un puñado de plata.

—Lo que me preocupa es que no nos salpique ningún escándalo, que nadie se entere que estamos detrás de esto.

Támesis asintió.

—Ese es el trato —dijo.

—¿Cuál es el plan? —preguntó ella.

—La técnica del billar. Golpear una bola para desplazar una tercera. De ese modo quedamos protegidos, demasiados escalones intermedios hasta el resultado final. Así nadie sabrá que estamos detrás de toda la operación.

Ella escuchaba con atención.

—Ese viejo, Malek, ¿es de fiar?

—Solo si hay dinero de por medio. Por eso no he querido apretarle mucho con el precio.

La mujer asintió, ya más complacida.

—Pues paguémosle bien y mantengamos la vigilancia. Nos jugamos demasiado en este asunto. Ya sabes que las órdenes de arriba son tajantes.

Mientras conversaban y les servían los platos del almuerzo, el comedor del Continental se fue llenando con la clientela habitual de este tipo de establecimientos lejos de la metrópoli, la habitual amalgama de vividores, aristócratas, aventureros, militares, espías, diplomáticos y comerciantes de reciente y turbio ingreso en el olimpo de los ricos. Las conversaciones en voz baja y la exquisitez de los modales contrastaban con el griterío de las calles, donde comenzaba a notarse un cierto temor ante las noticias prebélicas que llegaban desde el oeste del país.

Fue al final del almuerzo, mientras que Támesis firmaba la cuenta y se disponía a encender un generoso veguero, cuando se mencionó su nombre por primera vez.

—Hay un último asunto que debo consultarle, jefa. Al parecer hay un agente secreto del Vaticano que acaba de llegar al país con instrucciones que desconocemos. Pero, en fin, ya sabe, viniendo de los curas yo no me fiaría mucho.

A ella le cambió el gesto, alarmas encendidas, como si le hubieran mentado al mismísimo Satanás.

—¿Y cómo se llama ese agente? —preguntó.

El inglés sacó una pequeña libreta que llevaba en el bolsillo interior de la chaqueta, comprobó sus notas, y respondió.

—Arno. Se llama Arno Axel.

30

Las malas noticias se difunden con una rapidez vertiginosa. Apenas habían pasado unas pocas horas desde que el coronel Nasser anunciara al mundo su decisión y las bolsas comenzaban ya a desplomarse. Todas las cancillerías occidentales, sorprendidas ante la drástica medida, trataban de asimilar la nueva situación y calibrar las consecuencias que para sus economías pudiera tener la medida anunciada. Al único que parecía no haber pillado por sorpresa era al premier británico, que llevaba meses pidiendo la cabeza del dictador. Envalentonado por sus recientes éxitos y amparado en el respaldo popular, Nasser había decretado la expropiación y nacionalización del canal de Suez, violando todos los acuerdos internacionales y tratados de libre comercio, despreciando la legalidad e ignorando las consecuencias que su decisión pudiera acarrear. Sentado en uno de los sofás de cuero verde de su despacho en Downing Street, Anthony Eden leía en voz alta ante sus más estrechos colaboradores el discurso que el presidente egipcio acababa de pronunciar:

«Hoy, al acoger el quinto año de la revolución, somos más fuertes que nunca».

A la misma hora el presidente de los Estados Unidos hacía lo propio en la soledad de su escritorio en el despacho oval.

«El imperialismo ha intentado por todos los medios posibles socavar nuestro nacionalismo árabe».

En el palacio del Eliseo leía el presidente francés René Coty:

«Recuperaremos todos nuestros derechos, todas las riquezas que nos pertenecen. La pobreza no es una vergüenza, pero la explotación de los pueblos sí lo es».

Y en sus aposentos privados del palacio apostólico Su Santidad Pío XII, acompañado de su fiel cardenal Rúspoli, leía: «Iremos hacia adelante para borrar de una vez por todas las huellas de la ocupación y de la explotación. Es por estas razones por las que hoy firmo el acuerdo de gobierno sobre la nacionalización del canal de Suez».

La sorprendente e inesperada decisión del presidente egipcio, motivada supuestamente por la falta de apoyo de las potencias occidentales a financiar su megaproyecto hídrico en Aswan, ponía en jaque los intereses del comercio internacional, retrotrayendo la economía decenas de años atrás, a la larga navegación atlántica por el cabo de Buena Esperanza o a las rutas terrestres centenarias seguidas por Marco Polo a principios del milenio. Aquello suponía el fin de la modernidad y el desarrollo económico, una zancadilla al libre comercio. Ese era, al menos, el argumento inglés de cara a la opinión pública mundial. Anthony Eden no estaba solo en esta batalla. Francia compartía su visión apocalíptica, quizás porque habían sido ellos, por medio del ingeniero Ferdinand Lesseps, los impulsores del canal. Y aunque su gestión posterior no había sido precisamente ejemplar, siempre les quedaría el orgullo de haber sido los creadores del proyecto.

El órdago egipcio merecía una respuesta inmediata. Si la diplomacia no había sido capaz de lograr su objetivo, no había más remedio que revertir la situación mediante el uso de la fuerza.

Eden llevaba años pidiendo la cabeza de su enemigo, y la contundente actuación de este le había servido en bandeja de plata la coartada que necesitaba para lanzar una ofensiva militar contra los árabes.

En mitad de ese río revuelto navegaba con dificultad el recién creado Estado de Israel, apenas una pequeña franja de tierra clavada como una daga en el corazón mismo de oriente medio, rodeada por todos lados por potencias musulmanas. El primer ministro israelí David Ben Gurion vio la oportunidad para pescar algún beneficio para su causa y aprovechar el monumental enfado franco-británico para lograr aliados sólidos en su política de fortalecimiento como ingente potencia local. La entrada de Israel en escena permitía crear un triángulo con vértices en Londres, París y Jerusalén, con un potencial conjunto suficiente para doblegar a los egipcios.

El primer paso fue convocar una cumbre para discutir y diseñar su estrategia. La convocó René Coty, el presidente francés, en la pequeña localidad de Sevrés, a las afueras de París. No dejaba de resultar paradójico que un pueblo reconocido por la delicadeza y fragilidad de su porcelana acogiera una reunión con el objetivo de declarar la guerra en la que, normalmente, no suele quedar una sola pieza de la vajilla sin romperse. Son habituales las reuniones de alto nivel en las que no se discute nada, porque las decisiones ya han sido tomadas antes de su convocatoria, que no sirve más que como coartada para justificar lo que, de todos modos, ya habían acordado hacer. Eso fue lo que ocurrió en Sevrés. Los tambores de guerra habían comenzado a redoblar desde el momento mismo en que Nasser leyó su discurso a la nación, y la cumbre solo serviría para afinar la melodía. Sin embargo, los directores de esta orquesta de bombas y fusiles erraron algunas notas de la partitura. Contaban con que su acción obtendría el respaldo, más o menos explícito, de las dos grandes superpotencias surgidas tras la reciente segunda guerra mundial. Craso error. Los americanos no veían con buenos ojos la estrategia belicista de sus aliados tradicionales. Siempre habían sido contrarios al colonialismo, quizás porque ellos mismos habían sido una colonia, y en la motivación de británicos y franceses intuían la añoranza de la vuelta al *status quo* del dominio metropolitano. Los soviéticos, por su parte, fueron aún más duros. No solo se opusieron a la guerra, sino que amenazaron con ayudar a los pueblos árabes en su lucha por la independencia. La zona del conflicto resultaba muy sensible para sus intereses, y no estaban dispuestos a tolerar una involución que los condujera a tiempos ya pasados.

Eden apeló a su vieja amistad con Eisenhower, labrada en los duros años de la campaña contra Hitler, cuando el general de cinco estrellas estaba al mando de las tropas estadounidenses desplazadas en Europa. Pero las cosas habían cambiado, y el ahora presidente americano no iba a jugársela por una ruta marítima que apenas tenía relevancia para el comercio de su país. En este caso la geografía imponía sus incontestables razones.

Nada de ello fue obstáculo para que la nueva alianza franco-anglo-israelí siguiera adelante con sus planes belicistas. En una acción conjunta perfectamente planificada por su estado mayor, el ejército israelí invadió la franja de Gaza y la península del Sinaí. Al día siguiente Francia y Gran Bretaña bombardearon varios objetivos militares egipcios. Cinco días más tarde enviaron a la infantería, y tropas terrestres se desplegaron por el país.

Había estallado la guerra.

31

Esta vez el viaje resultó más agradable. El paisaje era el mismo de la primera vez, un desierto pedregoso que se abría paso entre montañas y dunas de arena que bailaban a merced del viento. Sin embargo, en esta ocasión no ocurrieron fenómenos extraños, pueblos que aparecen y desparecen, coches sin conductor devorando millas en mitad de la nada, o francotiradores escondidos intentando jugar con el agente al tiro al plato. Tampoco hubo tormentas, ni espejismos, solo un viaje monótono que, de tan aburrido resultaba placentero. Arno viajaba esta vez sin más compañía que sus mapas, provisiones y la cantimplora llena de agua fresca. Aunque el camino era largo había previsto desviarse de las rutas más concurridas para evitar pasar por localidad alguna antes de llegar al destino. Las últimas noticias que había recibido hablaban de una aniquilación casi absoluta de la pequeña comunidad católica de la aldea de Al-Junum. Los musulmanes más radicales, seguidores en su mayoría de los Hermanos Musulmanes, habían pasado a jambia y cimitarra a todos los católicos de la ciudad. Al igual que ocurre en un incendio, las llamas se habían ido extendiendo hasta envolverlo todo, y quienes pagaron por su religión no fueron solo los curas sino cualquier feligrés que hubiera cometido la temeridad de intentar defender la pequeña iglesia de la aldea en lugar de huir de allí cuanto antes, que frente al fanatismo y la sinrazón poco tienen que hacer el diálogo y el sentido común.

El enviado del Vaticano hizo noche a los pies de una colina, separada apenas unos metros del camino principal, al que le quedaba grande el título de carretera. Hizo una hoguera para calentarse en la fría noche del desierto donde las temperaturas parecían despeñarse desde un abismo, y para espantar de paso a los depredadores que salían a cazar de madrugada. Puso unas latas de puchero envasado en las brasas de la fogata, limpió de piedras y cantos picudos una parcela de suelo, abrió el saco de dormir y dejó que la bóveda estrellada del firmamento hiciera de techumbre y protección. Tardó en dormirse. Por su cabeza bailaban transidos y en frenesí los habitantes del pueblo sin escuchar a nadie más que a la música que sonaba en el interior de sus cráneos, convertidas las calaveras en cajas de resonancia piratas con dos tibias por baquetas. Y, entre los siniestros danzantes, los perros se lanzaban al abismo, suicidas entregados al abrazo del barranco como si olvidaran que, en el reparto de los dones, las alas les fueron negadas.

Se despertó con los primeros rayos del sol. La noche, densa de pesadillas, le había dejado el paladar con el regusto de una resaca de sueños bastardos, hemisferios cerebrales adúlteros. Vio a lo lejos, recortada contra el horizonte, la imagen de un dromedario con su lento y cadencioso caminar. También escuchó el balido de un rebaño de cabras que desayunaban los escasos matojos que crecían entre las rocas. Tomó una taza de café bien cargado acompañado de unos dátiles y unas galletas de jengibre, recogió el pequeño campamento, y continuó su ruta hacia el interior del desierto camino de la aldea supuestamente poseída por Satán. Trató de distraer la monotonía del viaje con algo de música, pero la radio del coche apenas podía captar con nitidez la señal de un par de emisoras que sonaban tan lejanas como la civilización. Durante un instante sonó una canción patriótica, una alabanza sonrojante al *raís*, al coronel Nasser. Apenas audible, el dial se alejaba de la música para ofrecer las noticias, un parte de guerra tan manipulado como suelen estarlo en todos los países cuando de lo que se trata es de cantar las bondades del propio ejército y mantener alta la moral del pueblo. En la inmensidad del desierto, enfrentado a la abrumadora fuerza de la naturaleza, la insignificancia de un hombre solo invitaba a reflexionar sobre la estupidez de la guerra, ridículas hormigas peleándose por los restos de un diminuto trozo de comida ante la magnificencia del universo.

Empezaba a caer la tarde cuando vio a lo lejos las cúpulas y los minaretes de las mezquitas de Al-Junum. Pavesas era todo lo que quedaba de la pequeña iglesia católica, fuego que había quebrado su bonito campanario que acabó venciéndose como un símbolo de la derrota de la ciencia arquitectónica y del sentido común. Las calles de la aldea estaban desiertas, sucesión de ventanas tapiadas y puertas trancadas cerrando unas casas en las que ya no habitaba nadie. Grandes bolas de paja y enramado recorrían los caminos empujadas por el viento, en una imagen que a Arno le recordaba las películas del oeste americano, de rudos vaqueros y duelos de hombres solos ante el peligro. Igual que se sentía él ahora, solo que aquí ya no parecía haber nada de qué preocuparse, todos habían desaparecido, como si una catástrofe nuclear lo hubiera aniquilado todo. En el atrio de la iglesia encontró restos de sangre seca, reminiscencias de una carnicería que había concluido con el degollamiento del cura, del monaguillo y de un buen puñado de feligreses. Las huellas mostraban que los cristianos habían sido perseguidos hasta las lindes mismas del pueblo del que ninguno parecía haber podido escapar con vida. Los que se habían refugiado en sus casas habían encontrado allí la muerte, convertidos sus hogares en trampas de las que ya no pudieran huir, pues la turba enfurecida no cejó en la persecución hasta darles alcance y despacharles de un plumazo al más allá.

Arno caminó hasta la vera del barranco por el que se lanzaron sin dudarlo los perros suicidas que, entre excitados ladridos, corrieron al abrazo de la muerte. Inspeccionó la zona, se asomó al abismo, recogió muestras de hierbas y matorrales, pero no encontró nada relevante. Luego buscó por toda la aldea, esquina a esquina, casa a casa, tratando de encontrar una señal que le iluminara, pero todo encajaba en los laxos límites de la normalidad. No halló ningún altavoz escondido del que pudiera manar la hipnótica música que había convertido a los habitantes en danzantes ensimismados, ni señales de gramolas, ni escenarios de orquestinas. Por no haber no había ni balidos de cabra, ni cacareo de gallinas, ni ronquidos de dromedario, ni relincho de los caballos. La plaga bíblica era hoy la desaparición de los niños, la ausencia de risas, la supresión del amor. A la salida de la aldea una tapia encalada marcaba las lindes del camposanto. Todo resultaba tan extraño que el propio cementerio parecía tener más vida que el pueblo. Al menos allí se respiraba ese ambiente de perpetuo descanso que a nadie podía sorprender, pues el silencio y la paz eran innatos a ese lugar. Arno caminó entre las sepulturas como quien navega por un mar de piedra y mármol en busca de nada. De pronto sintió una presencia a su espalda. Fue algo imperceptible, más un golpe de intuición que de conocimiento. Miró atrás y no vio a nadie. Volvió a girarse y entonces apareció, sigiloso, presumido, sabedor de que los antiguos egipcios los consideran dioses. Era un gato negro, de piel brillante que presagiaba una caricia de suavidad. Estaba encaramado a una lápida. Tenía los ojos de diferente color, uno gris, el otro azul, heterocromía de iris que convertía su expresión en más misteriosa e inquietante. Ambos, agente secreto y felino, se aguantaron la mirada unos instantes, como si se estuvieran retando. Inmóvil en su posición el animal parecía querer decirle algo al aventurero. Cuando consideró que ya había entregado su mensaje, como un acróbata silencioso dio un salto imposible y desapareció. Fue entonces cuando Arno se percató de lo que había querido decirle. En la lápida, cincelado en la piedra, estaba escrito su nombre. Era la misma que había visto en el zoco de Alejandría días atrás, solo que ahora ya estaba terminada e incluía la fecha de su fallecimiento, que se correspondía con ese mismo día.

No tuvo tan siquiera un segundo para pensar en ello, porque en ese momento sentía desmoronarse sus piernas mientras la oscuridad tomaba sus ojos. «Hasta aquí», fue su último pensamiento antes de iniciar el viaje a lo desconocido.

32

La mañana era gris, plomiza, como lo son los días más agradables del invierno londinense. El primer ministro Anthony Eden llegó a palacio con la puntualidad que se espera de un caballero inglés. Buckingham Palace parecía a esa hora un caserón abandonado, envuelto en un silencio de cripta. Las mullidas alfombras silenciaban los pasos del servicio, que se movía con precisión de autómata y sigilo felino. La joven reina no tardó en aparecer en el salón de audiencias. A pesar de la edad mostraba un gran aplomo, un dominio de la situación que reflejaba a la perfección la realidad de quien a su alrededor no ve un intimidante y descomunal palacio, sino simple y llanamente su propio hogar. Tras los saludos protocolarios y las cortesías habituales en esta clase de encuentros, la reina y su primer ministro comenzaron a despachar. Aunque Eden le doblaba ampliamente la edad y llevaba a sus espaldas el bagaje de una larga carrera política y diplomática, no tardó en establecer una relación de confianza profesional con la joven monarca. Isabel carecía de toda experiencia en asuntos de Estado. En los pocos meses que llevaba en el trono siempre había estado protegida por la paternal figura de Winston Churchill, buen amigo de su padre el difunto rey Jorge. En todo ese periodo su papel se había circunscrito estrictamente a lo estipulado por las leyes y tradiciones de la Gran Bretaña, actuando como un símbolo nacional carente de todo poder político. Sin embargo Eden había decidido arrastrar al país a una nueva guerra y, aunque fuera un conflicto que parecía estar ganado de antemano, sabía que la guerra es siempre una ruleta loca que reparte a manos llenas sufrimiento, dolor y miseria. Por otro lado, la reina era formalmente la comandante en jefe de las fuerzas armadas, y el primer ministro consideraba que debía ser conocedora de todos los documentos confidenciales del gobierno y de las acciones que planificaba acometer antes incluso de que los conociese el mismo parlamento. Se trataba de un proceder poco ortodoxo e inédito en el delicado juego de equilibrios creado tras siglos de democracia.

Tras informar a Su Majestad de los planes militares del gabinete, Eden decidió que enviaría un reporte diario a la reina para tenerla puntualmente informada del desarrollo de los acontecimientos. Al cabo de una semana, y a medida que se precipitaban los sucesos y retumbaban con más fuerza los tambores de guerra y el ruido de las balas y las bombas, el informe diario se duplicó para expedir uno a media mañana y otro entrada la tarde de modo que, en la práctica, Eden había atrapado en su red a la inexperta monarca convirtiéndola de facto en un miembro más de su gabinete. Ante la falta de precedentes, la reina tuvo que recurrir a su propio instinto, sazonado con los sabios consejos de su madre, quien había sido el verdadero pilar que había conseguido mantener la monarquía a flote apoyando y dirigiendo a su tímido marido, dubitativo y tartamudo, cuando las tropas alemanas de Hitler bombardearon Londres y pusieron contra las cuerdas la independencia del milenario reino de Albión.

No tardó en darse cuenta de que algo no iba bien. Más allá de la retórica belicista del primer ministro que aventuraba una victoria rápida, segura y sin apenas bajas, que lograría expulsar del poder al coronel Nasser y recuperar las prerrogativas coloniales en la zona, había algo en el gobierno que sonaba fingido, artificial, incluso deshonesto. Formalmente Eden jugaba la carta de la solidaridad con sus aliados israelíes en su perpetua guerra con sus vecinos pero, en el fondo, los intereses de Downing Street eran otros bien distintos que poco tenían que ver con sentimientos de paz y justicia universal, sino más bien con la revancha de la Historia y el sometimiento de sus enemigos. La reina entendió que nada bueno podía construirse basándose en los cimientos de la mentira y la venganza. Contradecir la marcha de los tiempos no parecía la opción más inteligente en un mundo que avanzaba ya por otros caminos en los que el yugo del colonialismo tenía difícil cabida. El primer ministro, obcecado con su estrategia de derrocar a Nasser, doblaba la apuesta día a día hasta convertirla en un órdago carente de matices: o el egipcio o yo. Olvidaba Anthony Eden que las relaciones internacionales y la geopolítica global se caracterizan por poseer una amplia gama cromática que supera el reduccionismo del blanco o negro. Lo único que conseguía con su actitud era situarse a sí mismo ante el abismo de la derrota que, de producirse, muy probablemente acabaría con su carrera política. No contaba el premier británico con que, al igual que el éxito y el fracaso a los que aludía su compatriota Kipling, la victoria y la derrota son también dos caras del mismo impostor.

33

El primer ataque había llegado por sorpresa, sin amenazas ni declaraciones previas. Simplemente sucedió. Las tropas israelíes lanzaron una ofensiva planificada al detalle sobre la península del Sinaí. El ejército egipcio, aunque numeroso y voluntarista, carecía del entrenamiento y los medios de sus enemigos. Si a ello le sumamos la imprevisión del gobierno que no esperaba que alguien le atacase por ese flanco sin mediar una declaración explícita de guerra, el resultado no podía ser otro que el del avance galopante de las tropas invasoras. Nasser, vestido con su uniforme verde oliva de coronel, reunía a su estado mayor y trataba de organizar la defensa al este del mar Rojo. Envió refuerzos y concentró allí lo mejor de su artillería. Lo que no esperaba el dictador era que, apenas unos días después del inicio de la ofensiva israelí, Francia y Gran Bretaña comenzaran un ataque global sobre objetivos egipcios. Aviones de las dos potencias europeas despegaban de las bases militares que tenían en las cercanas islas mediterráneas de Chipre y Malta, y descargaban sus vientres encintos de muerte y destrucción. Sin dar apenas tiempo a los egipcios a organizar su defensa contra los bombardeos, una flota formada por un centenar de fragatas, destructores e incluso siete portaviones, se desplegaba por la costa árabe. El paso final de la estrategia de la coalición aliada no tardó en llegar. Una fuerza de ochenta mil soldados fue desplegada a continuación sobre el terreno. Este fue el golpe de gracia a la resistencia que podían ofrecer los invadidos. Ante semejante ejército poco podían hacer las tropas de Nasser.

Sin embargo el dictador no era un mal estratega. Como líder del movimiento de los oficiales libres había llegado al poder por las armas. No iba a permitir ahora que las potencias coloniales a las que había desafiado le bajaran del trono que tanto esfuerzo le había llevado conseguir. Reunió a su cúpula militar y ordenó llevar a cabo una estrategia a la desesperada que complicara los planes de los invasores. Ordenó hundir toda una flota de barcos en la boca de entrada del canal de Suez, haciendo imposible de este modo su navegación. Hasta cuarenta buques, algunos mercantes de grandes dimensiones, acabaron sepultados bajo las aguas ganadas a la arena del desierto. La estrategia dio resultado y consiguió detener momentáneamente el avance de las potencias occidentales. Eso le permitió ganar un poco de tiempo, el suficiente como para fortalecer su posición interna, erigiéndose en el símbolo de la independencia del mundo árabe frente al yugo explotador de las potencias metropolitanas. Tiempo precioso que le permitió también apelar a la solidaridad de la comunidad internacional, convirtiendo la causa de Egipto en un *casus belli* de dimensiones globales. Apenas había pasado una década desde el final de la segunda gran guerra y el mundo no estaba para más veleidades bélicas. Tres guerras mundiales en apenas medio siglo habrían sido una carga insoportable para las espaldas de un continente exhausto que luchaba por recomponer las piezas de un jarrón que la locura nacionalista y totalitaria había roto en mil pedazos. Cada uno tenía sus propias razones, pero si en algo coincidían era en que a nadie le interesaba que la situación se prolongase. El éxito de la campaña militar, que había conseguido sus objetivos en apenas cinco días, terminó siendo su mayor debilidad. Los soviéticos buscaban consolidar su influencia en el mundo árabe. Apoyaban a Siria, y los sirios eran aliados históricos de los egipcios, dueños de una relación prácticamente de hermandad. A los americanos, por su parte, tampoco les convenía ofrecer una imagen déspota y colonialista, pues ello les dejaría sin argumentos en su oposición al expansionismo comunista que, en ese mismo periodo, se extendía por Hungría y otros países centroeuropeos formando el telón de acero que iba a dividir el continente en dos concepciones distintas de entender la vida en sociedad.

Así pues de nada sirvió la arrolladora victoria militar. Los vencedores fueron obligados a retirarse a sus cuarteles mientras una misión de las recién nacidas Naciones Unidas se hacía cargo de la situación. El éxito en el campo de batalla se transformó sorprendentemente en una derrota política para Francia y Gran Bretaña, a los que no quedó más remedio que reconocer que los buenos viejos tiempos habían quedado atrás y que, en adelante, un nuevo orden mundial regiría los destinos de las naciones. Y en esa partida ellos ya no contaban con buenas cartas para jugar, relegados a ser meras comparsas de las dos grandes nuevas potencias mundiales. La guerra fría había comenzado.

34

Arno permaneció en silencio con los ojos cerrados, como si aún estuviera de visita en el reino de los sueños. Intentaba ganar tiempo para adivinar dónde estaba y qué era lo que había ocurrido. Era un lugar fresco en el que debía haber alguna ventana abierta a la calle por la que se colaba el ruido del tráfico. También se escuchaba una música machacona y repetitiva en la que parecía hablarse mucho de amor, pues se repetía en bucle la palabra *habibi*, interpretada por una orquestina que sonaba algo rayada en la pletina. Entremedias le llegaban ecos de conversaciones y entrechocar de copas, y de la habitación de al lado jadeos espasmódicos de orgasmos más fingidos y falsos que la nobleza de una hiena.

Poco a poco fue abriendo los ojos hasta cerciorarse de que estaba solo en la habitación. Era noche cerrada, e ignoraba por completo el tiempo transcurrido desde que una capucha negra y un pinchazo le nublaran la conciencia. Estaba tirado en un jergón de paja. Una larga cadena de hierro amarrada a su tobillo por una argolla lo mantenía atado como a una fiera del circo. Intentó ponerse en pie, pero la cabeza comenzó a darle vueltas como si le estuvieran centrifugando el cerebro, y tuvo que volver a acostarse. Seguía estando muy cansado y, aunque luchaba por mantenerlos abiertos, los párpados se empeñaban en cerrarse, bajando así de nuevo la persiana de su vida para dejarla interrumpida durante algunos minutos más. Volvió a vencerle el sueño hasta que escuchó el chirriar de los goznes de la puerta, bisagras que se quejaban amargamente, necesitadas de una caricia de aceite. Cerró los ojos de nuevo tratando de aparentar que seguía sumido en un sueño profundo. Había alguien a su lado. Notaba su respiración, y un aroma conocido a agua de rosas le sugería que su carcelero era una mujer. Apenas unos instantes después sintió cómo se alejaba de él hasta cerrar a sus espaldas la chirriante puerta. Quienquiera que fuese le había dejado a los pies del camastro una bandeja con un puñado de dátiles y una jarra de té caliente. Aunque no tenía mucha hambre se forzó a comer y a tomar la ardiente bebida. Necesitaba reponer fuerzas e hidratarse para pensar con claridad. Intentó quitarse la argolla del tobillo, pero resultó ser una tarea imposible. Se encontraba como un galeote apresado por el enemigo, solo que aquí no había cómitre que marcara el compás. Era evidente que, mientras siguiese encadenado, no tenía ninguna posibilidad de salir de allí con vida.

De las habitaciones de al lado llegaban ahora risas y ruido de azotes, y una catarata de palabras soeces que sonaban tan groseras y rotundas en árabe como en cualquier otro idioma. La longitud de los grilletes a los que estaba atado no le permitía llegar hasta la ventana para pedir ayuda. Arrastraba sus cadenas como un fantasma ruidoso y torpón, lo que lo convertía en un vecino molesto. Oyó pasos que se acercaba a la puerta. Con su chaqueta y un montón de paja improvisó un muñeco que yacía sobre el jergón y que pudiera confundir a su carcelero. Solo necesitaba un momento de duda, lo justo para saltar por detrás y echarle la cadena al cuello al guardia. Se escondió tras un batiente de la puerta. Apenas esta se abrió, y mientras el vigilante daba un par de pasos hacia la cama confiado al ver la figura que se intuía bajo la manta, Arno se abalanzó por detrás y le rodeó el gaznate con la cadena. De una patada cerró la puerta. Con la mano que le quedaba libre cacheó al carcelero. Fue entonces cuando descubrió dos cosas: que no iba armado, y que bajo las holgadas ropas se ocultaban las sensualidades de un cuerpo de mujer. Ella, que se agarraba desesperadamente a ese garrote vil que estaba a punto de estrangularla, no podía gritar ni pedir ayuda. El agente apretaba con más fuerza la gigantesca esclava de hierro, obligándola a arrodillarse y rendirse o a morir en el trance. Su nariz junto a su cuello volvió a trasladarle a un paraíso de aromas conocido, el de la piel suave y caliente aderezada con unas gotas de un perfume fresco y ligero. Fue entonces cuando supo que a quien estaba a punto de asfixiar era la hermana Siena, la monja que, supuestamente, trabajaba a las órdenes del Vaticano. Aflojó la presión permitiéndole respirar y tomar aliento. Mientras ella intentaba recuperar el resuello él le dijo muy serio:

—Si gritas te mato.

Le pidió la llave del candado que lo tenía cautivo. Ella se la dio sin oponer resistencia alguna. Cuando por fin estuvo libre, Arno la agarró del pelo con fuerza, obligándola a mirarle a los ojos.

—¿Quién demonios eres?

Ella intentó mantener la mentira con escasa convicción.

—Ya lo sabes, soy la hermana Siena, trabajo para los servicios secretos vaticanos, igual que tú. Somos colegas, ya te lo...

—Calla, no seas patética. Tú nunca has sido mi contacto aquí. ¿Para quién trabajas?

Ella no dejaba de mirar con nerviosismo a la puerta.

—Tengo que volver, si no regreso sospecharán que algo raro está pasando y nos matarán a los dos.

—¿Nos matarán? ¿Quiénes nos van a matar?

La hermana Siena, o como quiera que se llamara en realidad, tomó las manos del agente entre las suyas.

—Ahora no hay tiempo para explicártelo, pero tienes que confiar en mí.

Arno trataba de calibrar el nivel de sinceridad de una mentirosa, lo más probable es que estuviera tratando de enredarle de nuevo en su laberinto de embustes. Pero no tuvo oportunidad de darle demasiadas vueltas, porque se escuchaban ya acercarse unos pasos por la escalera. Ella se alisó el colorido vestido de seda que vestía, se atusó el pelo, se llevó el dedo índice a los labios decretando silencio, y salió de la habitación justo en el mismo momento en el que un tipo mal encarado con aspecto de matón estaba a punto de entrar. El agente los escuchó hablar al otro lado de la puerta. Lo hacían en árabe, él en un tono más seco y cortante, ella más sumisa. No pudo entender con claridad lo que decían, pero la buena noticia era que se alejaban de la puerta y descendían los escalones hacia lo que fuera que hubiera en el piso de abajo. Libre de sus cadenas y recuperado del efecto del somnífero que, sin duda, le habían inoculado, Arno se asomó a la ventana por la que se oían los ruidos del tráfico. Estaba protegida por una celosía de madera que debía tamizar la luz durante el día, manteniendo el frescor de la habitación y evitando de paso que pudiera verse desde el exterior lo que ocurría dentro. La ventana daba a una pequeña callejuela lateral perpendicular a una avenida más concurrida. Estaba hecha de un ocume fino que apenas ofreció resistencia al tirón que le dio el agente para arrancarla. Se asomó a la calle. Se encontraba en un segundo piso. Al lado de la ventana bajaba un canalón por el que se desaguaban las lluvias y otras aguas más infectas. No parecía muy sólido, pero sí lo suficiente como para permitir a Arno utilizarlo como ocasional liana para descender unos metros y saltar al suelo con mayores garantías de no romperse los huesos. Al llegar abajo giró hacia la avenida principal y se mezcló entre la gente. Miró hacia atrás para ver el lugar donde había estado retenido. Un neón carmesí sobre la puerta anunciaba en dos grafías, la árabe y la latina, el nombre del local: Camelot.

35

Quien no perdía su papel en el nuevo damero mundial era la iglesia católica. Acostumbrada a sobrevivir en cualquier entorno y situación, por hostil que fuera, encontraba fortalecido su papel de discreta influencia en el nuevo orden mundial que estaba naciendo. Parecía que la Historia había decidido pisar el acelerador de los cambios, que ahora se producían a velocidad vertiginosa. El papa Pío XII era muy consciente de esta situación y dedicaba largos momentos a reflexionar sobre la inercia de la evolución de los acontecimientos políticos. Su fiel lugarteniente, el cardenal Rúspoli, compartía con su viejo amigo de infancia la misma preocupación. Sin embargo en la cabeza del cardenal había prioridades más perentorias que atender, entre las que encontraba un espacio predominante la crisis de la aldea maldita de Al-Junum. Llevaba días sin recibir noticias de su agente, y ello solo podía significar problemas.

—¿Seguimos sin noticias, cardenal? —el papa preguntaba sin levantar la vista del informe que estaba leyendo.

—Por desgracia así es, Santidad, pero no deberíamos preocuparnos en exceso. Nuestro hombre sabe bien lo que tiene entre manos, solo es cuestión de tiempo —respondió el cardenal.

—El problema, eminencia, es que tiempo es precisamente el único bien del que no disponemos. La curia me presiona para que no trate esto como un asunto político, sino como un tema de fe. Si su agente no es capaz de encontrar una solución cuanto antes, no me quedará más remedio que atender las peticiones del cardenal Brandolini y enviar a Egipto a un equipo de exorcistas.

Rúspoli se quedó en silencio, la mirada perdida en el interior de la enésima taza de café que tomaba esa mañana. No estaba de humor como para argumentar ni mucho menos discutir con su superior. Sabía que, en el fondo, el papa pensaba lo mismo que él, pero entendía que este tuviera que ceder a las presiones del ala más retrógrada de la Iglesia. Pío XII se quitó las gafas y se restregó los ojos. Su vista estaba ya cansada, todo ocurría a la velocidad del rayo y la Historia comenzaba a pasarle por encima. Se quedó un instante pensativo mirando a su amigo de la niñez Enzo Rúspoli. Juntos habían ascendido en el escalafón eclesiástico y llevaban ya muchos años trabajando mano a mano. Se entendían sin necesidad de pronunciar palabra. Pero esta vez el papa consideró que debía verbalizar lo que pasaba por su cabeza.

—Querido Enzo, acabo de cumplir ochenta años. La vida se me ha pasado como un soplo y ya va siendo hora de que me prepare para devolver el alma. Ya no tengo fuerzas para batallar. Ambos sabemos que tiene que haber una explicación lógica para esos sucesos, pero todo es tan extraño que quizás estemos equivocados. Es posible que esta vez tengan razón los que dicen que es obra del maligno. Al fin y al cabo Satanás existe y convive entre nosotros.

—Pero…

—No busquemos excusas, Enzo, porque la realidad es que mientras tú y yo discutimos teologalmente sobre fe y razón, están matando a los nuestros. Soluciona esto. Y, si no eres capaz, dejemos que sean otros los que lo hagan.

36

Cuando la madrugada ya había sido exprimida hasta sus límites, Salmán echó a los últimos clientes que quedaban, aquellos más recalcitrantes que parecían no tener casa o ganas de regresar a ella. Una vez que el local quedó despejado de extraños inoportunos, Malek reunió a su equipo de patanes para ajustarles las cuentas. Habían dejado huir al prisionero, y alguien tendría que pagar por ello. Jezabel era la que tenía todas las papeletas para llevarse el premio gordo dc la ira dc su ducño.

—¿Cómo es posible que se haya escapado, pedazo de imbéciles?

El viejo, habitualmente calmado y al que era infrecuente escuchar elevar la voz, estaba ahora fuera de sí. Inútiles era solo el primero de la retahíla de insultos con la que colmó a sus secuaces. Estos no osaron interrumpirlo. Dejaron que soltara toda su frustración aguantando el chaparrón lo mejor que pudieron. Cuando por fin se hubo tranquilizado les ordenó que salieran a las calles a la caza del prisionero. En un par de días había acordado reunirse de nuevo con su cliente, el estirado inglés que se hacía llamar Támesis, al que no podía contarle que el principal obstáculo para llevar a cabo sus planes andaba suelto por la ciudad poniendo en peligro toda la operación. Para el viejo Malek no era ya una simple cuestión de dinero, de correr el riesgo de que el trato se viniera abajo por su incompetencia para cumplir su parte del acuerdo, sino que se trataba de un asunto de prestigio que podría afectar al futuro de su negocio, pues en las alcantarillas por las que se movía el viejo las noticias de este tipo corrían como la pólvora y, al final, también los criminales viven de su mala reputación.

Bastaron un par de tazas de una infusión relajante para que amainara la tormenta y las aguas volvieran a su cauce. Una vez escupidas todas las palabras hirientes, vaciado ya el depósito del veneno de la cólera, Malek volvía a ser el sagaz calculador desprovisto de escrúpulos y de moral que le habían convertido en un destacado miembro de la aristocracia del hampa local. Pidió a Jezabel que volviera a interpretar el papel de la hermana Siena y que buscara al agente por todo El Cairo. Ella asintió sumisa, temblando por dentro por si su dueño descubría que Arno ya la había desenmascarado. Pero como la intuición le decía que a ella también le iba la vida en ello, guardó su secreto, se recogió el pelo, se vistió las ropas de joven aventurera, y salió a la calle en busca del cura. Debía encontrarlo antes de que lo hiciera Salmán y lograra arrancarle una confesión que la delataría a ella por su torpeza en la custodia del prisionero. El sobrino del proxeneta, perro rabioso y hambriento, afilaba su gumía a la espera de salir de cacería. Esta vez las órdenes de Malek fueron tajantes: captura y ejecución. Él también había sido tentado por la avaricia y, aunque Támesis le había dejado claro que no le importaban los métodos que utilizara con tal de que cumpliera su encargo, había cometido el error de subestimar al cura y, en lugar de matarlo, retenerlo con vida para canjearlo en su momento por una buena saca de libras. Y ahora se veía sin rehén y con el enemigo que podría desbaratar sus planes de nuevo suelto en la calle.

Salmán distribuyó el trabajo y ordenó a Jezabel que buscara en los grandes hoteles de la ciudad mientras él se encargaría de rebuscar en la basura de los bajos fondos, ecosistema en el que se sentía más cómodo que en los elegantes salones coloniales del Windsor o del Continental. Con lo que no contaba ninguno de los de su partida de gañanes era con que Arno, veterano ya de mil batallas, no iba a cometer la torpeza de regresar al confort de su suite en el hotel, ni de buscar refugio en cualquier otra posada discreta y modesta de las que abundaban por el zoco, sino que se ocultaría en un lugar en el que a nadie se le ocurriera indagar.

Antes de partir de cacería, Malek consideró importante enviar un último mensaje a su cohorte de sicarios.

—Aplicaos en vuestra búsqueda —dijo con solemnidad—, porque llega ya el momento de llenar la fosa y darle uso a la lápida que ha estado tallando el cantero Ezequiel. Quiero a ese agente secreto. Lo quiero ya. Y lo quiero muerto.

37

Se cumplía una década del establecimiento de relaciones diplomáticas entre la Santa Sede y la república árabe de Egipto. Desde que el apóstol San Marcos evangelizara, con escaso éxito, por cierto, esas tierras, coptos ortodoxos, griegos bizantinos, armenios protestantes y un puñadito de católicos, se repartían la presencia cristiana en un territorio predominantemente musulmán donde su presencia quedaba muy diluida. La tierra de la zarza ardiente donde Dios reveló su nombre a Moisés, la madre del universo, como la denominaron los faraones hijos de Horus y Osiris. Suficiente, en cualquier caso, para disponer de una embajada con los privilegios que ello otorga. Entre los más codiciados el de resultar un espacio de soberanía nacional del Estado Vaticano inviolable, en el que cualquier ciudadano de la ciudad de los papas podía hallar refugio sin temor a ser capturado. A cambio de esa seguridad la embajada se convertía en un lugar aislado desde el que resultaba imposible desarrollar el trabajo para el que el agente secreto había viajado hasta el país. Tarde o temprano tendría que abandonar el nido, y ese sería el momento elegido por Salmán para asesinarlo. El sobrino estableció turnos de vigilancia tanto a las puertas de la residencia del nuncio como frente a las oficinas de la embajada. El edificio era modesto, pequeño, y sin salidas ocultas. Era obvio que no había sido diseñado para albergar una sede diplomática, sino unas simples oficinas funcionales pensadas para propósitos meramente burocráticos. Vigilarlo resultaba muy sencillo, tan pronto como el conejo saliera de la madriguera lo atraparían y sabrían cómo acabar de una vez por todas con el molesto agente que ponía en riesgo su negocio.

Pasaron las horas y nada ocurrió. Transcurrió otro día más y los matones instalados frente a la legación vaticana seguían sin noticias del agente. Quizás, pensaban, había decidido esconderse en el interior hasta que amainaran los vientos de tormenta que había sembrado en su fuga. Salmán ordenó a los suyos permanecer en sus puestos, en la esperanza de que, tarde o temprano, no le quedara al cura más remedio que abandonar su escondite.

Poco podían imaginar que, justo a esas horas, Arno respiraba el aire fresco que fluía por las riberas del Nilo, cómodamente sentado en la bañera de popa de un falucho al que había decidido trasladarse a vivir tras fugarse del Camelot. Se dirigió a un embarcadero que se encontraba río arriba, en un barrio de la capital, y allí negoció con un *fellah* alquilarle la embarcación durante unos días con la excusa de que le gustaría remontar el Nilo para visitar los numerosos templos que se encontraban a ambos lados del caudaloso río. Llegaron a un acuerdo y Arno tomó posesión del barco. Ya como patrón de la modesta nave envió al hotel, en busca de su equipaje, a un muchacho de los que merodeaban entre las barcas en busca de algún trabajo ocasional con el que ganarse unas piastras. Desde entonces solo pisaba la ciudad puntualmente, cuando tenía que realizar alguna pesquisa, asegurándose de que nadie le siguiera y levando anclas tan pronto como regresaba, para pernoctar en algún lugar seguro en plenas aguas, lejos de la ribera por la que estaría expuesto a recibir cualquier ataque. Ya había cometido varios errores por exceso de confianza, y no estaba dispuesto a vender su pellejo a precio de saldo. Había alguien empeñado en no permitirle descubrir el misterio de los perros suicidas y, quienquiera que fuese, no iba a regatear en violencia para lograr su objetivo.

Desde su nuevo cuartel general, Arno trazó la estrategia que iba a seguir en adelante. La clave estaba en localizar de nuevo a la joven que se había hecho pasar por monja y que había interpretado con éxito el papel de una supuesta hermana Siena que, en realidad, nunca existió. Su testimonio resultaba fundamental, pues con seguridad ella tendría la información que faltaba para completar el puzle y resolver el misterio. Sabía dónde encontrarla. Solo era cuestión de esperar a que saliera del Camelot y atraparla. El problema era que, en las inmediaciones del cabaret, su presencia podría ser descubierta fácilmente y poner de nuevo en riesgo su vida. Ese era el reto, volver a meterse en la boca del lobo sin dejar que este te atrape entre sus fauces.

38

Mientras tanto en Roma las aguas bajaban turbulentas. Los depredadores habían olido la sangre y ya tomaban posiciones para la batalla que se avecinaba. Y por mucho que todos aludieran a la inspiración del Espíritu Santo para guiarles en la trascendental decisión de elegir al sucesor de San Pedro, lo cierto era que unos y otros confiaban más en su capacidad negociadora y en sus habilidades diplomáticas sin excluir el chantaje o la extorsión si fueran precisos. El juego de la política, lo llamaban los más cínicos. La lucha por el poder, decían los más realistas. El cardenal Rúspoli, en la soledad de su despacho en el palacio apostólico, apuraba el tercer café de la mañana mientras meditaba sobre los nubarrones que se cernían sobre la Iglesia. Aún no había amanecido. En el piso de arriba, en los aposentos privados de Su Santidad, el papa Pío XII libraba una dura batalla contra el paso del tiempo y la enfermedad que comenzaba a cercarle con más destreza de lo que lo había hecho hasta el momento. No era Eugenio Pacelli un hombre que se rindiera fácilmente y, sin embargo, por vez primera en su ya larga vida, comenzaba a contemplar la posibilidad de desprenderse de todo el equipaje con el que había transitado por la vida para presentarse, libre de ataduras, ante el juez supremo y devolverle el alma. En las últimas semanas su salud había experimentado una seria recaída. El obispo de Roma había perdido peso, se encontraba más cansado y le costaba respirar. Sus médicos no encontraban ninguna causa concreta a la que pudiera culparse de deteriorar su salud. Simplemente, decían, se trataba de un agotamiento generalizado ante el que el único tratamiento posible era el reposo, algo que colisionaba con la habitual hiperactividad del santo padre. Pero las manecillas del reloj seguían girando ajenas a las cuitas humanas, y los años seguían acumulándose y diezmando las fuerzas del papa. Dos años llevaba ya enfermo y, a este paso, tal y como aseguraba su médico personal, no tardaría en emprender el camino del más allá. El mundo seguía en un momento muy convulso, mediado un siglo XX que no había traído más que guerras, odio e infamia y en el que, en virtud de los inusitados avances científicos, los cambios se estaban produciendo a velocidad vertiginosa. No era el momento más oportuno para morirse, pensaba Rúspoli, dejando a la Iglesia descabezada y en pleno proceso de transformación interna. Pero uno no elige el momento en el que ha de morir, y las cartas para su amigo Eugenio Pacelli, coronado en el trono de Pedro como el décimo segundo de los Píos, parecían pintar bastos.

Comenzaba a amanecer sobre las siete colinas cuando el cardenal subió las soberbias escalinatas de mármol camino del estudio privado del papa. Lo recibió la hermana Pascalina Lenhert, asistente y ama de llaves del santo padre durante casi medio siglo.

—¿Cómo se encuentra esta mañana? —preguntó el cardenal.

—Mejor —contestó el ama de llaves—. Ha tomado una taza de caldo y algo de fruta. Está ya en su despacho, aunque le he insistido a su secretario para que cancele toda su agenda del día. Su Santidad tiene que descansar.

Rúspoli sonrió.

—Pero él se niega...

—Ese es el problema, eminencia, ya sabe lo terco que es. Quizás usted, que tiene tanta confianza con él... Al fin y al cabo ustedes son amigos desde niños.

El cardenal esbozó una bendición con los dedos.

—Hablaré con él, sor Pascalina, a ver si entre todos conseguimos iluminarle y hacerle entrar en razón, aunque me temo que para ello vamos a necesitar algo más que el apoyo del mismísimo Espíritu Santo.

El papa estaba sentado ante su escritorio. Una gruesa manta de lana sobre sus rodillas cubría las frágiles piernas de viejecito tembloroso. No quedaba ni rastro del Eugenio Pacelli que se caracterizaba por ser un torbellino de fuerza y energía. Frente a él tenía un par de carpetas con los informes del día. Estaban cerradas, ni tan siquiera las había ojeado. Junto a ellas había una biblia abierta. El cardenal pudo ver que se trataba del pasaje sobre el martirio y la muerte de Jesucristo.

—Buenos días, Santidad. Hoy tiene mucho mejor aspecto —mintió piadosamente el cardenal.

El papa esbozó una sonrisa.

—Me temo, eminencia, que va a tener usted que ir a confesarse por decir tantas mentiras —bromeó el papa—. Son ochenta años, querido amigo, la maquinaria se desgasta y ya no podemos pedirle mucho más. Pero, al margen de eso, estoy bien, afortunadamente lo que me falla son las piernas y los pulmones, pero no la cabeza.

Desde que un par de años atrás cayera enfermo, el anciano papa no había conseguido remontar el vuelo de una salud quebradiza en constante deterioro. Ya no tenía la intensa agenda de tiempos pasados, y sus asesores trataban de limitar su participación en cualquier acto que tuviera una duración extensa y agotadora. Por ello apenas asistía ya a consistorios, canonizaciones o largas ceremonias. Ese no era un problema irresoluble, lo que resultaba más preocupante era que el santo padre se mostraba dubitativo e inseguro, él que había sido un hombre resolutivo, ahora demoraba sus decisiones hasta en los asuntos más triviales.

—Enzo —continuó diciendo el papa recuperando el tuteo con su viejo amigo—, te he hecho llamar para hablar de mi renuncia.

El cardenal Rúspoli arqueó las cejas en señal de sorpresa, las manos entrelazadas apoyadas sobre su enorme barriga.

—Yo creía que... —balbuceó.

—No —volvió a sonreír el papa—, no me has entendido, precisamente quería decirte todo lo contrario. Sé las presiones que hay ahí afuera para que abandone, pero puedes estar tranquilo porque no lo pienso hacer, dejaré de ocupar el trono de Pedro cuando el Señor tenga a bien llamarme a su lado, no cuando quieran algunos de nuestros intrigantes hermanos de la curia.

Rúspoli resopló aliviado.

—Me alegra que esta sea tu voluntad, querido amigo. La Iglesia te sigue necesitando, tengo la impresión de que aún no hemos terminado la misión para la que fuimos elegidos.

—Sé que a algunos esto no les va a gustar, pero las campanas de cónclave aún tardarán en sonar.

Sor Pascalina los interrumpió portando una bandejita de plata. En ella llevaba dos tazas, una del caldo caliente con el que se alimentaba el papa y otra con un café negro y muy azucarado para el cardenal.

—Qué bien conoce mis debilidades, hermana —dijo Rúspoli.

—Son ya muchos años, cardenal. Y, Su Santidad, tómese el caldo, que tiene que hidratarse.

Y, tal como había llegado, silenciosa pero segura del terreno que pisaba, abandonó el despacho. Cuando se fue, el papa continuó hablando.

—Hay un asunto que me preocupa especialmente, Enzo. Por eso te he llamado, para decirte que no voy a retirarme pero que, a cambio, voy a necesitar tu ayuda para solucionarlo.

—¿Acaso no es eso lo que llevamos ya años haciendo? —señaló Rúspoli para tranquilizarlo.

—Sí, por supuesto, pero dado que yo ya no tengo la fuerza de antaño, necesito confiar en tu destreza más que nunca para arreglarlo.

—Estoy ansioso por saber de qué se trata.

—Es un asunto delicado, de alta política.

—Por difícil que sea, querido Eugenio, a estas alturas de siglo y con todo lo que hemos tenido que lidiar, no creo que vaya a sorprenderme o a preocuparme especialmente.

El papa tomó la taza que le había traído su ama de llaves y la acercó a los labios con el mismo ceremonial con el que se lleva el cáliz a la boca en la misa. Las huesudas manos le temblaban. Un acto tan sencillo parecía ahora una proeza, tal era su debilidad. Con dificultad volvió a dejar la taza sobre la mesa de sólida caoba. Luego se ajustó las gafas redondas con su montura de oro y, mirando a su amigo, le dijo:

—Inglaterra. Tenemos que detenerlos como sea.

39

Soltó amarras y navegó río arriba hasta llegar a la altura de las pirámides de Saquara. Unas pocas casas que estaban condenadas a ser absorbidas por la gran ciudad para quedar convertidas en un barrio de El Cairo, acogían a una pequeña población de pastores y campesinos. Arno negoció el alquiler de una buena montura. Le gustó especialmente un caballo grande y lunarejo, un ejemplar perfecto de pura raza árabe, con su planta gallarda y desafiante y su cola levantada en el modo que los nativos llamaban «la bandera» del animal. La negociación del precio le recordó a las pirámides que le contemplaban desde el terreno elevado, un regateo escalonado en el que para subir dos peldaños antes había que descender uno. Cuando por fin acordaron el precio de la cabalgadura, incluida la silla de montar y demás elementos necesarios para la partida, el vendedor advirtió al agente de lo complicado que era montar a esa raza de caballos, animales poco dóciles, altivos e imprevisibles en su comportamiento. Arno era muy consciente de ello, pero era buen jinete y no le asustaba el reto.

—Es como conducir un coche deportivo, un bólido de competición —dijo para tranquilizar al egipcio, pero este no entendió el símil pues nunca había visto un coche de carreras.

Una vez cerrado el trato, Arno saltó sobre la grupa del animal, apretó los muslos para dejar claro quién mandaba, tomó las riendas en su mano izquierda, y al grito de «*iala, iala*» lanzó al equino al galope hacia el interior del desierto. Guiado por la brújula y siguiendo las instrucciones que le habían dado, en apenas media jornada llegaba al oasis de Baharya donde le esperaba el jeque Ibrahim Ben Tarek.

El jeque Ben Tarek era un hombre del desierto y, pese a poseer una importante fortuna, prefería vivir con su séquito al modo tradicional en el que lo habían hecho todos sus ancestros. Dicho séquito, además de su guardia personal y varias docenas de sirvientes, lo integraban también las catorce esposas que componían su harén y que, en breve, deberían hacer hueco para recibir a la nueva adquisición del *sheik*. Le había puesto sobre su pista un comentario que le había hecho Siena durante su primer viaje, cuando le explicaba la situación política del país y le decía que el jeque era uno de los mayores conocedores de lo que ocurría en sus dominios, que no eran otros que las arenas del desierto. Ben Tarek recibió al visitante con la cortesía y hospitalidad propia de los moradores de los arenales deshabitados en los que la vida hay que saber buscarla. Era un hombre más joven de lo que aparentaba, protegido por su larga y espesa barba en la que comenzaban a nacer brochazos blancos, y unas lujosas vestiduras propias de un rey de otro tiempo, de los tiempos del gran sultán que en realidad era. Estaba sentado en un improvisado trono armado con almohadones vestidos con coloridas sedas y brocados a los que no les faltaban ribetes de hilo de oro y algunas piedras preciosas. Un esclavo silencioso y discreto movía acompasadamente las cuerdas de un gran abanico que ejercía las funciones de ventilador desde lo alto de la lujosa tienda de campaña. Gruesas alfombras persas traídas por algún mercader desde cualquier zoco de Bagdad o Damasco forraban el suelo arenoso del desierto, y un juego de té servido en una gran jarra de plata repujada listo para ser servido esperaba ya al invitado.

El agente saludó a su anfitrión con la corrección y el respeto apropiados. Se sentó frente a él en uno de los lugares reservados a los visitantes que son bienvenidos y empezó a hablar.

—Señor, le agradezco mucho la deferencia que ha tenido al recibirme. El jeque asintió sin pronunciar palabra.

—He venido en busca de su sabio consejo —continuó Arno sin escatimar una sola palabra de adulación. El señor del desierto, imponente en su personaje, continuaba sin hablar. Cuando el agente vaticano terminó de contarle la razón por la que había viajado a su país y le había implorado que le ayudase a resolver el enigma de la aldea de Al-Junum, el jeque Ben Tarek, manteniendo su gesto impertérrito, ofreció al forastero más té y una bandeja repleta de dulces. Se hizo entonces un silencio incómodo, roto tan solo por el ruido del aire al sorber el té ardiente, tal como mandaban las normas de la ceremonia. Cuando más profundo y cortante era el silencio, el jeque habló por fin.

—Me habla usted de unas tierras que apenas he recorrido. La península del Sinaí nunca ha sido escenario de las andanzas de mis antepasados y, por tanto, tampoco es el mío. Mis posesiones las tiene usted a su alrededor hasta donde le alcance la vista, y si mira hacia el sur y hacia el norte sus ojos jamás llegarán a abarcar la extensión de mis dominios. Pero el lugar del que usted me habla me resulta ajeno. Me temo que no le puedo ayudar.

Arno comenzaba a hacerse a la idea de que había perdido el día en una excursión que no le iba a proporcionar información alguna. No se desanimó. «Al fin y al cabo —pensó—, tampoco era algo tan grave». A veces se seguían sendas que no conducían a ningún sitio, y no por eso debían verse como un fracaso. Así se resolvían los rompecabezas, a base de prueba y error. Por ello, cuando se enfrentaba ante semejante situación, lo más inteligente era no perseverar y abandonar esa vía cuanto antes. Aunque no tenía ninguna razón para sentirse atemorizado en la confortable morada del jeque, no terminaba de encontrarse cómodo. Así pues, tan pronto hubo terminado su bebida para no ofender a su anfitrión, se despidió cordialmente de él agradeciéndole su amabilidad y colmándole de bendiciones. Ya se incorporaba cuando la voz autoritaria del jeque lo obligó a detenerse.

—Ha cabalgado usted durante una jornada para entrevistarse conmigo y no me gustaría que se marchara con la sensación de haber hecho el viaje en vano. Esas tierras de las que usted me habla pertenecían a mi buen amigo Faruk. Es con él con quien debería hablar y no conmigo. Él quizás pueda darle la información que yo he sido incapaz de proporcionarle.

El comentario sorprendió a Arno, que volvió a postrarse ante el señor del desierto.

—¿De qué Faruk me habla, *sheik*? Del hijo del sultán Fuad, de Su majestad Faruk I, rey de Egipto. Fuimos como hermanos hasta que el golpe militar lo obligó a partir al exilio. Desde entonces no lo he vuelto a ver. Y lo echo de menos, pues siempre respetó nuestra independencia como señores del desierto. Pero ahora ya ve, no hay más que convoyes militares violando la paz de nuestro territorio, el silencio sagrado de nuestra tierra en la que solo el viento tiene el derecho y el poder para soplar a su antojo. Yo también soy un guerrero. El mío es un pueblo nómada, pero mi estirpe es la de un guerrero. No menosprecio al ejército y a sus soldados, lo que condeno y aborrezco es su soberbia, su falta de valores. Yo lucho por lo que es mío, pero ellos... ¿ellos por qué luchan? ¿En nombre de quién siegan vidas y destruyen haciendas? ¿Con qué autoridad arruinan vidas y destrozan familias? Ese no es el arte de la guerra, es el vicio de la violencia. La guerra no se puede concebir sin violencia, pero la violencia también debería ser inconcebible sin la guerra. Es necesaria una causa justa, no el capricho de un sátrapa con galones que dice hablar en nombre de un pueblo al que, en realidad, tiene sometido.

Tras su discurso, pronunciado con voz de trueno y una mirada melancólica que contrastaba con la rotundidad de su mensaje, despidió a su invitado con sus bendiciones.

—Hable con Faruk. Él es el único que podrá darle la información que ha venido a buscar. Y cuando se encuentre con él dele el abrazo fraternal de su hermano el jeque Ibrahim Ben Tarek. Que Allah el misericordioso le acompañe en su camino.

Arno se despidió con una reverencia mientras se llevaba la mano diestra al corazón. Solo cuando abandonaba la tienda del *sheik* musitó:

—*Inshallah.*

40

De regreso a El Cairo, Arno se ocultó en el barco que había alquilado y trazó los próximos pasos de su estrategia. Aún no había visitado la principal iglesia de la ciudad, la dedicada a los santos Sergio y Baco, donde quizás podrían darle información actualizada de las represalias que estaba sufriendo la comunidad católica y obtener alguna pista fiable de lo que estaba sucediendo realmente en Al-Junum. Caminó unos minutos hasta que encontró un taxi, si cs quc a aquel vehículo destartalado que se caía a trozos podía llamárselo de tal modo. Pidió al conductor que lo llevara al centro de la ciudad. Cuando le pareció que estaba ya lo suficientemente cerca de su destino mandó que se detuviera el coche. Pagó la carrera, dejó una buena propina, y se perdió por las atestadas calles que rodeaban al bazar, mirando atrás de vez en cuando para cerciorarse de que nadie le seguía. Cuando estuvo frente a las puertas de la iglesia, la misma en que la tradición decía que se había refugiado la sagrada familia durante su paso por Egipto, encendió un cigarrillo y se sentó a fumar en la terraza de un cafetín. Desde allí podía controlar el acceso al viejo templo, que constaba de tres naves y un nártex, con un tejado de artesonado de madera en forma de quilla invertida que recreaba el arca de Noé. En los minutos que empleó en terminar su tabaco y dar cuenta del café que había pedido, nadie entró ni salió de la iglesia. Todo estaba en calma, la vida fluía a su enloquecido ritmo habitual, pero su presencia allí parecía no importarle a nadie. Cuando se sintió preparado dejó unas monedas sobre la mesita, cruzó la calle y entro en la iglesia. La nave principal se encontraba vacía. Ningún feligrés ocupaba sus bancos. Se respiraba, eso sí, la solemnidad y la paz que acompañan a las construcciones religiosas, especialmente a aquellas tan vetustas como la capilla cairota de los santos Sergio y Baco. Dejó los rezos para más adelante y rodeó la girola buscando una puerta que le diera acceso a la sacristía. Tardó en encontrarla, medio escondida en un lateral del crucero entre dos grandes esculturas de un Cristo doliente y policromado, de tosca talla medieval, y una Purísima con rostro de porcelana más propia del barroco. Llamó a la puerta, pero nadie contestó. Intentó abrirla, pero estaba cerrada con llave. Entonces oyó el batiente de la puerta de la calle al abrirse. Aguzó el oído y percibió unos pasos aún lejanos. Escondido tras una columna intentó ver a su inesperado acompañante, pero la nave parecía seguir vacía. Se acercó al altar, desde donde tenía una mejor perspectiva, una panorámica completa del templo. Pero seguía sin ver a nadie.

—¿Hay alguien ahí? —dijo por fin. Silencio.

—Bienvenido a la casa de Dios, hermano —añadió confiando en sus galones de sacerdote.

Silencio. De nuevo sintió los pasos, esta vez más cerca de él. Se alejó en dirección contraria, protegiendo su espalda en todo momento. Volvió a preguntar quién andaba ahí, pero las bóvedas del templo no hicieron más que devolverle su propia voz mil veces repetida. Quienquiera que estuviera allí con él, no parecía muy amistoso ni dispuesto a comunicarse. Su instinto le dijo que era más prudente abandonar el lugar, allí solo era un blanco perfecto para acabar con más heridas que el Ecce Homo que le miraba desde el retablo tras el altar. No había señales del párroco, todo lo que había encontrado era un templo vacío y ecos de pisadas de alguien desconocido. Escondida en un confesionario, una sombra silenciosa lo vio partir. Quizás Arno aún no era consciente de que tenía más enemigos de los que él mismo pudiera imaginar.

La visita a la vieja catedral católica de El Cairo había sido improductiva. Lo único positivo que se había llevado de la aventura era el haber salido de allí indemne, pues de lo que no le cabía duda era de que alguien le estaba siguiendo y lo vigilaba de cerca, y en su mundo eso solía implicar problemas. Raramente se trataba de un ángel de la guarda protector. A pesar de todo Arno no perdía la esperanza y esperaba tener más suerte en su siguiente destino.

La aparición de lápidas con su nombre grabado en ellas quizás no fuera más que una amenaza o una forma de amedrentarle. O quizás, en el mejor de los casos, solo se tratara de un aviso para indicarle que su presencia en el país no era considerada grata y que, si seguía indagando, acabaría dando sentido a la sepultura que le estaban preparando. Arno pensaba que el gremio de los canteros que se ocupaban de tallar las lápidas no podía ser muy numeroso. Con un poco de suerte todos los artesanos que se dedicaban a tan necesario como morboso oficio se conocerían entre sí, con independencia de que sus talleres estuvieran en la capital, en Alejandría o en cualquier otra ciudad del país. Se adentró por las laberínticas callejuelas del bazar de Khan el Khalili en busca de la calle de los canteros. A los lados iba dejando vendedores de especias, de alfombras, de baratijas de latón, aguadores, joyeros, adivinos y comerciantes capaces de sacar de su chistera cualquier cosa que el cliente pudiera desear. Por fin, al doblar un callejón en el que se ofertaban telas de todos los colores, encontró lo que buscaba. El ruido sincopado y machacón de los escoplos y martillos al golpear la piedra le hizo de guía hasta conducirlo a un pequeño núcleo de locales en los que unos artesanos se afanaban en su trabajo de dibujar palabras y arabescos geométricos de todo tipo en los bloques de mármol o en alguna roca de menor valor. Era aquel un trabajo de hombres, en su mayoría ya entrados en años, que enseñaban el oficio a algún joven aprendiz que les ayudaba a mover y preparar los bloques. Antes de ponerse a esculpir había que limpiar la piedra, sacarle sus imperfecciones, mojarla para poder cuartearla o, simplemente, pulir su superficie para facilitar el trabajo del maestro cantero.

Tal como preveía no eran muchos los profesionales que se dedicaban a esa labor, por lo que no le resultó complicado entablar conversación con la mayoría de ellos. Los había más reservados, personas de carácter hosco que no tenían interés alguno en hablar con un extraño. Otros, en cambio, parecían más sociables, y no dudaron en intentar ayudar al forastero.

—Estoy buscando a un colega suyo que trabaja en Alejandría —dijo el agente— y me preguntaba si mantienen ustedes algún tipo de relación con sus compañeros de otras ciudades y, si así fuera, pudiera usted ayudarme a dar con él.

Se formó un pequeño tumulto en el que los picapedreros parecían discutir entre sí, intentando dar respuesta a la pregunta del visitante extranjero. Por fin uno de ellos, quizás el más extrovertido y risueño de todos, hizo de portavoz del resto y respondió a la pregunta.

—Un compañero nuestro, Ezequiel, acaba de volver de allí, de Alejandría. Quizás él pueda ayudarle.

—¿Y dónde puedo encontrar al tal Ezequiel?

—Aquí, en el zoco.

—¿Trabaja aquí? ¿Cuál es su taller?

—Ese de ahí, el de la esquina. Pero ahora no está, tiene bajada la persiana.

—¿Entonces ya ha regresado? —preguntó Arno.

—Oh, sí, sí, hace unos días. Supongo que habrá ido a visitar a algún cliente. O, quién sabe, quizás se haya tomado la jornada libre. Pero volverá, no se preocupe, aquí siempre estamos los mismos.

Clink clank. El repiqueteo de los formones, mazas y alcotanas podían volver loco a cualquiera. Aquellos hombres tenían tan interiorizado el ruido en sus cabezas que daba la impresión de que nada podía afectarles. Ante las dudas del extranjero, que se había quedado pensativo en mitad de la calle, el artesano trató de echarle una mano.

—Si quiere le digo que le está buscando. No creo que tarde. —Arno asintió y agradeció el ofrecimiento. Escribió algo en un papel y se lo entregó.

—Dele esto de mi parte, por favor, y dígale que necesito hablar con él urgentemente.

El otro tomó el trocito de papel y sin mayor rubor preguntó:

—¿Puedo?

Arno dio su consentimiento con un leve movimiento de cabeza.

—Es mi nombre —dijo, mientras el artesano leía la nota—. Désela, por favor. Él sabrá de qué se trata. Dígale que estaré esta tarde a las seis en el café El Fishawi, aquí al lado. Es importante.

—Descuide, señor, así se lo diré —contestó el cantero al tiempo que negaba con la cabeza ostentosamente rechazando el billete que Arno trataba de darle como propina.

El agente asintió agradecido y abandonó el callejón. Al llegar a la esquina encargó en la pastelería una bandeja de dulces para que se los hiciesen llegar a los artesanos. Añadió una nota para el que había hecho de portavoz con una sola palabra: gracias. No le venía mal, después de todo lo que había pasado, empezar a tender puentes y hacer nuevos amigos en un lugar donde había sido recibido con tanta hostilidad.

41

Con gesto solemne, como correspondía a la gravedad de la situación, el cardenal Filiberto Brandolini dio por finalizada la reunión de la sagrada congregación del santo oficio. En su calidad de prefecto por delegación papal, en sus manos estaba velar por la observancia estricta de la doctrina de la Iglesia, persiguiendo a los herejes y a todos aquellos, fueran católicos o no, que, según su criterio, atentaran contra la moral y la fe cristianas. También se ocupaba, desde comienzos de la Edad Media, de elaborar el índice de libros prohibidos, cuya publicación o mera lectura se consideraba un atentado a la fe. Solo escuchar su nombre causaba escalofríos, y Brandolini, que era muy consciente de ello, utilizaba ese pavor a su favor: la inquisición.

Terminada la sesión, los cardenales y obispos integrantes de la congregación fueron abandonando las estancias del Palazzo Pucci, a apenas unos metros del palacio apostólico en el que su némesis en la curia, el viejo cardenal Rúspoli, comenzaba a preocuparse ante la falta de noticias de su agente desplazado a Egipto. Había intentado mantener la calma y el sentido común defendiendo sus métodos de trabajo, pero la falta de resultados unida a la cada vez más complicada situación política con la guerra golpeando fuerte, le habían obligado a doblar el brazo y aceptar la decisión de sus colegas del santo oficio. En el transcurso de la reunión que acababan de celebrar, además de cuestionar severamente la supuesta pasividad de la Secretaría de Estado y los, a su juicio, ineficaces métodos que utilizaba, habían decidido tomar cartas en el asunto de la aldea poseída por el demonio y enviar allí al mejor de sus exorcistas, el padre Gunnard.

Gunnard Gustaffson había nacido en un pueblecito del sur de Suecia. De niño era tímido y retraído, le costaba integrarse en el grupo y jugar con los chicos de su edad. No se le daban bien los estudios, no participaba en las clases ni en las múltiples actividades extraescolares que organizaban en su escuela. Todo parecía hacerlo por obligación, por pura disciplina, sin negarse ni poner una sola mala cara, pero sin un ápice tampoco de alegría o de pasión. Cuando llegó a la adolescencia sus problemas para relacionarse con los demás se acentuaron aún más. Se sentía incapaz de mantener una conversación con una chica, y no disfrutaba de ninguno de los placeres que la vida nos presenta a esa edad. Coincidió el momento con un profundo cambio físico que le hizo dar un estirón, convirtiéndolo en un chaval desgarbado, de un rubio casi albino y una piel rosada convenientemente punteada por una constelación de granos rojizos y purulentos que no hacían más que ahondar en sus inseguridades. Había algo en su rostro, sin embargo, muy perturbador. Se trataba de su mirada, unos ojos de un azul cobalto, casi cristalino, con destellos de acero plateado. Una mirada dura y severa que, cualquier buen cronista, como si se anticipara a su futura vocación, no dudaría en calificar de inquisitorial. Fue por esa época cuando declaró su primer acto de rebeldía. Frente al criterio de sus padres, campesinos trabajadores temerosos de Dios que militaban en la iglesia protestante de origen luterano que imperaba en su comunidad, Gunnard decidió cruzar al otro lado y convertirse en católico. Al cumplir la mayoría de edad dejó su pueblo y se trasladó a Estocolmo. En la capital entró en el seminario y, apenas unos pocos años después, tomó los votos, se vistió los hábitos y abrazó la fe en el seno de la empresa más longeva y poderosa del orbe: la santa iglesia católica, apostólica y romana.

Fue por ese tiempo cuando empezó a obsesionarse con la figura de Satán. El diablo era real, habitaba entre nosotros, y los demonios presentaban batalla a diario en cualquier rincón del mundo. No tuvo dudas de que ese debía ser su papel, convertirse en el baluarte de la Iglesia frente al acoso del monarca de los avernos. A ello decidió consagrar su vida y de ello hizo su profesión y su carrera como soldado de Cristo. Y ahora, más de dos décadas después de tomar esa trascendental decisión, Gunnard Gustaffson se había convertido en el exorcista con mayor prestigio de la iglesia católica.

Mientras se dirigía a sus alumnos en una de sus clases en la universidad pontificia de Roma, observó cómo un nuevo oyente se sumaba discretamente al resto de estudiantes y se sentaba en la última fila. El solideo y la capa roja, galas de purpurado, contrastaban con las camisas negras con alzacuellos de los jóvenes aprendices que se habían apuntado a un seminario sobre ritos y técnicas del exorcismo. Sus clases magistrales habían alcanzado tal fama que a los rectores de la universidad no les había quedado más remedio que establecer *numerus clausus* para controlar la asistencia. El padre Gunnard disertaba en esos momentos sobre los cien nombres de la Bestia:

—«Yo soy ese al que llamáis Satanás. Yo soy ese al que llamáis Lucifer. Soy Belcebú. Soy Mefistófeles. Soy el Diablo. Soy el Demonio. Soy Luzbel, soy Baphomet, soy Belial, soy Samael. Soy Leviatán, soy Abadón. Soy el ángel caído, soy la Bestia. Soy el discípulo más bello, el más hermoso de los guardianes del averno».

El inesperado invitado había tomado asiento con discreción en uno de los bancos de la última fila del aula escalonada. Asentía complacido ante cada palabra del exorcista. En el fondo se sentía muy orgulloso de él, porque tan pronto como aquel desgarbado chaval sueco llegó a Roma para iniciar su carrera, el cardenal Filiberto Brandolini, por entonces elevado ya a la dignidad de obispo, lo había tomado a su cargo como uno de sus protegidos. Y a su mentor le debía Gunnard buena parte de su éxito profesional.

—Deberán estar preparados para la batalla cuerpo a cuerpo. Un endemoniado puede escupir clavos y expulsar culebras por la boca, puede serpentear como un áspide, gatear como una pantera. —Desde entonces había realizado más de mil exorcismos, muchos de los cuales habían acabado trágicamente, pues sus métodos eran bastante peculiares y violentos. El sueco veía demonios por todas partes y, en su lucha sin cuartel frente al maligno, consideraba un mal menor llevarse por delante la vida del desgraciado supuestamente poseído con tal de salvar su alma.

»—Durante el proceso de liberación las víctimas deben aprender a convivir con Jesús, y en semejantes trances nosotros somos su embajador.

Esa actitud intransigente le había metido en serios problemas en numerosas ocasiones, algunos de los cuales acabaron en denuncias y querellas por homicidio, como aquella vez en que el endemoniado al que había amordazado, atado y asfixiado, resultó no ser más que un enfermo aquejado de epilepsia. Y cada vez que los problemas llamaban a su puerta, el manto protector del ahora cardenal Brandolini, prefecto de la congregación del santo oficio y enemigo declarado de Rúspoli y hasta del mismísimo papa Pío XII, le había dado la cobertura necesaria para salir airoso del trance.

—El diablo odia las campanas, porque las campanas consagradas que llaman a los fieles a misa humillan al demonio.

Por eso su presencia allí esperando a que terminara su clase auguraba algún encargo delicado.

—Mañana estudiaremos el uso de las herramientas del exorcista, crucifijos, agua bendita, oraciones... Ustedes deberán aprender cómo manejarlas en cada una de las situaciones a las que habrán de enfrentarse. Y estudiar los pasajes del evangelio que les he señalado, Marcos, capítulo cinco. Que Dios les bendiga.

El exorcista recogió sus papeles mientras los estudiantes abandonaban el aula. Todavía tuvo tiempo de darles una última admonición antes de que se fueran.

—Y no se olviden de que la vida en pecado es la puerta por la que el diablo se cuela en nuestras vidas. Un creyente, una persona de fe es, en cambio, como una muralla.

Brandolini se puso en pie. Imponente con su capa de terciopelo sobre los hombros, miraba desde lo alto de la escalera a su hombre de confianza. El padre Gunnard cerró su maletín y saludó a su mentor.

—Eminencia, qué inesperado placer. ¿A qué debo el honor?

Brandolini fue directo al grano.

—Acabamos de terminar una reunión del santo oficio. Tenemos una misión para usted.

Gunnard asintió.

—¿Dónde? —preguntó.

—En Egipto —respondió el cardenal. El sueco asintió de nuevo.

—Me lo imaginaba.

—Pues ya sabe lo que tiene que hacer.

—¿Cuándo?

—Le hemos reservado plaza en el avión de esta tarde. No hay tiempo que perder.

—¿Algo que deba tener en cuenta?

El viscoso Brandolini esbozó una sonrisa cínica.

—Rúspoli ha enviado a uno de sus agentes. Tenga cuidado con él. Ya sabe que el maligno puede apoderarse del alma de cualquiera, por muy cura y agente del Vaticano que sea.

El padre Gunnard alzó su mirada, fría, cortante.

—No se preocupe, eminencia, no permitiremos que nadie se interponga en el camino del santo oficio. Ya sabe que soy el soldado más fiel de la inquisición.

Brandolini mantuvo su sonrisa ladeada.

—Qué pena que no haya nacido usted en la Edad Media, hubiera disfrutado mucho más de su trabajo, sin las ridículas cortapisas que ahora nos imponen.

Ni siquiera el comentario consiguió relajar el gesto del exorcista. Continuó mirando gélidamente, sin pestañear, con su maletín en la mano, plantado frente al encerado en el que había escrito unas frases del ritual en lengua caldea, y dijo:

—Sé perfectamente qué es lo que tengo que hacer.

42

El mensaje llegó encriptado, apenas unas horas después de haber solicitado la información. Reconfortaba saber que los servicios centrales de La Entidad seguían funcionando con tanta eficacia. Arno abandonó la oficina central de correos y telégrafos de El Cairo, donde había recogido la correspondencia, y se fue directamente a una agencia de viajes. Muy cerca de la plaza del Tahrir estaba la sucursal de Wagons Lits en el país. Reservó plaza en el primer vuelo a Niza vía París. Desde allí a Montecarlo solo le quedaban unos pocos kilómetros por recorrer en el auto que le enviarían al aeropuerto desde el hotel Metropole, en el que le gustaba alojarse cada vez que visitaba la ciudad monegasca.

Pero antes de partir aún tenía que acudir a su cita con Ezequiel. En un lateral del gran bazar, entre las calles de Sikka y Badestán, y a apenas cien metros de la plaza Al Houssein, principal puerta de entrada al zoco cairota, se encontraba el café El Fishawi. Más de doscientos años de historia, regentado siempre por una misma familia desde su fundación, en un local peculiar que, además de tres espacios acotados, había colonizado las calles adyacentes a sus puertas. Grandes espejos de repujados marcos dorados, regalos de monarcas y de otras personalidades de su selecta clientela entre la que no faltaban los artistas ni los bohemios, decoraban el lugar otorgándole el merecido sobrenombre de café de los espejos. Celosías de madera, molduras de estilo rococó y viejas arañas tan fastuosas como polvorientas, completaban la decoración del exótico cafetín. Grandes ventiladores de aspas colgando del techo trataban de remover el aire para crear una corriente de frescor que aliviara los rigores del calor veraniego. El local se animaba al caer la tarde, cuando los cairotas salían de sus trabajos y se relajaban en la tertulia tomando un té ardiente y fumando una pipa de agua. Era entonces cuando comenzaban sus afamadas batallas de versos, en las que juglares y cuentacuentos medían sus fuerzas en justas poéticas en las que el vencedor era el que tuviera la mayor habilidad para rimar las palabras.

A la hora en la que Arno había citado al cantero Ezequiel se respiraba aún una cierta calma en el centenario cafetín. Buscó una mesa discreta, frente a uno de los grandes espejos por el que podía controlar todos los movimientos que se produjeran a su alrededor, y esperó. Ezequiel llegó a la carrera, con algunos minutos de retraso.

—Disculpe, tenía que finalizar un encargo y he tardado más de lo que esperaba —dijo a modo de saludo.

Cuando terminaron de hacer las presentaciones, Arno llamó a un camarero y pidió que les sirvieran *shai barad* para los dos, un té a la menta preparado en jarras de arcilla que era la especialidad de la casa. El cantero llevaba en la mano el papel arrugado que le habían entregado con la hora y el lugar de la cita, en el que aparecía el nombre del agente vaticano. Estaba muy nervioso y hablaba con balbuceos.

—¿Es... es usted el señor...?

—Sí, soy yo —le ayudó Arno—, el mismo para el que ha estado tallando una lápida.

—Más de una, en realidad —le interrumpió el cantero—. Me encargaron que tallara varias lápidas.

Hubo un segundo de pausa tensa, un silencio mientras el camarero depositaba sobre la mesita de latón repujado una bandeja con un juego de té con dos vasos.

—Pero usted está... quiero decir que está...

—Vivo —le cortó Arno—. En efecto, aún estoy vivo, aunque en la piedra usted haya plasmado la fecha de mi muerte, una fecha, como puede ver, equivocada.

El artesano estaba confuso. No entendía lo que estaba pasando y comenzaba a sentir miedo.

—Yo no... no quería —balbuceó de nuevo—, le doy mi palabra de que yo no sabía nada.

Parecía sincero, un buen hombre superado por unos acontecimientos que le habían sido impuestos sin que él conociera las reglas del juego. Por eso Arno decidió apretarle solo lo justo, simplemente quería obtener información para colocar otra pieza del puzle, no tenía nada personal contra él. Trató de tranquilizarle, garantizándole que no correría ningún peligro si colaboraba con él. A Ezequiel todo aquello le superaba, no sabía lo que estaba ocurriendo a sus espaldas, una batalla, además, que no le interesaba en absoluto. Él simplemente era un trabajador, un artesano de la piedra, y cuando algún cliente contrataba sus servicios él trataba de satisfacer a su cliente entregando un trabajo de calidad. Eso fue lo que dijo en su defensa cuando vio que el asunto se complicaba y que podía ser más turbio de lo que pensaba.

—¿No notó usted nada raro en este encargo? —preguntó el espía. El humilde cantero jugueteaba nervioso con el vasito de té.

—Me pidieron que fuese a Alejandría. Eso fue lo único extraño, porque yo podría haber hecho mi trabajo perfectamente desde mi taller, aquí al lado —y señaló tras de sí en dirección al callejón del Midaq, muy cerca del cual se ubicaban las tiendecitas de los de su gremio.

—¿Y qué hizo en Alejandría?

—Me instalaron en un pequeño local del casco antiguo, para que trabajara a la vista de la gente.

Era el lugar donde Arno había visto su nombre inscrito junto a un *requiescat in pace* el mismo día de su llegada al país.

—¿Por qué le pidieron que hiciera eso?

—Es una buena pregunta —respondió—. La verdad es que no tengo ni idea.

—¿No ocurrió nada especial en ese taller?

El artesano miró de nuevo con gesto inocente. A Arno le recordaba la mirada de algunos perros pastores cuyos ojos fieles y tristones no corresponden con su enorme corpachón.

—Venía gente a la trasera de la tienda. Se reunían allí, pero yo nunca vi ni escuché nada. Ellos se ocultaban detrás de una cortina.

—¿Ellos? ¿A quién se refiere?

—No lo sé, a unos hombres, pero le juro que no sé lo que hacían allí.

«Conspirar tramando el falso atentado contra el presidente», pensó Arno, pero no llegó a verbalizarlo.

—¿Los había visto antes?

—Solo a dos de ellos, los que me contrataron para tallar las lápidas. Su lápida, quiero decir —e inmediatamente se dio cuenta de que, por querer ser amable y preciso, había sido muy torpe al nombrar la soga en casa del ahorcado.

—¿Le hicieron algún otro encargo? —preguntó el agente. Ezequiel titubeó, pero ya puestos lo mejor era contarlo todo, aunque para él no tuviera ningún sentido.

—Me pidieron que escondiera una llave.

—¿Una llave?

—Sí, una llave. Al parecer creían que en mis manos estaría más segura. Le aseguro que no sé nada más.

Arno apreció el gesto del cantero. En contra de lo que había previsto, había resultado muy fácil interrogarle y obtener toda la información. Era evidente que aquel pobre hombre no había sido más que un títere en manos de alguien más oscuro y peligroso. Esa era la última pregunta que le quedaba por hacer.

—Dígame, Ezequiel, ¿quién le contrató? ¿Quién le pidió que tallara mi nombre y esa fecha en la lápida de una sepultura?

La cucharilla con la que removía nerviosamente el azucarado té mentolado se le escurrió de las manos, causando un pequeño estrépito al chocar contra la mesita de latón. Él era un hombre pacífico, insistía, no quería tener problemas con nadie. Y los tipos que le habían encargado el trabajo tenían un aspecto peligroso. Nunca le habían gustado, y a la vista de las complicaciones que aquel asunto le estaba trayendo, comenzaba a arrepentirse de haberlo aceptado, por muy bien pagado que estuviera. En el fondo de su corazón consideraba que si lo había aceptado había sido más por miedo que por avaricia. Al ver que dudaba, Arno repitió la pregunta.

—¿Quién le contrató, Ezequiel?

Este respiró hondo, tomó aire, y contestó:

—No sé su nombre, solo sé que es una persona mayor, con gruesas gafas de pasta y cristales ahumados. Y había también un hombre más joven, delgado y muy mal encarado, mucho más bruto y grosero que el viejo. Pero le juro que no conozco sus nombres, nunca me los dijeron.

El agente secreto asintió, no tenía razones para dudar del artesano.

—Pues dígame al menos dónde los conoció, dónde le realizaron el encargo.

El cantero respiró aliviado, por fin le hacían una pregunta para la que sí tenía respuesta.

—En eso sí le puedo ayudar —dijo por fin—. Me entrevisté con ellos en un cabaret del centro, un lugar muy decrépito, muy desagradable. —Hizo una pausa teatral—. El Camelot, se llama.

Arno asintió. Todas las piezas empezaban a encajar.

43

Quien diría que el desaliñado hombre seboso y borracho que pedía otro plato de pasta a gritos, con un lamparón de salsa de tomate adornando la pechera de la americana blanca de su *smoking* era, ni más ni menos, que Su Majestad Faruk por la gracias de Dios, rey de Egipto y de Sudán, soberano de Nubia, Kordofán y Darfur, el último descendiente de la estirpe real de los faraones. Llevaba en sus manos un puñado de fichas que hacía chocar entre sí, nervioso por terminar cuanto antes su tercera cena de la noche y regresar a la mesa de bacarrá. Los lujosos barcos fondeados en las serenas aguas de la bahía monegasca le recordaban al yate real, El-Mharousa, en el que había huido de su país hacia el exilio dorado en el que ahora vivía entre Montecarlo y la Isla de Capri. Su derrocamiento fulminante no le había impedido partir con una fortuna en joyas y piedras preciosas y las claves cifradas de las cuentas bancarias bien surtidas de divisas esperándole en los bancos europeos. El niño-dios que había sido entronizado antes de cumplir los dieciséis, no tardó en mostrar su peor cara, la de un excéntrico caprichoso y derrochador que mantenía a su pueblo sumido en la pobreza y el hambre mientras él se entregaba a una vida de lujo y despilfarro. Él, que había sido un joven apuesto y amable, era ahora, con treinta y cinco años recién cumplidos, una caricatura de sí mismo, un alcohólico y bulímico que pesaba más de ciento treinta kilos y que continuaba ganando peso, en una carrera desenfrenada hacia la obesidad mórbida y el infarto fulminante.

Cuando terminó de engullir el último tallarín, y tras apurar de un solo trago la copa rebosante de un burdeos de una añada tan exclusiva como su precio, se levantó pesadamente de la mesa del restaurante del Hotel de París, cruzó la calle, y volvió a su silla en la sala de juegos del casino de Montecarlo donde, a esas horas de la noche, llevaba ya perdida una pequeña fortuna. Con la torpeza de los malos jugadores que se empeñan en inmolarse perdiendo una y otra vez en la creencia de que la suerte cambiará y les será favorable esa misma noche, el destronado rey Faruk de Egipto entregó un fajo de dólares al *croupier* quien, diligente, lo cambió al momento por una montaña de fichas, encargó un *whisky* doble con dos piedras de hielo, encendió un robusto veguero caribeño, y pidió carta. Pero los naipes seguían siendo esquivos y no había forma de sumar nueve. Maldecía Su Majestad en voz alta, en términos impropios para un caballero, mucho menos para un rey. Un joven de exquisitos modales y estilizada figura, que contrastaban con la zafiedad desaliñada del monarca, se sentó a su lado. Pidió un *dry martini* y carta. Ganó la primera mano. A la segunda dobló la apuesta y volvió a ganar. Faruk lo miró con una mezcla de envidia y resignación, incapaz de comprender por qué la fortuna era tan ingrata con él, que llevaba invocándola durante toda la noche. El *croupier*, que de todo había visto sobre el tapete, observó a la extraña pareja, ojo clínico para saber que la racha del pachá no iba a cambiar por mucho que insistiera pero que, pese a ello, al día siguiente volvería a sentarse a dilapidar la plata robada al pueblo egipcio para mayor gloria de las cuentas corrientes de sus pares los Grimaldi. El joven caballero que se sentó a su lado también lo sabía. Se le veía cómodo en aquel ambiente, un hábitat en el que no era ningún novato.

—No insista más —le dijo—, hoy no es su día. Insistir no le llevará a ningún sitio.

Pero el caprichoso Faruk ya tenía tomada su decisión y no iba a desistir de su empeño por más que se lo dijeran. Seguiría apostando hasta perder su último céntimo o hasta que la banca se negase a darle más crédito. «En fin, lo he intentado», dijo con resignación el elegante compañero de mesa. Recogió sus ganancias, lanzó una ficha al *croupier* en forma de generosa propina, saludó educadamente y se dispuso a abandonar la sala de juego. Pero antes de hacerlo miró nuevamente al despojo de faraón que sudaba y respiraba fatigosamente, y le dijo:

—Pues si no puede dejar de jugar, emborráchese hasta perder el sentido, al menos así dejará de perder y esquilmar su hacienda.

Y, haciendo una pausa para asegurarse de que el otro entendía el mensaje, añadió:

—Majestad. —Escuchar en boca de un desconocido el tratamiento real pareció devolverle a la realidad. Con una mano regordeta agarró el antebrazo del caballero, al que nunca antes había visto, y le preguntó:

—¿Quién es usted?

El otro ajustó los puños de su camisa, sonrió, y dijo:

—Le espero mañana a mediodía en el bar del Metropole. Espero que para entonces se le haya pasado ya la borrachera.

Saludó «buenas noches», y se fue. De pronto se paró, dio media vuelta y, mirando a los ojos sorprendidos del depuesto monarca, contestó a su pregunta:

—Arno. Me llamo Arno Axel.

44

Sir Stewart Menzies, jefe de los servicios de inteligencia de Su Majestad la reina Isabel, atravesó el túnel secreto que unía la sede del MI6, en el número 54 de Broadway Street en el londinense barrio de Westminster con su domicilio particular en Queen Anne's Gate, a apenas unas yardas de distancia. Solía usar ese pasadizo secreto solo cuando algún asunto requería una discreción máxima, y la visita que esperaba ese día, sin duda la precisaba.

—Señor primer ministro, es un honor recibirle en mi casa —saludó cordialmente Stewart Menzies a su visitante.

Anthony Eden y el jefe de los espías eran viejos conocidos. Juntos habían trabajado codo con codo contra el enemigo alemán durante la segunda gran guerra y, ahora, terminada la contienda, el recién nombrado premier británico le había pedido al veterano jefe del servicio de inteligencia que reorganizara el contraespionaje para responder a los nuevos retos que imponía la política de bloques y el nacimiento del telón de acero, pues de una guerra de sangre y violencia se había pasado a otra más táctica que los historiadores no tardarían en calificar como «guerra fría». Sé que no es necesario insistirle en la gravedad de los hechos, querido

Stewart, de sobra conoce usted la importancia que tiene el canal para nuestros intereses.

El jefe del MI6 asintió. Su abuelo había sido naviero, un rico industrial que forjó su fortuna gracias al comercio naval. Ciertamente no hacía falta que nadie le explicara lo mucho que los británicos se jugaban en Suez.

—Hay, no obstante, algo nuevo que aún no conoce la opinión pública y que puede resultar crucial para llenar nuestras arcas.

—La guerra nos ha dejado exhaustos —reconoció Stewart Menzies.

—En efecto, el Estado necesita dinero, y parece que hemos encontrado un tesoro que, si abandonamos Egipto, corre peligro.

El aristócrata volvió a asentir. Se levantó del amplio butacón de cuero y se acercó a la mesita auxiliar donde reposaban los licores. Sirvió dos buenos vasos de *whisky* y entregó uno al primer ministro.

—Continúe, por favor —dijo.

—El blindaje de nuestros intereses en el canal ya está en marcha gracias al acuerdo con los franceses y los israelíes. Pero el otro tema... el otro asunto es mucho más delicado, porque debemos mantenerlo en secreto si no queremos que nos lo quiten de las manos.

—Ya veo, es un pastel demasiado goloso —terció el jefe de los espías—, entiendo su preocupación.

—Lo malo es que nosotros, como gobierno, tenemos las manos atadas. No hay nada que podamos hacer, pues se supone que es un asunto entre particulares. Si nos metemos sería una violación de la soberanía nacional. El problema es que Nasser no juega limpio, él sí va a utilizar todos los recursos del Estado. Por eso necesitamos la colaboración de nuestro servicio secreto.

Sir Stewart Menzies, tras dos décadas al frente del espionaje británico, estaba acostumbrado a asumir todo tipo de encargos.

Durante la guerra había sido uno de los colaboradores más cercanos de Churchill, con quien llegó a entrevistarse oficialmente, según constaba en la agenda del primer ministro, en más de mil quinientas ocasiones. Y en muchas de ellas Anthony Eden, en su calidad entonces de ministro de asuntos exteriores, había estado presente. Seguía el *premier* detallando la información de la que disponían mientras Sir Stewart consideraba el problema desde todos los ángulos y trazaba ya un primer plan de acción en su cabeza. Repasó mentalmente la lista de agentes disponibles que consideraba más adecuados para asegurar el éxito de la misión. Una ligera sonrisa revelaba que ya sabía quién era la persona idónea para coordinar el operativo y prestar su apoyo a su agente sobre el terreno, un aristócrata arruinado que obedecía al nombre en clave de Támesis.

La vieja sede del espionaje británico se había quedado pequeña. Resultaba, además, incómoda y obsoleta y, lo que era aún más grave, pretendiendo ser un lugar secreto no había sin embargo un solo taxista en Londres que no conociese la dirección. En la puerta, intentando de forma algo pueril despistar a los visitantes, una placa señalaba que se trataba de la sede la compañía de extintores Minimax. Un viejo y estrecho ascensor comunicaba la media docena de plantas de que constaba el edificio, con los pisos distribuidos y separados por paredes de madera contrachapada y cristales esmerilados en las puertas. El tejado culminaba en forma de mansarda, a imitación de las casas parisinas de las elegantes avenidas que forman la capital francesa.

Sobre su mesa de trabajo tenía varias opciones para trasladar la sede del espionaje a unos locales más apropiados, pero eran tiempos duros y las arcas públicas no estaban para muchos dispendios así que, por perentorio que resultara el traslado, la decisión aún no había sido tomada. A Sir Stewart le gustaba especialmente un edificio de estilo ligeramente chinesco, una gigantesca pagoda de cristal que se estaba construyendo al otro lado del río, en el barrio de Lambeth, y que respondía al nombre de Century House. Cuando llamaron a la puerta de su despacho cerró el expediente y lo dejó a un lado de la mesa. En el umbral apareció el rostro simpático y regordete de su secretaria.

—La visita ya está aquí, señor.

Él se ajustó instintivamente el nudo de la corbata, se atusó el pelo y carraspeó.

—Que pase, por favor.

La secretaria se retiró discretamente a un lado, cediendo todo el protagonismo a la agente a la que su jefe había hecho venir para encargarle la misión de Egipto. Ella entró en el despacho con la seguridad que da conocer bien el terreno que se pisa.

Buenos días, jefe. Pareces cansado. Sir Stewart Menzies la conocía desde que era casi una niña, por lo que le permitió el tuteo y el exceso de confianza, él, que era tan estricto en cuestiones relacionadas con las formas y los modales.

—Tú, en cambio, no sé cómo lo haces para tener siempre tan buen aspecto.

—Es fácil —respondió ella—: hago ejercicio, duermo mucho, como bien, me tomo una copita por las tardes y algún caballero de vez en cuando para aliviar tensiones y darle gusto al cuerpo. La fórmula es sencilla, créeme, y está al alcance de cualquiera.

Él prefirió abstenerse de replicar. En el fondo, aquella mujer siempre le había fascinado. Y era tan profesional y tan buena agente que conseguía mantener su anonimato, nadie en el elegante círculo de cortesanos y millonarios en el que se movía pudo jamás imaginar que ante ellos tenían a una de las mejores espías del servicio secreto británico. Ella había sido su gran apuesta, y la joven Alexandra no le había decepcionado.

45

A la mañana siguiente el rey Faruk no se presentó a la cita en el bar del Metropole. Arno esperó pacientemente el tiempo justo que tardó en beberse dos *bloody mary* bien cargados. Cuando terminó el segundo aceptó su derrota y supo que el depuesto monarca no acudiría al encuentro. Así que cruzó la plaza camino del Hotel de París, donde se alojaba el rey, y preguntó en recepción si Su Majestad se encontraba en su habitación. La respuesta era afirmativa, pero había pedido no ser molestado bajo ningún concepto. No había bajado a desayunar ni se había hecho subir a su suite la comida, por lo que, previsiblemente, aún seguiría dormido purgando los excesos de la noche anterior. El agente pensó que subir y despertarlo no le conduciría a nada, pues dudaba mucho que la resaca le permitiera mantener la lucidez suficiente como para responder a sus preguntas y servirle de ayuda. Lo mejor sería esperar hasta la tarde y abordarle antes de que le diera tiempo a volver a emborracharse y a sentarse de nuevo en las mesas del casino.

La frontera entre una buena propina y un soborno es, a veces, difusa. Según cómo se interprete puede ser un acto muy generoso o una acción moralmente despreciable. Manejar ese noble arte con soltura era una herramienta básica de trabajo para un agente secreto y, en eso, Arno era todo un maestro. Así que pactó con el recepcionista del hotel que este le avisara tan pronto conociera los planes del rey, y dedicó el resto de la tarde a disfrutar de la vida regalada monegasca, en la que la principal preocupación era encontrar una buena mesa para cenar en alguno de los restaurantes de moda del Principado.

Hasta bien avanzado el día el monarca permaneció encerrado en su habitación, durmiendo los excesos de la noche anterior. Cuando recobró las fuerzas pidió que le subieran a sus aposentos una gran jarra de café bien cargado que se tomó con toneladas de azúcar, se aseó, se puso el *smoking*, que cada vez le quedaba más pequeño, forzando las costuras hasta dejarlas al borde de reventar, pidió que le hicieran una reserva en el restaurante del Hermitage, sacó de la caja fuerte un buen fajo de francos y otro de dólares americanos, y se dispuso a vivir otra noche de excesos de colesterol, tabaco, alcohol y naipes. Engrasado el engranaje del chivatazo por el linimento del dinero, la información llegó con rapidez a oídos de Arno y así, cuando Faruk llegó a las puertas del Hermitage, se encontró al agente secreto esperándole a porta gayola.

—Espero que haya descansado bien, no resulta fácil mantener una conversación con usted —le dijo a modo de bienvenida.

El monarca parecía realmente sorprendido.

—No le conozco. ¿Qué quiere usted de mí?

Arno se percató de que el tipo sudaba copiosamente, las manos temblorosas de quien lleva demasiado tiempo abusando de la capacidad de resistencia de su organismo. Lo tomó del brazo, imponiendo su voluntad, como el padre que reprende a un niño pequeño, y lo llevó hasta unos sofás en una esquina tranquila del lujoso *hall* del hotel. En cuanto se sentaron apareció ante ellos un elegante camarero que les preguntó si deseaban tomar algo. Faruk imploró con la mirada, pidiendo permiso para comenzar con su dosis diaria. Arno, en control absoluto de la situación, asintió. Unos minutos más tarde volvió a presentarse el camarero con sendos *dry martini* que hicieron salivar al rey.

Escúcheme bien, Faruk, beba lo que le dé la gana, por mí cómo si le revienta el hígado, pero antes de que vuelva a emborracharse necesito que me dé una información. He venido hasta aquí solo por eso, y no pienso marcharme hasta que no consiga lo que busco. Faruk, más calmado después de darle un trago largo a su copa, miró al agente, respiró hondo y le dijo:

—Tengo hambre. Acompáñeme a cenar y podremos hablar con más calma, aunque dudo mucho que pueda resultarle de ayuda.

Mientras terminaban sus bebidas, antes de acceder al restaurante, el patético monarca no dejó de saludar a cuantos se cruzaba en el *hall* del hotel. Era evidente que se había convertido en un personaje popular, esperpéntico y anacrónico, pero simpático y entrañable, un elemento imprescindible en el curioso hábitat de lujo y banalidad en que se había convertido el principado monegasco, en el que convivían en perfecta armonía estrellas de cine, traficantes de armas, financieros y millonarios de diverso pelaje, entre los que los galones de un rey, por muy exiliado y derrocado que fuera, superaban en glamour a cualquiera de las demás especies que poblaban esa jungla. Entre todos los animales Faruk era el león, y es que un rey siempre será un rey por mucho que le hayan dado jaque mate.

46

El padre Gunnard había aprovechado bien el tiempo en los días que llevaba en el país. Desde su llegada había visitado todas las iglesias cristianas de El Cairo, ya fueran coptas o católicas. Las había rociado de agua bendita y se había armado de la energía necesaria para afrontar su verdadero objetivo, expulsar al demonio de los dominios sagrados de Dios. Para ello su primer paso era exorcizar a uno de los líderes de las revueltas musulmanes. Vigilante, a las puertas de la mezquita de Aqmar, esperó la salida del ulema. Integrado entre los fieles pasaba desapercibido, un clérigo más paseando por las calles de El Cairo, con su larga barba de patriarca sunita y su permanente gesto de enfado. Gunnard lo siguió durante un par de días hasta tener constancia de sus rutinas que, afortunadamente para el exorcista, eran monótonas, repetitivas. El muftí recorría todos los días el camino de su casa a la mezquita. Dentro del complejo se encontraba la *madrasa* en la que daba clases a jóvenes estudiantes a los que aleccionaba en los mandatos del Corán. Almorzaba frugalmente, y por las tardes acudía a las oficinas de los Hermanos Musulmanes, brazo político en el que había puesto todas sus esperanzas de transformación social hacia un Estado confesional regido por la ley coránica en el que él, junto a otros influyentes colegas, todos ellos doctores en la interpretación de los mandatos del profeta, ocuparía el lugar más alto de la pirámide social.

Ese día iba a ser especialmente importante para el movimiento islamista. El muftí, junto a otros ulemas, iba a reunirse con Mohammed Al-Bana, líder de los Hermanos Musulmanes, para trazar la estrategia de sus próximos movimientos ahora que Nasser había decidido ilegalizarlos. Sobre la mesa había varias opciones en estudio, desde una rebelión abierta contra el gobierno a la planificación de un magnicidio para acabar, esta vez sí, con la vida del presidente. Y en cualquiera de las opciones era fundamental contar con un fuerte respaldo popular, para lo que pensaban intensificar los programas sociales de ayuda a los más desfavorecidos. No iban a tolerar que, tras haberse librado de un rey déspota, ocupara ahora su espacio un dictador igual de egocéntrico que el monarca, un rey absolutista republicano. Enfrascado en estos pensamientos caminaba el ulema en dirección a su reunión, con el *tasbih* en una mano y un ejemplar del Corán en la otra cuando, al atajar por un callejón del barrio fatimida, sintió cómo alguien le abordaba por detrás y le tapaba la nariz y la boca con un pañuelo empapado en cloroformo. Cayó fulminado el ulema entre los brazos de su atacante quien, aprovechando la soledad del lugar, lo arrastró hasta un portal cercano y de allí a un piso discreto, sin más acceso que la puerta principal y sin apenas ventanas al exterior.

Nunca supo el tiempo que pasó sedado, pero cuando se despertó estaba atado en cruz de pies y manos a los barrotes de una cama. La habitación olía a incienso, y por todas partes había cruces y estampitas de santos y vírgenes. El ulema intentó soltarse de sus cadenas, pero quienquiera que le hubiera secuestrado sabía lo que hacía y le había atado con fuerza. Aprovechando el silencio gritó pidiendo ayuda, pero nadie acudió a su llamada. El cloroformo le había dejado atrofiados los músculos de la cara, y una intensa y desagradable sensación de sed resacaba su garganta. Pero lo más angustioso de todo era no entender por qué estaba allí, quién lo había secuestrado y qué esperaba de él. Lo primero que pensó fue que aquello era obra de la maquinaria represora del régimen, un movimiento de los militares de Nasser para desactivar cualquier revuelta y reprimir con violencia cualquier comportamiento disidente. Pero en cuanto se calmó y respiró hondo se dio cuenta de que algo no encajaba.

¿Qué hacía allí toda aquella iconografía de cruces y estampitas de mártires adornando la sala? Por lo demás, el único mueble era la cama con cabecero de hierro a la que estaba atado. Eso era todo.

Así fueron pasando las horas sin que nadie se ocupara de él. A medida que transcurría el tiempo se sentía más débil. Le dolían las articulaciones a causa de las ligaduras que atrapaban sus muñecas y sus tobillos. Los labios empezaban a cuartearse. El olor a incienso y a óleos sagrados ya apenas le molestaba, acostumbrada ya su nariz al ambiente cargado de la habitación. Pero, en el fondo, lo que le resultaba insoportable era seguir en la más absoluta penumbra, sin sospechar quién le había captado ni con qué motivo. Fue perdiendo el sentido del tiempo. Ya no sabía si era de día o de noche. Los párpados se vencían, a pesar de sus esfuerzos para no quedarse dormido. En una de esas luchas contra su propio sueño, justo cuando entraba en un estado de duermevela, el ruido de la puerta al abrirse lo desveló. Con esfuerzo alzó la cabeza para ver ante él, a los pies de la cama, la figura alta e imponente de un hombre vestido con una larga túnica que el ulema identificó con el hábito talar de un sacerdote cristiano. Aunque el cura tenía un aspecto físico opuesto al suyo, con su pelo rubio cortado a navaja y un rostro blanquecino cuidadosamente afeitado, en el fondo el tipo no era tan diferente a él. Ambos tenían los ojos inyectados en sangre, la mirada fanática de los iluminados, y tanto su forma de vestir como el hecho de llevar un libro sagrado en las manos, les acercaba más de lo que ellos creían. El ulema lanzó varias imprecaciones contra el sacerdote, pero este no le hizo caso. Con las palmas de las manos hacia el cielo comenzó una oración en susurros, prácticamente inaudible. Luego, de un maletín, sacó varios elementos que dispuso sobre una mesita auxiliar. Bendijo el agua. A continuación hizo lo mismo con un puñado de sal y lo mezcló todo. Seguidamente recitó la letanía de los treinta y un santos que contemplaba el ritual. A medida que el exorcista realizaba su labor, el ulema elevaba el tono de sus protestas. No era preciso hablar árabe para darse cuenta de que de su boca no salían más que amenazas y maldiciones. Pero Gunnard continuaba impertérrito. Rezó el credo e hizo renovación de las promesas bautismales.

—No permitas que tu hijo sea poseído por el poder de la mentira, ni que tu siervo redimido por la sangre de Cristo sea mantenido en la esclavitud del diablo —pronunciaba mientras sostenía un gran crucifijo de hierro en la mano con el que no cesaba de hacer admoniciones—. He aquí la cruz. Huid, espíritus del mal.

Entonces acercó la cara a la del prisionero supuestamente poseído e insufló su aliento en su mismo rostro. El egipcio respondió escupiéndole. Por vez primera el exorcista sonrió. Ya te tengo, Satanás. El ulema no dejaba de moverse, arqueaba su cuerpo tratando de liberarse de las ataduras que, de tanto tirar de ellas, empezaban a desollarle la piel y a hacerle llagas en las muñecas. Gunnard volvió a sonreír al ver el hilillo de sangre. «Los estigmas», pensó.

—Te ordeno Satanás, que salgas del cuerpo de este siervo de Dios. Te ordeno Satanás, príncipe del inframundo, que reconozcas el papel de Jesucristo. Vete de esta criatura. Te lo ordeno Satanás, sal de esta criatura. Vete, regresa a tu reino de tinieblas, en el nombre del padre, y del hijo, y del espíritu santo.

Pero el líder musulmán no estaba por la labor de aguantar semejante palabrería, «pero qué dice este loco», pensó, así que continuó con sus maldiciones y sus desesperados movimientos para zafarse de las ligaduras, lo que hacía que, de vez en cuando, la cama de hierro diera pequeñas saltos.

El exorcista pasó entonces al siguiente escalón del ritual y le impuso las manos al endemoniado que, nada más notar su tacto, pareció enloquecer de rabia.

—No me pongas la mano encima, maldito infiel —bramaba ante el desprecio del sacerdote, concentrado en esa labor de tal forma que más bien parecía él el poseído.

La batalla continuó durante varios minutos sin que ninguno de los dos contendientes pareciera querer renunciar a sus posiciones. Gunnard incrementó los rezos y las letanías, exhibió una colección de estampas sagradas mientras proseguía con su cantinela instando al demonio a salir de aquel cuerpo. Pero el supuesto demonio no debía estar por la labor de abandonar, porque su oponente también aumentaba sus empujones violentos que movían la cama de hierro para todas partes, desgarrándole en el esfuerzo aún más la piel de las muñecas. Gritaba insultos, ahora sí, a pleno pulmón y, todavía afectado por los alcaloides del cloroformo, el olor a incienso y el esfuerzo, comenzó a vomitar un líquido verdoso y mal oliente que no era más que bilis mezclado con té de menta. El exorcista vio ahí el resquicio que buscaba en la batalla para sacar al maligno del cuerpo del musulmán. Apretó sus manos alrededor de su cuello con fuerza para inmovilizarle. Entonces miró al crucifijo de hierro que le había acompañado durante todo el exorcismo, lo bendijo por enésima vez, y se lo estampó al ulema en pleno cráneo. Tan fuerte fue el golpe que la cruz quedó clavada en su cabeza, convertida ahora en un Gólgota en el que un Cristo de hierro finalizaba su semana de pasión.

47

Siempre creyó ser la reencarnación de Tutankamón, el niño dios revestido de un poder omnímodo cuyos caprichos eran ley. Era un joven guapo, con unos penetrantes ojos azules herencia de sus antepasados albaneses. Educado en los mejores colegios británicos, era cosmopolita, elegante y políglota. Y, sin embargo, a la vista de su aspecto actual, costaba creer que aquella piltrafa sebosa, sudorosa y borracha fuera el apuesto monarca que, en su día, gozó de la admiración y el cariño de todo su pueblo antes de que sus caprichos de déspota rico e insensible le convirtieran en el ser más odiado del reino. Su padre, el rey Fuad, aliado fiel de la corona inglesa, había muerto cuando el joven príncipe apenas tenía quince años, lo que le llevó al trono siendo aún un adolescente. El cuento de hadas solo duró unos pocos meses, boda incluida con una chiquilla que no había cumplido los dieciséis llamada Farida. Días de vino y rosas hasta que la carroza se convirtió en calabaza, hartos los súbditos de vivir sumidos en un pozo de pobreza cada día más profundo mientras su rey presumía de una opulencia propia de los cuentos de las mil y una noches. Quizás en tiempos de paz las cosas podrían haber sido diferentes, pero el estallido de la guerra mundial no hizo más que complicar la situación. Las privaciones y el hambre se extendieron como un reguero de pólvora, pero el joven monarca no estaba dispuesto a renunciar a los lujos y placeres de su depravada y privilegiada existencia. No le duró mucho al caprichoso rey su primer matrimonio. Si casarse tan joven con una menor había sido un empecinamiento infantil, el divorcio fue otra rabieta de niño mimado. Lejos de escarmentar decidió tomar nueva esposa, en esta ocasión a una joven plebeya a la que cambió el nombre para bautizarla como Narrimán. El rey dios contraía nupcias con una vulgar mortal. Para acallar las críticas y demostrar que su voluntad era ley, mandó confeccionar un vestido de novia tan apabullante que jamás princesa alguna llevó al altar ropajes tan ricos. Ciento veinte mil diamantes adornaban la lujosa seda inmaculada con la que Faruk vistió a Narrimán, todo un firmamento de la más preciosa de las piedras vestían su cuerpo. Lástima que el voluble soberano pasara en poco tiempo de adorar ese cuerpo amado a golpearlo en una lección magistral de malos tratos. Harta del carácter irascible de su esposo, Narrimán aprovechó la revolución y el consiguiente golpe de Estado para librarse ella también de su tirano. Y como no hay dos sin tres, ya en el exilio y en plena decadencia, no tardaría el antiguo rey en contraer nuevas nupcias, esta vez y para que no faltara de nada en el surtido variado de sus conquistas, se emparejó con una antigua miss napolitana cantante de ópera, lo que terminó por transformarle a él en el patético rey de opereta que ahora, en un caro restaurante monegasco, se sentaba frente al agente de los servicios secretos vaticanos, el padre Arno Axel.

—Esos militares mal nacidos han convertido mi hermoso país en un campo de prisioneros y de fanáticos religiosos.

Arno pidió una botella de *champagne* de las bodegas de Pierre Moncuit. El rey prefirió un café y dos grandes refrescos de cola antes de pasar a licores más serios. «Típico de un alcohólico», pensó Arno que no soportaba a los bebedores insolventes.

—Les acusa de ser fanáticos religiosos y, sin embargo, usted se ha autoproclamado descendiente del profeta, si no estoy mal informado.

Faruk se puso rojo de ira.

—Bah, tonterías, eso no es relevante, de todos modos las monarquías están en vías de extinción, dentro de poco no quedarán en el mundo más que cinco reyes...

—Los de la baraja y la reina de Inglaterra —le interrumpió Arno.

—¿Cómo lo sabe? Esa frase es mía —exclamó Faruk indignado.

—Mi trabajo es estar informado. Le he investigado, Faruk, por eso he venido a verle, porque necesito su ayuda.

—¿Mi ayuda? ¿Y por qué habría yo de ayudarle? ¿Qué gano yo con ello? Arno sonrió y cató el *champagne*. Estaba delicioso.

—Digamos que podría ayudarle a mejorar su imagen pública. Al fin y al cabo no todo lo que usted hizo durante su reinado fue detestable. También implantó la enseñanza obligatoria para combatir el analfabetismo y creó una sanidad pública. Es justo reconocerlo. Las cosas como son.

—Ya da igual —dijo con resignación el rey—, la gente se queda con lo superficial, con lo anecdótico. Eso es algo que nunca va a cambiar.

—Esquilmar las arcas del Estado para poder pegarse la vida de dispendios que sigue llevando tampoco lo consideraría yo una mera anécdota.

El rey destronado terminó el caviar y le echó mano a la langosta. Pidió vino bordolés del *chateaux* Petrus y una botella de bourbon americano. Tan pronto bebía de una como de la otra, mientras la servilleta anudada sobre el cuello le hacía las veces de babero.

—Si quiere que le ayude no creo que sea muy inteligente venir hasta aquí para insultarme.

Arno se llevó teatralmente la mano al corazón.

—*Touché*, mon ami.

El orondo Faruk untó un buen trozo de mantequilla en pan mientras esperaba que le sirvieran el pato a la naranja, antesala del solomillo a la pimienta con patatas *hasselback* y de las dos grandes porciones de tarta *pavlova* con las que pondría fin a la primera comida del día, lo justo para aguantar tres horas en la mesa de juego antes de tomar un nuevo refrigerio aún más contundente.

—Está bien —dijo finalmente—, dígame qué quiere saber y le responderé, pero por favor, déjeme en paz de una vez, me aburre su compañía y además me está usted quitando tiempo para jugar. La ruleta gira y *rien ne va plus*, no espera a nadie, ni siquiera a un descendiente del profeta y de los faraones.

Arno apuró su copa, sacó del bolsillo del chaleco una ficha del casino, la lanzó al aire, la cogió con la otra mano y la dejó sobre la mesa frente a Faruk.

—Para usted. Apuéstela. Le traerá suerte. Y ahora dígame, por favor, qué demonios ocurre en ese maldito pueblo.

Cuando parecía que había terminado de comer, Faruk pidió que le trajeran un buen plato de espagueti a la carbonara. No había misterios en cómo el joven apuesto y delgado príncipe egipcio se había convertido en poco más de dos décadas en un obeso que se pasaba los días de la cama a la mesa y de allí a la sala de juego, a seguir dilapidando una fortuna robada de la que cada vez quedaba menos.

Terminada la pasta y tras dar cuenta de cuatro grandes bolas de helado, tomó a Arno del brazo, lo condujo hasta la terraza del hotel, pidió una gran copa de coñac, encendió un veguero de generosas dimensiones, y comenzó a hablar:

—La última noche antes de partir al exilio la pasé en uno de mis palacios a orillas del Nilo. No había que ser un visionario para comprender cómo iba a terminar todo. Los militares no querían hacer una revolución por el bien del pueblo, lo que querían era apropiarse del país y establecer una nueva estructura social en la que ellos fueran la casta dominante. Por eso cuando me dijeron que debía abdicar en favor de mi hijo no creí ni una sola de sus palabras. ¡Qué ingenuos eran los que me aconsejaban que les hiciera caso por el bien de la institución y para preservar la monarquía! Un rey no debe abdicar jamás, porque en cuanto pierda su estatus todos se volverán contra él, incluidos sus propios herederos. Suerte que el príncipe solo tenía entonces tres meses de vida y no podía conspirar contra mí, de lo contrario estoy seguro de que también lo habría hecho. Fue ceder la corona y hasta mi esposa, la misma plebeya a la que yo había sacado del fango de las calles y había cubierto de brillantes, se divorció de mí dejándome solo. La ingratitud, ese es el mecanismo que mueve al mundo.

Arno seguía escuchando al depuesto monarca sin interrumpirle. Le hubiera gustado preguntarle por los malos tratos que denunció su mujer, o por la prontitud con la que había reemplazado a la reina emparejándose con una cantante napolitana de curvas voluptuosas y cabello teñido de rubio platino. Pero, ya que por una vez el rey se mostraba tan locuaz, lo mejor era darle carrete y dejarle que siguiera hablando.

—El exilio, querido... Perdón, ¿cuál era su nombre?

—Arno.

—Eso, Arno. Pues le estaba diciendo, querido Arno, que el exilio es siempre doloroso. A nadie le gusta que le expulsen de su país, de sus orígenes, de sus ancestros. En fin, afortunadamente siempre me ha fascinado esta parte del mediterráneo y ahora vivo feliz entre Roma, Mónaco y Capri. Lo bueno de determinadas revoluciones es que se ven venir. Por eso pude sacar del país una buena parte de mi fortuna antes de que los oficiales libres me derrocaran. Y otra buena cantidad de joyas y objetos valiosos viajaron en nuestras valijas cuando embarcamos en el yate real camino de tierra extraña. Gracias a eso aún puedo mantener la dignidad de mi rango.

El agente vaticano sonrió cínicamente, no era momento de argumentar que la dignidad difícilmente se mantiene si uno se pasa los días borracho, atiborrándose de comida y enganchado a los naipes. Su carácter caprichoso, además, era legendario.

—¿Es cierto, como me han contado, que en una ocasión se empeñó en ganar una mano de póker con un trío frente a un *full*?

Faruk no pareció ofendido por la pregunta, al contrario, sonrió pícaro mientras saboreaba su cigarro.

—No fue exactamente así, caballero. Es cierto que un rival llevaba un *full* de damas y cuatros, pero yo tenía un trío de reyes. Es decir, tres reyes en mis manos más el cuarto que era yo mismo formábamos un póker de reyes. Por tanto no entiendo por qué se armó tanto revuelo con esa historia, la mano la ganaba yo claramente.

«Tenía gracia el muy cabrón», pensó Arno. Un caradura inteligente.

—De todos modos —prosiguió el rey—, no hay que darle mayor importancia. El otro jugador era inglés, pero me sorprendió que no tuviera más sentido del humor.

La mención a los ingleses permitió al agente reconducir la conversación hacia el terreno que le interesaba.

—Precisamente de eso quería yo hablarle.

Faruk, socarrón y comenzando a ponerse nervioso por desperdiciar el tiempo sin sentarse a la mesa de juego, respondió:

—¿De qué, del humor inglés?

A Arno comenzaba a agotársele la paciencia, así que dio por finalizada la tregua de amable conversador y pasó al ataque.

—Lo que quiero saber, maldita sea, es qué papel juegan los británicos en los sucesos de la aldea hechizada de Al-Junum. Y usted me lo va a decir, por las buenas o por las malas.

48

Empezaba a fallarle el corazón. Demasiado estrés, demasiados disgustos. Necesitaba descansar. Eso le decían todos los que estaban a su alrededor y lo apreciaban, su médico personal, sus amigos, su mujer. La guerra de Egipto, a pesar de la victoria militar, había sido un desastre, y ahora, para completar el desatino, afirmaba que él jamás había metido a su país en ese campo minado ni había sido el responsable de desencadenar el conflicto. Mentía a sus colaboradores, mentía al parlamento, a la opinión pública y hasta a la mismísima reina. Entre todos consiguieron convencerle de que unas pequeñas vacaciones no le vendrían mal. Y así, aprovechando que el verano dejaba el país al ralentí, Sir Anthony Eden, elevado ya a la categoría de Lord Avon, tomó junto a su esposa un avión con destino a Jamaica con el fin de relajarse, tomar distancia y pasar unos días de descanso. No contaba el primer ministro con que el lugar que uno deja vacante, otros acuden a ocuparlo sin demora. Aún no había aterrizado en tierras caribeñas cuando sus más directos colaboradores, encabezados por su ministro de finanzas Harold McMillan y por Lord Salisbury, se reunían en uno de los elegantes salones del parlamento de

Westminster con el fin de decidir el mejor modo de reemplazar a su jefe en el consejo de ministros.

Tan pronto como este regresó de sus vacaciones se encontró un panorama muy diferente al que había dejado al partir. Estaba solo, aislado, sin recibir ni tan siquiera el apoyo de su propio partido. También parecía haber perdido la confianza de la corona, algo que la propia reina le hacía sentir con la cruel frialdad con la que le trataba. Pero lo que más le dolía era que había perdido su imagen pública de hombre de paz, la del estadista que siempre había luchado por el entendimiento de los pueblos y la concordia. Sin prestigio ni apoyo jugó una de sus últimas cartas en un intento desesperado por volver a tomar el control de la situación y, en una decisión audaz, decidió someterse voluntariamente a una cuestión de confianza en la cámara de los comunes. Contra todo pronóstico la sacó adelante holgadamente, pero aquello era más un espejismo que un reflejo de la realidad. Desde sus propias filas siguieron segándole la hierba bajo los pies, minándole el terreno hasta conseguir desgastarlo por completo. Durante muchos años él había sido uno de los grandes activos de su partido, un hombre de Estado que había jugado un papel fundamental en la victoria sobre el nazismo. Era necesario, pues, buscarle una salida digna.

La idea fue de Lord Salisbury. Si poniendo como excusa su salud habían conseguido que el primer ministro abandonara durante unos días Downing Street para tomarse un descanso, quizás utilizando de nuevo la misma estrategia podrían llegar a forzar su retirada. La pieza clave en ese planteamiento era el médico de Sir Anthony. Convencerlo a él sería tanto como tener de su parte a la señora Eden, y ese movimiento sería ya imbatible.

—No le estamos pidiendo que mienta, doctor, solo que presente la situación de una forma algo más dramática, más tajante, para que no quede lugar a ninguna duda. Lo que queremos es que le haga entender a su paciente que si no se retira a descansar su vida corre un serio peligro. Quizás su corazón no pueda soportar tanta tensión.

El médico valoró las palabras de sus interlocutores, los cuales eran además dos de los hombres más poderosos del reino, y finalmente accedió a su petición. Tanto exageró y tan negras debió ponerle las cosas al primer ministro y a su familia que, a los pocos días, Sir Anthoy Eden, conde de Avon, presentó su renuncia voluntaria a la reina alegando problemas de salud que le impedían realizar plenamente su trabajo, poniendo en riesgo su propia vida. Un inoportuno ataque de fiebre vino a poner la puntilla a sus sueños de continuar al frente del gobierno. Hasta llegó a preparar una visita a Washington y otra a Moscú que nunca se llegaron a celebrar.

—Ya va siendo hora de que me retire a descansar —había dicho públicamente sin demasiada convicción, pues él consideraba que seguía estando plenamente capacitado para ejercer su labor.

Seguía sin aceptar lo que había ocurrido y mantenía con firmeza que él jamás había engañado a nadie.

—Mientras viva, nunca me disculparé por lo que hicimos —afirmó ante los diputados de la cámara.

Para rematar con evidente falta de respeto a la verdad:

—Nadie sabía de antemano que Israel atacaría a Egipto.

Ante este panorama, su renuncia al cargo vino a calmar las turbulentas aguas que bajaban por el parlamento británico. Butler, que había estado en la conspiración contra su jefe desde el principio, se postuló para reemplazarlo en el cargo de primer ministro, pero una encuesta encargada por Buckingham Palace desveló que no gozaba de apoyo alguno por parte del pueblo. Así que, entre todos, y hasta que se convocaran nuevas elecciones, decidieron que el sustituto de Eden al frente del gobierno sería el ministro de la hacienda pública Harold McMillan, quien tampoco era ajeno al complot.

Consumado el relevo, el conde de Avon y su mujer pusieron tierra de por medio para recuperar la salud y olvidarse de los problemas. Viajaron hasta Nueva Zelanda, quizás porque no había un destino más lejano y, aunque aún hizo alguna aparición pública puntual para comentar asuntos de actualidad, lo cierto es que prácticamente desapareció voluntariamente de la vida pública. Durante sus años de retiro fue rumiando su indignación por el trato que había recibido y por la forma tan poco edificante de culminar su brillante historial político. De entre todos los enemigos que tuvo en su lucha obsesiva contra el coronel Nasser, llegó a la conclusión de que el peor de todos era el secretario de Estado americano John Foster Dulles que, en un ejemplo de cinismo le había tildado de neocolonialista por su empeño en proteger los intereses británicos en el canal de Suez, mientras los americanos se apropiaban también, lejos de sus fronteras y por las mismas razones, del canal de Panamá. El paso del tiempo hizo evidente que alguien había manipulado su historial médico exagerándolo hasta convertirlo poco menos que en un moribundo. Anthony Eden no solo no murió por causa del estrés, sino que desde su dimisión aún tuvo veinte fecundos años de vida hasta que un carcinoma se lo llevó justo cuando entraba en su octava década de vida. Nunca un error se pagó tan caro, y nunca un líder político estuvo tan solo en la defensa de los intereses de su país.

49

La noche se le dio tan mal como cualquiera de las anteriores. Los naipes no le eran favorables y, lejos de parar, tomar distancia y establecer una nueva estrategia, el destronado rey Faruk se empeñaba en regalarle a los Grimaldi, dueños del casino de Montecarlo, toda la fortuna robada al pueblo egipcio. La reina Narrimán, la plebeya a la que el caprichoso monarca había cubierto de diamantes y perlas, acababa de dejarle de regalo de cumpleaños los papeles del divorcio. Más allá del disgusto inicial, lo único que le produjo la actitud de su esposa fue un apetito aún más voraz. Ella le acusaba de malos tratos, y a él parecían no importarle demasiado acusaciones tan graves. Ya había puesto los ojos en una soprano napolitana, antigua modelo de nombre Irma Capece di Montuolo di Canosa. Y, como según dice el refrán, un clavo con otro clavo se saca, con dama de tan rimbombante nombre llenó el que otrora fuera un niño faraón el hueco que dejaba la sufrida reina.

El guion se repetía cada noche: el atracón de comida, el alcohol, el desastre en la mesa de juego, la embriaguez, las maldiciones y los malos modales de los malos bebedores, los ronquidos y el sueño. Y así hasta el día siguiente, en el que volvería a repetirse la misma rutina. Por eso Arno, que no andaba ya muy sobrado de tiempo ni de paciencia, dejó de lado por un momento sus elegantes maneras de caballero, cogió al monarca por las solapas del *smoking* blanco que vestía, con el dudoso complemento de mal gusto de una servilleta al cuello manchada de restos de salsa boloñesa que no había podido evitar algunas salpicaduras sobre la chaqueta, y le conminó a revelarle la información que estaba buscando. El rey, que apenas unos meses atrás habría mandado fusilar al agente por su impertinencia, se había acostumbrado rápidamente a ser tratado con el desdén de los que ya nada tienen que temer de él. Con un pañuelo de fino algodón en el que llevaba impresas sus iniciales se secó el sudor de su cara inflada, dejó la servilleta sobre la mesa, se alisó la americana y la pechera de la camisa, se ajustó la pajarita y comenzó a hablar:

Mi país es la envidia del mundo, la cuna de la civilización. Hace cinco mil años, cuando ustedes los europeos andaban poco menos que como las bestias viviendo en cuevas, mis antepasados construían pirámides y estructuras con una tecnología que aún hoy resulta imposible imitar. Mientras ustedes se comunicaban a gruñidos, nosotros disponíamos de delicado y duradero papel en forma de papiros que fabricábamos con los juncos que nos regalaba el Nilo, y allí inventamos un complejísimo lenguaje jeroglífico que ustedes apenas acaban de ser capaces de descifrar. Por eso todas las potencias mundiales han querido dominarnos, porque saben que en nuestra historia está nuestra riqueza. Siempre había sido así y a ello estábamos acostumbrados. Pero desde hace unos pocos años hay algo más que ha despertado su avaricia, algo por lo que sus países están dispuestos a declarar la guerra o directamente a invadirnos, y algo por lo que algunos en mi propio país también son capaces de matar y someter a todo un pueblo.

Arno escuchaba con interés. Faruk estaba en ese breve limbo de lucidez que precede a la borrachera en la que ya no hay con quién tratar. Había que aprovechar el momento mientras durase.

—¿A qué se refiere? —preguntó, pero el otro siguió hablando como si no lo hubiese escuchado.

—Todos nuestros tesoros están ocultos. Nuestros dioses así lo quisieron para salvaguardarlos de la codicia y la rapiña. Aquellos que se queden en la superficie no verán más que polvo, piedras y desierto, y una vena que nos recorre de sur a norte llevándonos la vida, agua que riega nuestras cosechas y nos da de comer. Pero si miran debajo del pedregal, ¡ay! encontrarán nuestro tesoro.

—Me cuesta seguirle —dijo Arno—. ¿Está usted hablando de nuevas tumbas sin descubrir llenas de oro y piedras preciosas? ¿Me habla de momias y sarcófagos de los que no tenemos constancia? ¿Y qué tiene que ver eso con los perros suicidas y las aldeas poseídas?

Una rubia rotunda a la que nadie podía discutir su belleza entró en la sala interrumpiendo la conversación. Sin prestarle ninguna atención al agente, ninguneándolo como si fuera un ectoplasma al que nadie hubiera convocado, tomó al rey por el brazo y lo arrastró fuera.

—Vamos, cariño, ya está bien de jugar por esta noche, vamos a bailar.

Y su joven novia, la cantante de ópera, se lo llevó como si fuera una zíngara arrastrando a un oso amaestrado. Arno, incapaz de presentarle batalla a la napolitana, solo tuvo ocasión de implorar:

—Faruk, conteste a mi pregunta, por favor. ¿De qué tesoro me habla?

La respuesta sonó lejana, pero lo suficientemente diáfana por encima de la música de la orquesta que interpretaba los primeros compases de un cha-cha-chá.

—Petróleo, Arno, ¿qué va a ser? Petróleo.

50

El agente Támesis no terminaba de acostumbrase a los rigores del clima del desierto. Aceptaba su destino con resignación, con la obediencia del buen funcionario, aunque él no había nacido para trabajar, y mucho menos en un lugar en el que hacía tanto calor. Pero siempre fue el hijo díscolo del conde de Redington, la oveja negra de una familia en declive, y el servicio secreto le ofreció la oportunidad de escapar de la agobiante presencia de su controlador padre. Los años iban pasando y sus huesos comenzaban a protestar ante la falta de comodidades. Cercana ya la edad de jubilación, era el momento de regresar a su añorada campiña inglesa. Así se lo había hecho saber a su jefe, Sir Stewart Menzies, quien le había asegurado que esta sería su última misión.

En esto pensaba mientras dirigía los trabajos de los operarios en la aldea de Al-Junum. El acuerdo al que Támesis había llegado con Malek les había permitido expulsar de la zona a todo el mundo. El viejo había cumplido su parte del trato con extraordinaria diligencia. Una vez que el pueblo se había quedado sin habitantes, podía ya comenzar las prospecciones sin ninguna oposición. Primero acotaron un amplio perímetro en torno a la aldea, de modo que solo se pudiera acceder a ella con un permiso especial que otorgarían los británicos mediante la *British gas and oil corporation*, encargada por el gobierno de Su Majestad de la extracción del crudo y demás tesoros que permanecían escondidos en el subsuelo de las tierras del Sinaí. Una vez perimetrado el terreno comenzaron a llegar las máquinas, perforadoras, bombas de varilla, válvulas de bombeo y demás elementos necesarios para extraer el combustible de la tierra.

Todo debía estar ya solucionado si no hubiera sido por ese problema de última hora con el que nadie contaba, la aparición en escena de un agente de los servicios secretos vaticanos al que nadie había invitado a la fiesta, y que amenazaba con desbaratar todo el plan. Por eso había tenido que pedirle a Malek que se ocupara de él, y esa adenda al contrato inicial había costado un buen pico a las depauperadas arcas de los contribuyentes británicos. Pero la inversión merecía la pena, pues los beneficios que pensaban obtener compensarían sobradamente cualquier gasto.

El factor tiempo era decisivo. Había que tomar posesión del lugar e iniciar una política de hechos consumados, antes de que la guerra y sus incontrolables consecuencias pudieran poner en riesgo la operación. En ese contexto, la entrada de tropas israelíes y franco británicas en Egipto, se consideraba como un respaldo definitivo a los intereses comerciales de los británicos. Támesis se aseguró de nuevo de que toda el área estuviera convenientemente vallada, impidiendo el acceso a la zona a cualquier persona que no contara con un permiso especial de la empresa. El agente no podía dejar de admirar la inteligencia de su jefa, recién llegada de Londres y con la que acababa de entrevistarse en el Continental, al diseñar la estrategia, cuya piedra angular había consistido en manipular a los radicales musulmanes para que, basándose en su ignorancia y en su intolerancia, expulsaran a los cristianos al creer que estos habían llevado el demonio hasta su aldea. Una forma limpia y aséptica de dejar que otros hicieran el trabajo sucio sin que nadie pudiera acusar a la corona inglesa de intromisión ilegítima en el territorio de otro país, echando a la gente de sus casas. Con lo que no contaba Alexandra era con que las cosas se les irían de las manos y las persecuciones terminarían en asesinatos y aniquilación total. En todo caso, ahora que el camino estaba despejado ya solo había que estar vigilantes para que nadie se inmiscuyera en su trabajo.

Támesis había hecho construir una oficina desmontable en pleno epicentro de la zona delimitada para realizar los trabajos. Un tendejón montado con cuatro tablas y una tela grande como techo para dar sombra, una mesa de campaña y un par de sillas de tijera formaban todo el mobiliario. En el suelo, sobre una jarapa de lana, grandes almohadones permitían al visitante descansar plácidamente mientras esperaba a que algún sirviente le preparara una ginebra o un vaso de *whisky*. Allí había citado a Malek para que le informara del estado de todas las gestiones que le había contratado.

El viejo llegó en un todoterreno pintado con colores de camuflaje, un vehículo que pertenecía al ejército y que, por alguna misteriosa razón que resultaba más prudente no preguntar, utilizaba para su servicio personal. Lo acompañaba al volante su sobrino Salmán, que había transformado el coche en un arsenal de armas. A Támesis el viaje siempre se le hacía muy pesado, todo lo contrario que a Malek, acostumbrado a las distancias del desierto y a medir el tiempo con otra perspectiva. Quizás contribuyera a que se le hiciera tan corto el hecho de que no portara buenas noticias y estuviera deseando no tener que enfrentarse a su cliente, porque habían fallado en el encargo realizado y Arno andaba suelto por algún lugar del país. Solo era cuestión de tiempo que apareciera de nuevo en sus vidas como un fantasma pelma y peligroso.

—Pasen, les estaba esperando —los recibió cortésmente Támesis en la tienda de mando mientras hacía señales a un edecán para que trajera una bandeja con un juego de té.

Salmán como un perro fiel bien educado, se quedó esperando a su amo en la puerta.

—Ya veo que lo tiene todo en marcha, hay que ver cómo ha cambiado este pueblo en tan solo unas semanas.

Támesis asintió complacido.

—Sí, trabajamos rápido. No nos gusta perder el tiempo.

Malek miraba a su alrededor sorprendido. Una de sus reglas era no querer saber más de lo que el cliente estuviera dispuesto a contarle, no hacer preguntas era la mejor manera de preservar su seguridad. Por eso nunca supo lo que los ingleses se traían entre manos. A él le habían contratado para expulsar a la gente de la aldea y para impedir que nadie se interpusiera ni averiguara el porqué. Lo que estaba viendo ahora le parecía un montaje digno de una superproducción cinematográfica.

—Y bien, ¿qué noticias me trae?

Malek carraspeó, la mirada escondida tras las gruesas mamparas de cristales oscuros de sus gafas.

—Pues digamos que ha habido un pequeño problema.

Támesis se incorporó en la silla, en guardia ante lo que tuviera que decirle el viejo.

—Pero no tiene que preocuparse por nada, ya estamos poniéndole remedio.

—¿Qué demonios ha ocurrido? —preguntó el inglés alzando la voz.

—El cura.

—¿Qué pasa con el cura?

—Pues que ha desaparecido. En fin, que se nos ha escapado.

Ahora sí que Támesis soltó toda la rabia acumulada. Estaba fuera de sí, maldiciendo y lanzando improperios que quebraban la paz del tendejón. Malek aguantó estoicamente. No tenía mucho sentido intentar ofrecer una explicación, y no solo porque el otro no estuviera dispuesto a escucharle, sino porque, simplemente, no la tenía. Era más inteligente dejar que soltara toda su cólera y su resentimiento e intentar dialogar con él cuando estuviera más calmado. Pero los gritos y exabruptos habían soliviantado a todo el personal. Recortándose en el umbral de la puerta apareció la elegante figura de una dama. Támesis titubeó al verla, como si de pronto se hubiera dado cuenta de que la ira se le había ido de las manos.

—Perdón, jefa, lamento las formas. Estoy sometido a mucha presión y a veces...

Alexandra no respondió. Se limitó a mirar a su subordinado con gesto poco amistoso. Luego miró al viejo Malek que, encogido entre almohadones frente a la mesa poblada de planos y papeles, parecía aún más pequeño y enjuto.

—¿Qué ha pasado? —le preguntó con voz firme, autoritaria.

El proxeneta le explicó con detalle el seguimiento que le habían hecho al agente enviado por el Vaticano desde que pisó suelo egipcio, de cómo habían conseguido secuestrarlo al ver que las amenazas no le hacían abandonar el país, y de cómo se les había escapado y ahora parecía habérselo tragado la tierra. Ella se sentó en una silla de tijera, encendió un cigarrillo y se sirvió una ginebra.

—No le culpo —dijo por fin—. Arno es un tipo muy escurridizo. —El viejo se sorprendió al oírla pronunciar el nombre del agente.

—¿Lo conoce usted?

Ella cerró los ojos y esbozó una sonrisa, su pensamiento viajaba al país de los recuerdos.

—Digamos que somos viejos amigos —contestó.

La pregunta que vino a continuación descolocó aún más a Malek.

—¿Cómo está? ¿Sigue tan cautivador como siempre? —Dudó qué responder.

—Sí, bueno, supongo.

El que cada vez parecía más sorprendido era Támesis, agazapado en una esquina, en silencio, tratando de pasar desapercibido.

—No es conveniente que ande suelto —dijo Alexandra finalmente—. Arno es muy bueno en lo suyo. Terminará por averiguar lo que ocurre y nos traerá problemas. Búsquelo y enciérrelo, antes de que lo tengamos encima y nos estropee la operación.

Malek correspondió con una reverencia mientras se deshacía en disculpas y trataba de calmar a sus clientes con toda clase de promesas.

—Por supuesto, *madame*, no dude que lo encontraremos. Esto ha sido solo un ligero contratiempo, ya tengo a todos mis hombres en su busca. Puede estar segura de que lo atraparemos.

Ella lo mandó callar con un simple movimiento de su mano.

—Es su última oportunidad, Malek —dijo Támesis envalentonado al ver que su jefa había estado muy comedida—. Y cuando lo encuentre acabe con él, mátelo si es preciso, no pienso permitir que ese cabrón desbarate mi última misión poniendo en juego mi jubilación.

El viejo miró a Alexandra esperando la confirmación a la solicitud de su subordinado. Aunque no tenía ningún reparo en matar a nadie ni sería la primera vez que tuviera que hacerlo, tampoco era cuestión de ir por la vida dejando innecesariamente un reguero de cadáveres a sus espaldas. Ella tardó en responder, como si estuviera buscando entre sus recuerdos la respuesta a la pregunta que le formulaba el egipcio. Finalmente pareció regresar de un lugar lejano, lo miró fijamente y exclamó:

—Haga lo que considere necesario. Lo que le ocurra a ese hombre ya no es asunto mío.

Desde la puerta del tendejón Salmán, que en ningún momento había retirado su mano de las cachas de su pistola por si tuviera que intervenir, al escuchar la respuesta asintió satisfecho.

51

A su regreso de Montecarlo, Arno cambió sus elegantes ropas occidentales por una modesta *abaya* local. La piel morena tras los días que había pasado expuesto al sol del desierto y un rosario moro entre los dedos con el que no dejaba de juguetear hicieron el resto. La transformación de Arno, sin llegar a ser perfecta, resultaba bastante convincente, un joven musulmán como tantos otros paseando por las atestadas calles del centro de la ciudad. Comprobó que el disfraz funcionaba, nadie parecía reparar en él y, al cruzarse por las laberínticas calles del zoco con algún comerciante local, le saludaban en árabe en la seguridad de que el agente secreto era uno más de los suyos. Fortalecido por la seguridad que le daba su anonimato se sentó en una discreta mesita de la terraza de un cafetín frente a la fachada del Camelot. Le llevó un par de días entender las rutinas y los horarios del local, aunque lo que más le llamaba la atención era que las chicas que comerciaban con sus cuerpos en el cabaret nunca salían a la calle. Durante la mañana el movimiento de personas que entraban y salían del lugar era continuo. Todos eran hombres que llevaban cincelado en el rostro y en la forma de moverse la marca indeleble de los matones del lumpen. Arno ya había conocido a unos cuantos de esa misma calaña durante sus años de servicio, y sabía por ello que todos eran prácticamente iguales en cualquier país o ciudad del mundo, poco importaba su raza o su religión. A fuerza de dedicar horas a la observación, el agente vaticano había conseguido identificar a algunos de los personajes que debían gestionar el antro. Pero no había rastro de mujeres, ni tan siquiera de la impostora que se había hecho pasar por la hermana Siena.

Por fin al tercer día, cual Cristo resucitado, el cura vio cómo sus largas horas haciendo guardia obtenían su recompensa. A media mañana, una mujer vestida con un *hiyab* negro que ocultaba su cabello y una parte de su rostro cruzó el umbral del club de alterne y se perdió por la gran avenida que desembocaba en el paseo junto al río. Sus ágiles movimientos y unos ojos de mirada melancólica la delataron. «Bingo —pensó Arno—, ahí va mi carcelera». La siguió por las calles a una distancia prudencial, asegurándose de que la chica no llevaba guardián alguno tras ella. La mujer llegó al mercado, olor a clavo y canela, rambutanes y pitayas, cabezas de cordero rodeadas de moscas, aguadores y sacas de lentejas. Ella miró aquí y allá, regateó con los comerciantes y, poco a poco, fue cargándose de bolsas. «Mejor así», pensó Arno, pues con las manos ocupadas le resultaría más difícil escapar u oponer resistencia.

La impostora que se hacía llamar Siena abandonó el mercado por una salida lateral que daba a un callejón desierto, atajo que, en lugar de conducirla de vuelta al redil, la llevó al oscuro frescor de un portal. De allí salió un brazo poderoso que la agarró por el cuello y la atrajo hacia sí. La chica intentó zafarse del secuestro, pero quien la había capturado era un profesional en lo suyo y sabía lo que hacía. Una mano poderosa le tapó la boca impidiéndole gritar. Con la otra agarró sus muñecas y las colocó a su espalda, como si los fuertes dedos del hombre que la retenía fueran unos grilletes. La espalda contra la pared y las bolsas con la comida cayeron al suelo regando la tierra de dátiles, granadas, gombos y sicomoros derramados por doquier, y el velo que le arranca de un manotazo para dejar el rostro y el cabello a la intemperie. Arno hubiera jurado que, al verle frente a sí, ella había relajado el gesto, como si lejos de temerle hubiera estado esperando la visita de alguien mucho más peligroso. Aunque estaba nerviosa por el susto de la encerrona, parecía en el fondo aliviada al saber que su agresor era el cura. Al ver sus ropas árabes se había puesto en lo peor, al creer que quien iba a por ella era algún sicario enviado por alguno de sus enemigos.

—No grites si quieres salir de aquí con vida —dijo el agente marcándose un farol que, paradójicamente, había resultado muy convincente.

Ella asintió. Ya no tenía la respiración entrecortada. Al verse libre de la mano que le tapaba la boca tomó aire e intentó relajarse.

—El otro día dejamos una conversación a medias —prosiguió el espía—. ¿Quién demonios eres? ¿Qué quieres de mí? ¿Y para quién trabajas?

—Son muchas preguntas —contestó ella con fingida timidez.

—Pues empieza por la primera. Tenemos todo el tiempo del mundo. Y esta vez no me mientas si no quieres acabar con una piedra atada a los tobillos en el fondo del Nilo, a merced de los cocodrilos.

Ella sonrió.

—Ya no quedan cocodrilos en el Nilo. Ya no son más que una vieja leyenda.

El comentario ayudó a rebajar la tensión. Así lo entendió Arno, que soltó sus brazos y la dejó libre frente a sí. Ella se restregó las muñecas. Estaban amoratadas por la presión de los dedos. Le había hecho daño.

—Me llamo Sie... —Él la cortó en seco.

—Ni se te ocurra seguir por ahí. Basta ya de mentiras.

Ella entendió que lo más prudente era contarle la verdad, aunque al hacerlo pusiera su vida en peligro. Pero había algo en aquel joven que conseguía tranquilizarla, una especie de paz y de bondad acampadas en el fondo de su mirada.

—Vamos a un lugar más cómodo y te lo contaré todo —dijo.

Él la condujo hasta la ribera del río, a un lugar discreto en un recodo donde unos escalones en forma de graderío descendían hasta el agua. Allí, a salvo de las miradas ajenas, se sentaron acariciados por el viento suave que venía de un mar mediterráneo que aún se intuía lejano. Fue así como ella le reveló su historia. La historia de Jezabel.

52

—Mi padre era un hijo de puta. Mi madre su media naranja, la compañera perfecta para semejante bestia. No fui un bebé deseado. Así que, en cuanto me parieron, me tiraron a la basura. Un trapero que se dedicaba a buscar entre los desperdicios algo que vender me encontró justo cuando los perros callejeros hambrientos estaban a punto de darse un festín. El viejo chamarilero no daba crédito a su suerte, y no porque deseara una hijita que pudiera convertirse en el báculo de su vejez, sino porque en el mercado de la infamia un ser humano se cotizaba a mejor precio que una silla coja o un montón de ropa sucia.

»—Lo primero que hizo en cuanto me tuvo en sus brazos fue mirar allí donde los varones llevan el orgullo colgando para ver si la lotería le había traído una hembrita o un macho. En realidad le daba igual, a cualquiera de los dos podía venderlos a un buen precio, a uno como esclavo en cualquier plantación y a la otra como puta. Y eso fue lo que hizo, acudir al Camelot y ofrecer el producto al mayor proxeneta de los bajos fondos cairotas. El comprador se llamaba Malek, un tipo despreciable que ya por aquel entonces parecía viejo. Me encerró en el piso de arriba del cabaret, en el mismo lugar en el que estuviste retenido hasta que te escapaste. Todavía no había abandonado por completo el mágico reino de la infancia cuando mi dueño decidió que ya estaba lista para poder recuperar su inversión. Vendió mi virgo a un comerciante saudí, un hombre gordo y baboso que, por fortuna, al menos resultó no ser un tipo demasiado violento. No debió quedar muy satisfecho con mi actuación, porque recuerdo oírle discutir con Malek pidiéndole que le devolviera el dinero. Pero el viejo no cedió, argumentando que fruta mordida es ya fruta vendida.

»—Después de mis lamentables inicios como odalisca, y aunque fui poco a poco aprendiendo la profesión y ganando en experiencia y pericia, Malek supo ver que podía resultarle más útil en otros menesteres. Su pequeña empresa del mal crecía a buen ritmo, y los negocios cada vez eran más diversos, drogas, estafas, timos, robos e incluso un servicio personalizado de sicarios a disposición del cliente. Habían pasado más de dos décadas desde que me compró el sucio quincallero y yo me había convertido en una mujer muy bella, ese fue el legado que me dejaron mis padres, que tenían el alma tan fea como guapos debían ser sus cuerpos. Me gustaba leer y estudiar, y no me faltaba una imaginación desbordante y dotes para el teatro. El heredero y mano derecha de Malek era su sobrino Salmán, un tipo tan violento y bruto como poco dotado para la reflexión y el pensamiento. Era incapaz de entender lo que era una estrategia o un plan. Eso lo sabía el viejo, que tenía tanta maldad como intuición, y a partir de ese día empezó a tratarme como una empleada cualificada. Seguía siendo de su propiedad, pero ahora me veía más como un soldado que como una fulana.

»—Un día se presentó un hombre en el Camelot. Se sentó a la mesa del jefe y negociaron un acuerdo. Entonces apareciste tú. Malek se inventó un personaje, el de una monja llamada Siena, y me envió al hotel Cecil de Alejandría en tu busca. Él fue quien escribió el guion, yo solo cumplí sus instrucciones e hice mi trabajo lo mejor que pude. Lo que ocurrió a continuación ya lo conoces.

Cuando terminó su relato Jezabel tomó aire, como si necesitara llenarse los pulmones tras un esfuerzo agotador. Respiró hondo, con la mirada fija en las profundidades del Nilo en cuya ribera estaban sentados. No trató de disculparse, ni hizo pregunta alguna. Ella juraba que desconocía por completo el juego que se traía su jefe entre manos. Tampoco sabía lo que buscaba Arno exactamente, más allá de su intención de viajar hasta un lugar tan aislado y remoto como la aldea de Al-Junum. Y, por supuesto, ignoraba quién era el cliente que había formulado semejante encargo. Ella solo era una pieza más de un engranaje, una pieza por lo demás perfectamente prescindible.

—Me temo, Arno —dijo finalmente—, que tú y yo no somos más que marionetas en manos del mismo titiritero.

Por un momento Arno se sintió tentado a abrazarla, arroparla con el calor de su cuerpo, embriagarse con el olor de sus cabellos y besar su piel suave y morena, un cuello cálido y palpitante tan adictivo como la peor de las drogas. Ella lo intuyó y giró su rostro hacia el del agente, con una sensual y tentadora mirada y unos labios carnosos y entreabiertos dispuestos a recibir el húmedo beso del joven cura. Lo que no podía imaginarse, sin embargo, fue lo que ocurrió a continuación. Arno, en lugar de entregarse a sus encantos, la miró fijamente a los ojos y le reventó la cara de un bofetón:

—No me creo una sola palabra de lo que me has contado, maldita zorra.

53

Jezabel no derramó una sola lágrima. Más que hacerle un daño físico, la bofetada que le había dado Arno la había humillado. Ella era una mujer dura. No había tenido una vida fácil y, desde luego, no iba a dejarse atemorizar por el primer hombre violento que se encontrara en el camino. En realidad, lo que le había sorprendido en la brutalidad del gesto era la persona de la que provenía. Había algo fuera de lugar que distorsionaba el cuadro. No parecía Arno el típico gañán colérico y maltratador y, sin embargo, la vida no dejaba de darle sorpresas. En cuanto al cura, fue retirar la mano y arrepentirse ya de su comportamiento. Realmente aquello era impropio de él. Pensaba ya en la penitencia que debería imponerse para limpiar su pecado, cuando sucedió algo inesperado que lo devolvió con idéntica brutalidad a la realidad. Jezabel no era de las que se callaban ante los golpes. Acostumbrada a vivir en un entorno de explotación y violencia había aprendido la primera regla de la supervivencia: donde las dan las toman. Y le estampó un puñetazo a Arno en pleno rostro que le dejó un ojo hinchado y la nariz dolorida convertida en un manantial de sangre. «Será hija de puta», pensó el agente mientras trataba de taponar la hemorragia. Ella lo miró desafiante, «tú a mí no me conoces, niñato, no sabes de lo que puedo ser capaz», parecía decir. Arno la agarró con fuerza del brazo.

—Me haces daño, cabrón, como vuelvas a abrir la boca te dejo sin dientes.

Y de este modo tan desagradable, con una situación que se les había ido de las manos y ninguno había deseado, el agente llevó a la monja impostora hasta el velero en el que se escondía.

—Ya ves, todo está igual, solo que ahora han cambiado las tornas —le dijo mientras la ataba con un cabo a un obenque.

La amordazó con cinta adhesiva y comprobó que todas las ligaduras estaban bien apretadas, los brazos a la espalda, los tobillos juntos engrilletados y el tronco fijado a una bancada anclada a las cuadernas.

—Te juro que si intentas escapar te mato —dijo muy serio, y no quedaba muy claro si era un farol o el tipo se había transformado en un asesino detestable—. Cuando vuelva ya ajustaremos cuentas tú y yo.

Luego bloqueó el tambucho por el que se accedía a la cubierta, cerró todas las escotillas para que nadie pudiese ver lo que había dentro, y navegó unos cientos de yardas hasta amarrar en una ensenada natural discreta e inaccesible que formaba el río. Bajó a tierra y se dirigió de nuevo al centro de la ciudad. Aún tenía muchos cabos que atar.

Al viejo Malek, por su parte, se le multiplicaban los problemas. A la fuga de su prisionero se sumaba ahora la desaparición de Jezabel. La chica llevaba ya un par de días sin dar noticias. Tras su última salida en busca del cura no había regresado al Camelot, ni se había puesto en contacto con ningún miembro de la organización, lo que resultaba inconcebible, pues las órdenes del jefe se cumplían escrupulosamente bajo pena de severos castigos que a ninguno de sus secuaces le apetecía experimentar. Malek estaba seguro de que algo le había pasado. Tampoco el resto de la banda traía buenas noticias. Tras realizar largas esperas frente a la nunciatura y frente a los mejores hoteles de la ciudad, seguía sin haber noticias del agente del Vaticano. Ninguno de los numerosos soplones que el proxeneta tenía repartidos por la capital fue capaz tampoco de ofrecer una información fiable que los condujera al paradero del cura fugado. Realmente parecía que se lo había tragado la tierra. Y algo de eso había, porque no era en tierra sino en el agua donde se ocultaba el agente secreto.

Cuando regresó al barco, Arno soltó amarras para evitar emboscadas, y navegó río arriba en busca de un remanso seguro donde pasar la noche. En cuanto se cercioró de que nadie podía oírlos, le quitó la mordaza a la chica, que agradeció el detalle llamándole cerdo hijo de la gran puta.

—Feas palabras para unos labios tan bonitos —respondió el agente echándole más leña al fuego con un comentario tan machista.

Cuando por fin se hubo tranquilizado tras soltar su letanía de improperios y groserías, Arno le acercó una botella de agua y algunos dátiles.

—Voy a soltarte —dijo—, no se te ocurra hacer ninguna tontería.

Y su gesto serio y amenazante acompañado de una pistola que llevaba en bandolera, no dejaba lugar a la duda de que hablaba muy en serio. Se sentaron frente a frente en la mesa de cartas del falucho, Arno más cercano a la escala de acceso a cubierta y Jezabel bloqueada hacia la proa sin escapatoria posible. El agente completó el menú de la improvisada cena con unas latas de conserva y algo de pan ácimo que encontró en la despensa.

—Espero que hayas tenido tiempo de reflexionar —dijo por fin el agente—. Si no me dices la verdad te vas a meter en un lío muy serio.

Ella suspiró.

—Ya estoy metida en un buen lío —dijo.

En vista de que jugar la carta de la agresividad y la violencia no le había proporcionado ningún resultado, Arno optó por mostrarse más comprensivo. Al fin y al cabo habían compartido una aventura surrealista en la que, ahora estaba seguro, ella había jugado un papel decisivo, y su reto era conseguir que le contara de qué iba el juego. Trató de intercambiar información haciéndole ver que sabía más de lo que ella creía, pero pronto se dio cuenta de que había pinchado en hueso y de que su oponente no era ninguna aficionada. Intentó varios caminos, pero ninguno le condujo a conclusión alguna, porque por todos ellos la única respuesta que recibía era el silencio. Por fin, al mencionar el Camelot, encontró una grieta por la que avanzar. Ella no podía negar que había sido su carcelera en el club de alterne, pero lo que le contestó no era precisamente la respuesta que estaba esperando.

—Arno, deberías irte cuanto antes de aquí.

—Vaya, gracias por el consejo.

—No sé en qué andas metido, pero parece que te has vuelto un tipo muy popular por aquí. Y hay mucha gente que te tiene ganas.

Él se lo tomó con humor.

—Ya ves, allá por donde voy levanto pasiones.

El comentario relajó el ambiente lo justo para que Arno se levantara, sacara dos copas de la alacena y una botella de vino libanés del valle de Kfardebian que había comprado la víspera en una tienda del barrio copto. «Quizás —pensó— la dulce embriaguez de las uvas soltarán la lengua de mi prisionera».

—Háblame de Malek —dijo de pronto—. Eres la segunda persona que ha mencionado ese nombre.

Ella se sorprendió al escucharlo.

—¿Quién más te ha hablado de él?

—Eso no es asunto tuyo. Malek es el dueño del Camelot, ¿verdad? ¿Qué relación tienes con él?

Jezabel tomó aire y comenzó a hablar.

—Ya te he dicho que un chamarilero me recogió de la basura y me vendió a...

Arno la cortó en seco de un manotazo que hizo saltar los vasos y movió todo el falucho.

—No sigas por ahí. Ni una maldita mentira más.

Ella comprendió que seguir manteniendo su historia no tenía mucho sentido, porque su captor jamás se la iba a comprar. Así que, en vista de que él le retiraba la comida y el vino y volvía a tomar la cinta adhesiva para atarla y amordazarla, cambió de táctica y le reveló algunos detalles que no comprometieran demasiado su situación.

—Sí, Malek es el dueño del Camelot, un cabaret que se transforma por las noches en club de alterne, y entre cuya clientela están muchos oficiales del ejército. También pequeños comerciantes y hasta algún honrado padre de familia de esos a los que les gusta llevar una doble vida.

—Sigue.

—Es un proxeneta, un traficante, aunque él prefiere denominarse a sí mismo como un hombre de negocios.

—¿Qué negocios?

—De todo un poco, supongo, alcohol, sexo, drogas, armas... No sé, la verdad, no conozco los detalles, pero desde luego cualquier cosa que sea ilegal. Ese es su terreno, ahí se encuentra en su ambiente.

—¿Quién es el tipo que subió a buscarme cuando me tenías secuestrado?

—Ese es Salmán, el sobrino de Malek. Es su hombre de confianza, el que ejecuta sus órdenes. Un perro fiel. Pero es un bruto, no le pidas que razone porque es incapaz. Lo suyo es obedecer y usar la violencia. Un tipo peligroso.

A Arno este tipo de matones no le amedrentaban especialmente. Él consideraba que el juicio de la chica estaba equivocado, y que el verdaderamente peligroso era el viejo, el que trazaba los planes y daba órdenes.

—¿Desde cuándo trabajas para ellos?

Jezabel tomó aire, no descartaba que su respuesta provocara otro ataque de ira.

—Yo no trabajo para ellos.

Se hizo un silencio. Arno no reaccionó como se temía. Reconfortada al ver que él la escuchaba, prosiguió su relato.

—Nunca he trabajado para ellos. Mi organización me infiltró en su entorno para obtener información y tenerlo vigilado. Hasta ahora todo iba bien, simplemente me encargaba de pequeños asuntos que me ordenaba el viejo.

—¿Qué asuntos?

—Pues no sé, entretener a un buen cliente, hacer algún recado, recibir alguna mercancía, esas cosas.

—Qué más.

—Pero tu llegada lo cambió todo, de repente te convertiste en un objetivo prioritario, así que Malek trazó el plan. Sabía que trabajabas para el Vaticano, por eso se inventó mi personaje de monja, para tenerte controlado. Me alegra ver que interpreté bien mi papel.

Arno tuvo que admitir que tenía razón, se había creído sus mentiras, aunque ahora, a la vista de todo lo que había ocurrido, se maldecía por su torpeza al no darse cuenta de que todo era una farsa. Asintió, y como quien le da un azucarillo como premio a una mascota bien adiestrada, le sirvió otra copa de vino.

—De acuerdo —dijo por fin—, supongamos que todo esto que me has contado sea verdad. Pero te ha faltado darme un dato. Si no trabajas para Malek, ¿para quién trabajas? ¿Quién te pidió que te infiltraras en su red? —Ella negó con la cabeza.

—Eso sí que no puedo... —Arno la interrumpió.

—No me vuelvas con esas, no estás en situación de poder elegir lo que me cuentas o lo que me ocultas. Así que, por tu bien, dime para quién trabajas, cuál es la organización para la que prestas tus servicios... —iba a añadir el nombre, pero entonces se dio cuenta de que no sabía cómo se llamaba, si Jezabel o hermana Siena o ninguna de las dos—. Y por cierto, ¿cómo te llamas?

Ella sonrió, y esa era la primera vez que lo hacía en mucho tiempo.

—Eso qué más da, puedes llamarme como quieras, bautízame tú. Al fin y al cabo eres un cura, ¿no?

Arno no respondió a su provocación. Dejó que se tomara un tiempo para contestar a su pregunta y esperó hasta que fue ella misma la que rompió un silencio que comenzaba a hacerse incómodo y espeso.

—Hagamos lo siguiente —dijo por fin—. No puedo revelarte el nombre de mis jefes, yo no soy más que un soldado, igual que tú. Espero que lo comprendas. Pero lo que sí puedo asegurarte es que no trabajo para Malek. Eso es lo que le hemos hecho creer, pero en realidad soy una infiltrada en su organización. Desde hace tiempo sospechamos que el viejo anda metido en algún asunto especialmente turbio. Creemos que tiene una llave que guarda secretos importantes y que está tratando de venderla en el mercado negro. Mi misión consiste en descubrir qué trama y abortar la operación.

—Ya. ¿Y qué pinto yo en todo eso?

—Pues eso es lo que me gustaría saber, por qué tiene Malek ese interés en quitarte de en medio. Te aseguro que, al principio, no estaba en sus planes matarte, tan solo quería asustarte para que no te entrometieras y mantenerte apartado de la circulación. Pero has causado demasiados problemas, Arno, y ahora me temo que si te atrapan no tendrán reparo en eliminarte. Por eso creo que debes abandonar el país mientras aún tengas una oportunidad. No sé qué les habrás hecho a esta gente, pero van a por ti.

«Buena pregunta», pensó Arno, ¿qué había podido haber hecho para que su presencia resultara tan molesta como para que quisieran asesinarle? Tuvo la intuición de que la chica ahora sí estaba siendo sincera. Dio por sentado que trabajaba para el gobierno egipcio, era lo más lógico. Le preguntó entonces por Ezequiel, el cantero que había tallado su nombre en una lápida, pero ella juró no saber de qué le estaba hablando. Su cometido había sido recogerlo en el hotel Cecil de Alejandría e impedirle llegar a la aldea de Al-Junum. El porqué lo desconocía, al igual que ignoraba cualquier otro detalle de la operación.

—De acuerdo —dijo Arno por fin—, pues entonces a partir de ahora trabajaremos juntos. De momento vamos a acabar con ese cabrón de Malek. Ya tendremos tiempo después de solucionar nuestras diferencias.

Un brindis selló el pacto aunque, en realidad, seguían sin fiarse el uno del otro.

54

Cuando terminaron de diseñar el plan, hacía ya tiempo que el día se había ido a descansar. Una segunda botella de vino y algunas miradas retadoras caldearon la ya de por sí cálida noche cairota. Arno no podía negar que se había sentido atraído por aquella mujer desde el primer día en que se vieron en el salón de desayunos del hotel Cecil de Alejandría. El hecho de que se tratara de una monja había ejercido de dique de contención a sus instintos, pero ahora que ese velo sagrado había caído y la hermosa Siena se había convertido en la turbadora Jezabel, todos los instintos del joven agente se habían vuelto a encender. Ella, que a estas alturas ya no tenía muy claro si era una prisionera o una socia de aventuras, hizo subir aún más la temperatura cuando, agobiada por el asfixiante calor que hacía en la regala del barco, salió a cubierta y anunció que se iba a dar un baño. Hacer saltar una chispa al lado de la yesca no es comportamiento inteligente, salvo que ambos protagonistas tengan vocación de pirómanos. Tampoco ayudó a controlar el incendio una luna oronda a la que apenas le faltaban tres amaneceres para obtener el doctorado en luna llena, candileja suficiente para iluminar con elegancia el cuerpo desnudo de Jezabel que, cual Cleopatra sumergida en leche de burra, se fundió con las frescas aguas del río milenario. Arno contempló el espectáculo en barrera preferente, un mortal al que se le hubiera otorgado la gracia de ver a la diosa Afrodita ir al encuentro de Poseidón. Y como este Ulises no tenía un Patroclo fiel que le advirtiera de los peligros, y el muy insensato renunció a atarse al mástil, siguió el canto de la sirena, ropa que estorba y el contraste fresco de las aguas al abrazar su piel. Oscuridad en las profundidades del cauce del río y luz de vida al salir a la superficie tras la zambullida. Y el agua fría que se convierte en caldo con la sensación de quien se viste un traje de neopreno, solo que aquí el efecto lo desencadena el abrazo de dos cuerpos que se juntan y se entrelazan, mágico principio de Arquímedes que hace que floten a medida que van soltando el lastre de su deseo. Luego, ya sobre la cubierta del falucho, jugaron a ser inmortales, dos energías que inventaban la vida como tantas veces han hecho las criaturas de la naturaleza desde el infinito de la creación, átomos que se desean en un misterio insondable que hace que giren los engranajes de un universo que jamás llegaremos a comprender. «De esta no te vas a librar con cuatro avemarías y un acto de contrición», pensaba el joven cura mientras ella mostraba el catálogo completo de sus talentos amatorios. No había papiros en la ribera para escribir todo lo que sucedió aquella noche estrellada sobre la cubierta de la barca. «Quizás por ello los faraones se hacían enterrar con una nave que les condujera al otro lado», pensaba Arno que sentía que su cuerpo entraba en otra dimensión. Una dimensión que tan pronto era lúbricamente carnal como ingrávida y etérea, atrapado en un volcán a punto de entrar en erupción y llevarse Pompeya por delante con sus coladas de lava y vida. Solo cuando la tempestad se fue calmando amainaron las embestidas, exhaustos los amantes entre cabos y obenques. Jezabel se giró hacia Arno y, como si ahora cayera en la cuenta, le hizo una pregunta que sorprendió al agente por su brutalidad:

—¿Pero tú no eras cura?

Él, atrapado en sus propias contradicciones, intentó balbucear una excusa. Vano esfuerzo que abortó para aceptar honrosamente la verdad:

—Sí, pero...

No pudo continuar, porque Jezabel estalló en una carcajada.

—Pues caray con el cura, no sabía yo que os enseñaban estas cosas en el seminario.

—Digamos —respondió Arno recuperando el control de la situación— que en estos asuntos soy un autodidacta.

55

El puñetazo sobre el escritorio del despacho hizo saltar por los aires un par de expedientes. El coronel Nasser estaba furioso. ¿Cómo era posible que hubiera tardado tanto en enterarse? Ahora que los ingleses habían tomado el control de una pequeña porción del territorio nacional iba a resultar muy difícil revertir la situación. Parece mentira, le decía el dictador a sus colaboradores, que no sepáis valorar lo que tiene importancia y lo que no, no sois dignos de estar a mi lado. Los otrora temibles militares con uniformes verde oliva cargados de chapitas de metal en la pechera, parecían ahora un hatajo de niños temblorosos a los que hubieran pillado cometiendo alguna travesura. Todos sabían por experiencia que contradecir al líder no era una buena idea. Lo mejor era dejar que su enojo fuera perdiendo fuelle, al igual que ocurre con las tormentas del desierto, ante las que resulta suicida pelear y lo más aconsejable es buscar refugio hasta que amainen los vientos. Cuando eso ocurrió, uno de los asesores del presidente expuso la situación de forma diáfana.

—Hemos estado muy ocupados protegiéndonos de la amenaza israelí, y no contábamos con que Francia e Inglaterra se sumarían al acoso. Quizás por eso hemos descuidado esa zona del interior del desierto, creíamos que no tenía ninguna importancia estratégica.

—Pues la tiene —replicó Nasser.

—De todos modos —prosiguió otro de los militares de alto rango que integraban el consejo de la revolución—, ahora que todos nos hemos quitado las caretas, y las hostilidades son evidentes, no creo que suponga problema alguno enviar un batallón a ese lugar y recuperar nuestra posición. Solo se trata de un frente de guerra más que se nos abre, nada a lo que no estemos acostumbrados. Si lo ordena, yo mismo me encargaré de liderar nuestras tropas.

—Pues encárguese, y hágalo ya. Los quiero fuera de allí cuanto antes. No los hemos echado del canal de Suez como para que ahora nos ocupen una aldea perdida en mitad de la nada. Y usted —dijo el coronel dirigiéndose a otro de sus hombres— entérese de qué demonios hay en ese pueblo como para que los ingleses quieran establecerse allí.

Apenas un par de horas después, un destacamento militar abandonaba los cuarteles y se dirigía camino de Al-Junum. Al mando de la unidad iba un comandante de infantería con instrucciones de desalojar a los ocupantes y reestablecer el control egipcio. A pocas millas de su destino se cruzaron en la carretera con el todoterreno que conducía Salmán y en el que viajaba el viejo Malek. Este, al ver la columna de blindados armados, supo de inmediato a dónde se dirigían y lo que aquello iba a implicar. Al igual que ocurría en esa carretera, este movimiento del gobierno le sorprendía en el medio, atrapado entre dos lealtades, dos clientes a los que había servido pero cuyos intereses resultaban opuestos y contradictorios. Y eso solo podía traerle problemas, pues tarde o temprano se enterarían y uno de los dos iba a sentirse traicionado. «Lo mejor, de momento, sería poner tierra de por medio», pensó el viejo.

—Acelera, Salmán, nos vamos a casa.

Cuando por fin llegaron al Camelot se encontraron con una sorpresa: Jezabel había regresado. La noticia no le causó a Malek una especial alegría, puesto que no había afecto alguno entre ellos. Era más bien la misma sensación que tendría alguien que recuperara un objeto de su propiedad que había sido extraviado. Ella, por su parte, no esperaba otra cosa, de sobra sabía cuál era su papel en la organización. Su única preocupación desde que sus jefes consiguieron infiltrarla en el círculo delictivo del proxeneta había sido mantener secreta su identidad. Su misión era recabar información y estar preparada para actuar cuando así se lo ordenaran, y no conquistar el cariño del viejo delincuente, hombre incapacitado para el amor, la amistad o cualquier otro sentimiento noble o generoso. No se sorprendió, por tanto, cuando nada más verla le abofeteó la cara. Últimamente no paraba de recibir bofetadas. «Curiosa manera de darle la bienvenida y celebrar su regreso», pensó, pero optó de forma inteligente por agachar la cabeza y pedir perdón.

—¿Dónde has estado? ¿Por qué no te has puesto en contacto con nosotros? —preguntó Malek mientras examinaba la recaudación que habían hecho en el cabaret durante su ausencia.

Ella interpretó con pericia de primera actriz el papel que había ensayado con Arno e hilvanó una mentira razonablemente convincente. Salmán, desde su taburete habitual al final de la barra, miraba a Jezabel con gesto obsceno. Su tío le había prohibido ponerle la mano encima. «Lo que sobra aquí son putas —le había dicho con modales de negrero—, ya sabes que esta es fruta prohibida, tiene su propietario. Es como una yegua a la que dejan en un establo al cuidado de un tercero, pero que tiene que estar disponible siempre que quiera montarla su dueño. Y el dueño no permite que nadie más la monte. Para eso me paga, y me paga generosamente, más de lo que podría sacar por ella si la pusiera a hacer oficiales y maridos infieles a un puñado de libras la hora».

Salmán siempre había querido saber quién era el misterioso potentado que encerraba a sus amantes en prostíbulos, pero nunca se atrevió a preguntarle a su tío. Y este, que de caballero y cumplidor de su palabra tenía lo mismo que de galán de cine, había encontrado una manera de multiplicar sus ingresos al integrar a la chica en su círculo de maleantes y utilizar sus talentos para otros asuntos que nada tenían que ver con la prostitución. Jezabel conocía las reacciones del viejo lo suficiente como para saber que algo le preocupaba. Preguntarle directamente era implanteable, así que optó por armarse de paciencia y esperar a que se produjera algún acontecimiento que le permitiera ir encajando las piezas. Y ese hecho no tardó en suceder, justo lo que demoraron nuevos cadáveres en salir a la luz, como si algún descerebrado irresponsable se hubiera apropiado de las trompetas del apocalipsis.

56

Cantaba el almuecín la llamada a la oración, convocando a los fieles al *salat*, cuando Arno consiguió llegar nuevamente frente a la fachada de la iglesia de los santos Sergio y Baco. Había tenido que sortear las avalanchas de gente que, a esas horas del ocaso, circulaban por la ciudad vieja de El Cairo. Como si de una carrera de relevos perfectamente sincronizada se tratara, al canto musulmán le sucedió el repicar de campanas cristiano, dos formas no tan diferentes en realidad dc llamar a los fieles a la oración. Si Jezabel había cumplido con su misión, a esas horas debía esperarle allí el cantero Ezequiel. Arno le había pedido a la chica que le hiciera llegar su mensaje. Necesitaba su ayuda para resolver el misterio que casi le había costado la vida, y esperaba que el artesano, como hombre bueno y honrado que era, le brindara una última información imprescindible para que todas las piezas encajasen.

Entró en el templo tratando de pasar lo más desapercibido posible. Allí, confundido entre las docenas de feligreses que acudían al servicio religioso, pensaba encontrarse con Ezequiel de la forma más discreta posible. A esas alturas de su aventura todas las precauciones le parecían pocas. Comenzó la eucaristía, celebrada en un latín que los parroquianos no entendían pero que respondían mecánicamente como quien se aprende de niño una canción. Arno la siguió desde un banco al fondo de una nave lateral en la que podía ocultarse con mayor facilidad. Desde allí atrás tenía una panorámica completa de la iglesia, y podía divisar a los asistentes, una mezcla de viejos cristianos árabes y algunos occidentales expatriados en el país. Buscó al artesano con la mirada, pero no lo encontró. Pasaron los minutos. Nada. El párroco proseguía desde el altar con el ritual. Había llegado el momento de la consagración y ni rastro del cantero. Cuando el oficio llegaba a su fin, Arno empezó a concebir la idea de que algo había fallado. Quizás Ezequiel se había asustado y había decidido no acudir a la cita, o quizás Jezabel no había podido entregarle el mensaje. Por un momento pasó por su cabeza la posibilidad de que la chica lo hubiera traicionado, de que lo ocurrido la noche anterior sobre la cubierta del barco no fuera más que un espejismo, una jugada falsa que no tenía otro objetivo que el de ganarse su confianza para manipularle o incluso, a su debido tiempo, para acabar con él. En semejantes territorios uno nunca pisaba terreno firme.

Terminada la misa, y una vez que la vieja iglesia había quedado despejada, Arno se dirigió a la sacristía. Buscó al párroco, pero no encontró a nadie. El templo parecía haberse quedado varado a la deriva en el corazón de la gran ciudad, una gran nave sin tripulantes flotando en mitad de un océano de ruido y actividad desenfrenada. El artesonado de madera, que revestía el tejado con grandes vigas de madera vista, hacía recordar las crujías y sentinas invertidas de un gran velero. Arno escuchaba el eco de sus pisadas al caminar. Recorrió una de las naves laterales y llegó hasta el nártex de la basílica, desde donde tenía una visión completa del lugar. Ni rastro de persona alguna. Sin embargo algo le decía que no estaba solo, que alguien le estaba observando.

Su instinto le mantenía en guardia, alerta ante lo que pudiera suceder. Continuó su recorrido mirando en cada capilla. Un pasillo de columnas dobles de mármol facilitaba el escondite a cualquiera que quisiera vigilarle. Extremando las precauciones llegó hasta el baptisterio, en el lado opuesto. Lo que encontró allí le hizo estremecerse. Un hombre yacía apoyado sobre la pila bautismal con la cabeza hundida en el agua bendita. Vestía una *galabeya* larga que dejaba a la vista unos calcetines marrones y unas babuchas toscas, unas chinelas sin demasiado trabajo de marroquinería. Era la ropa de un hombre humilde, un obrero o un campesino, un trabajador modesto en cualquier caso. Arno se acercó a él y lo cogió por los hombros. Su cuerpo empezaba a ponerse rígido, el *rigor mortis* no tardaría en aparecer, el título de cadáver se lo habían dado hacía ya unos cuantos minutos. El agente le dio la vuelta y lo tendió sobre el suelo de mármol. Tenía la cara hinchada y amoratada. En la frente, marcada de forma indeleble como si fuera un tatuaje, alguien le había dibujado una cruz con un objeto punzante, como si le estuvieran esculpiendo un nombre. Le habían colocado un rosario de cuentas de nácar alrededor del cuello, y en el bolsillo de la túnica alguien le había metido un ejemplar de la biblia. Arno lo tomó entre las manos y leyó la página por la que lo habían dejado abierto. Era el pasaje de los endemoniados de Gadara, recogido en el evangelio de Mateo 8, 28, una de las lecturas utilizadas por los exorcistas en sus rituales de expulsión de los demonios. No pudo evitar que su alma de sacerdote rezara una rápida oración por el difunto, que si ya había emprendido el viaje al más allá, mejor sería que lo hiciera con todas las bendiciones posibles sin importar la religión, pues en semejantes trances cargados de incertidumbre era mejor hacerlo con exceso de parabienes que con defecto de ellos. Apenas un segundo más tarde entró en juego su faceta de agente secreto que se jugaba la vida en cada misión y se puso en guardia ante la posibilidad de que el asesino siguiera cerca de su víctima y decidiera que, ya metidos en harina, podía cobrarse otra presa más y hacer un dos por uno. Arno recorrió de nuevo el templo guardando su espalda, tratando de encontrar algún indicio que pudiera aportar un poco de luz al asesinato que se acababa de cometer. Asomó la cabeza por la puerta de la sacristía, pero seguía sin haber rastro alguno del párroco que acababa de oficiar la misa. Regresó entonces a la pila bautismal a cuyos pies yacía el muerto. Aunque tenía el rostro desfigurado en un gesto de terror, con los ojos a punto de saltarle de las órbitas, pudo reconocer la cara afable de Ezequiel, el cantero al que habían encargado tallar la lápida de la sepultura del agente y que ahora, paradojas del destino, no tendría ya nadie que le tallara la suya para no caer en el olvido del tiempo, otro cuerpo convertido en pecio en el océano de tumbas de cualquier cementerio.

57

«Se muere», se lo dijeron así, sin edulcorantes ni vaselina alguna. El papa se muere. La hermana Pascalina Lenhart, eterna ama de llaves del pontífice desde que apenas era un joven obispo, alternaba lloros y rezos en una cadencia que no se detenía con la llegada de la noche. El cardenal Brandolini, siempre maquinando en la trastienda del poder en busca de dar el golpe definitivo, había acelerado su campaña de relaciones para conseguir ser elevado al trono de Pedro. Intentó pactar con todos menos con el que parecía más necesario, el espíritu santo, que es en teoría quien guía la trascendental decisión, pero al que el cardenal tal vez no tenía el gusto de conocer. Rúspoli, por su parte, trataba de suplir al santo padre en aquellos asuntos propios de la Secretaría de Estado que requerían una pronta solución. Prefería no dedicar demasiado tiempo a las lamentaciones. Era consciente de que tanto su ciclo vital como el de su viejo amigo estaban llegando a su fin, y ahora les esperaba la recompensa del más allá, si es que no habían errado garrafalmente en las creencias a las que habían consagrado sus vidas.

A mediodía pidió hablar con el médico personal del papa, el doctor Riccardo Galeazzi. Este se presentó en su despacho con su maletín de facultativo y su bata blanca bajo el brazo. Solo le faltaba el fonendoscopio al cuello para llevar el disfraz perfecto para el carnaval. A Rúspoli nunca le había gustado el tipo, no confiaba en él. Sabía que era un mediocre y un corrupto. En cuanto lo tuvo ante sí no se anduvo con rodeos.

—¿Tan grave es la situación? —El médico resopló.

—Me gustaría darle mejores noticias, pero la cosa tiene mal aspecto.

—Su Santidad lleva meses muy débil, no es la primera vez que le sucede algo así. ¿Ha ocurrido algo que haya agravado la situación?

El doctor Galeazzi dejó su maletín en el suelo y se acomodó en uno de los confidentes que estaban frente al escritorio del cardenal. Nadie le había invitado a hacerlo.

—Ese es el problema, que no ha ocurrido nada relevante y, sin embargo, su estado se ha agravado. Mire eminencia, los órganos vitales de Su Santidad están perfectamente, si los examinamos por separado no tienen ningún problema. Lo que ocurre es que este hombre está exhausto, tiene un cuadro general de agotamiento y eso, a su edad, termina por pasar factura. Tiene que parar y descansar, de lo contrario su organismo no va a resistir. Está a punto de colapsar. —Rúspoli asintió. Él mismo le había dicho a su amigo en múltiples ocasiones que era el momento de tomar distancia e ir delegando asuntos. Ambos tenían la misma edad, y el propio cardenal también había días en que se sentía agotado.

—Lo he mandado a Castel Gandolfo —prosiguió el médico—, le vendrán bien el aire y la tranquilidad del campo. Intenté ingresarlo en la clínica Gemelli, pero montó en cólera en cuanto se lo propuse. Necesita unos días de reposo. Entonces veremos cómo evoluciona y tomaremos nuevas medidas en función de la situación. Es todo lo que he podido conseguir.

De su maletín sacó una carpeta y la dejó sobre la mesa.

—Es una copia del informe médico. Ayúdeme a convencerlo de que aligere su agenda. De lo contrario...

—De lo contrario qué —preguntó Rúspoli.

—De lo contrario ya pueden ir convocando un cónclave.

Cuando el doctor Galeazzi se fue, Rúspoli dio instrucciones a los colaboradores más directos del papa para que redujeran al mínimo sus despachos con él. Cualquier asunto que no fuera urgente podía esperar, y aquellos temas que no se consideraran prioritarios debían ser remitidos a otros miembros de la curia para su análisis y resolución. Él mismo incrementó su agenda de trabajo aun a sabiendas de que su edad tampoco le permitía ya grandes esfuerzos, pero incluso así trató de quitarle la mayor cantidad de trabajo posible a su jefe.

Cuando todo estuvo dispuesto, el cardenal acudió a la residencia veraniega de los prelados a reunirse con el papa. Lo encontró en la cama, descansando. Un gotero con suero le proporcionaba el alimento en vena. Había pedido que lo colocaran de modo que, desde su lecho, pudiera divisar el paisaje del Lazio, los suaves atardeceres de la campiña en el tranquilo pueblecito a las afueras de la capital. Rúspoli se ahorró las formalidades.

—¿Cómo te encuentras?

El papa sonrió, no tenía demasiadas fuerzas para hablar. Sobre la mesilla de noche había un libro con textos de Aristóteles. El cardenal se quedó mirándolo. Al percatarse de ello, Pío XII habló con voz queda.

—Cada vez me interesa más su pensamiento, esa forma de conjugar la fe con la razón y la ciencia. ¿Recuerdas cuando estudiábamos en el seminario las teorías de Tomás de Aquino? —preguntó el cardenal.

El papa volvió a sonreír.

—Santo Tomás, el más aristotélico de los teólogos. Sus tesis son los cimientos sobre los que se basa toda la ciencia de las cosas naturales y divinas. Toda la magistratura de la Iglesia está concentrada ahí, en sus obras.

Cerró los ojos y su mente comenzó a vagar muy lejos de allí, a los tiempos de estudiante, en su juventud, y a las páginas de libros consumidos en la soledad de la biblioteca o de su cuarto. Su amigo respetó ese momento de intimidad. Era un sentimiento plácido, ese instante que precede a la muerte en el que todo está en calma y la casa está sosegada. Pero de pronto ocurrió algo, como si se hubiera abierto una puerta en el alma y una corriente de energía tomara la sala. Eugenio Pacelli, más humano que nunca, hizo un esfuerzo por incorporarse de la cama, miró a su amigo y, como si recordara súbitamente que una preocupación le quebraba el alma, le dijo:

—Lo siento, Enzo. No he podido evitarlo.

Rúspoli se puso en guardia ante lo que tuviera que decirle su amigo.

—Mis fuerzas ya son muy escasas —prosiguió— y he tenido que ceder.

—¿De qué me hablas? —inquirió el cardenal.

El papa continuó hablando como si no lo hubiera escuchado.

—Siempre me ha parecido un hombre peligroso, y no apruebo en absoluto sus métodos ni muchas de sus actuaciones, pero Brandolini se las ha arreglado para convencer a los miembros del santo oficio y han enviado al padre Gunnard a Egipto.

—¿A Gunnard? ¿el exorcista? —El papa asintió contrito.

—Eso puede complicar la misión de nuestro agente, incluso ponerlo en peligro —musitó el cardenal.

—Por eso estoy preocupado, no debí permitirlo, pero aprovecharon mi ausencia y cuando me enteré ya era demasiado tarde para detenerlo.

—¿Sabes qué instrucciones lleva? Brandolini cree que todo se debe a una posesión diabólica, y por eso ha enviado a su exorcista de confianza. Pero yo no creo que consiga nada, aparte de complicar aún más las cosas. Lo que sea que ocurre en esa aldea ha de tener una explicación mucho más prosaica. Y temo que la actuación del padre Gunnard nos cause un problema político, incluso que desencadene un baño de sangre.

—Ese lugar es un polvorín. Allí hay que actuar con precisión de cirujano —asintió Rúspoli—, y no con la fuerza bruta.

—Debes avisar a tu agente cuanto antes, Enzo. Tiene que andarse con mucho cuidado. Creo que su vida puede estar en peligro. Y no quiero irme de este mundo con ese cargo sobre mi conciencia.

58

La muerte del cantero Ezequiel había sido silenciada. Ni uno solo de los periódicos locales le dedicaba una sola línea. Cualquiera diría que el buen hombre nunca había existido y que no era más que un personaje fruto de su imaginación. Pero el cadáver era real, bien lo sabía Arno que le había cerrado los desorbitados ojos y le había administrado los últimos sacramentos, aunque fuera *post mortem*, para facilitarle un buen viaje al más allá. El agente regresó al bazar cairota. Entró en el zoco por la puerta que daba a la plaza Al Houssein, pasó ante el café El Fishawi donde había visto por última vez al tallador de lápidas, y llegó hasta la callejuela en la que se agrupaban los de su gremio. La persiana del taller de Ezequiel estaba bajada. Sin embargo no había ningún candado bloqueando el mecanismo, por lo que el agente, sin prestar demasiada atención a su entorno y como si el local le perteneciera, abrió ligeramente el portón metálico y se coló en el interior del taller. Allí todo parecía seguir igual, como si los objetos aún esperasen el regreso del dueño, un regreso que ya nunca más se iba a producir. Las herramientas estaban en su sitio, perfectamente alineados martillos, punzones y escoplos, todos listos para ser usados. Había grandes piedras sin desbastar, y algunas ya más pulidas con sus trabajos de mampostería avanzados. Desde luego nada que hiciera pensar en que algún peligro acechara al cantero. Se había ido del taller como lo habría hecho cualquier otro día, con la seguridad de que regresaría en breve, lo que explicaba que ni siquiera hubiera echado el candado de la puerta al salir.

En un pequeño buró al fondo de la sala había cartas, recortes de revistas de arte y arquitectura, unas gafas de precisión, un flexo de luz potente y nívea que contrastaba con la más tamizada del resto del local, bolígrafos y lapiceros, un cartabón, un cuaderno y unos libros contables. Arno abrió el último de ellos, en el que se reflejaban las últimas transacciones. Las cifras eran modestas, gastos por la compra del material e ingresos por los encargos realizados, algunos pagados en su integridad por adelantado y en otros un simple anticipo como provisión de fondos. No había deudas ni muchos encargos pendientes de entrega. En realidad no había nada anormal en aquellos libros. Con curiosidad, algo morbosa, Arno buscó el apunte en el que se indicaba lo que Ezequiel había cobrado por tallar su sepultura. Se sorprendió al ver la cantidad, muy por encima de lo que, a tenor del resto de facturas, parecía ser la tarifa habitual de mercado. Sintió un absurdo orgullo malsano, una caricia a su ego al conocer su cotización. Al fin y al cabo todos creemos valer más de lo que en realidad somos.

Había terminado ya de examinarlo todo cuando de pronto algo llamó su atención. Sobre una mesita auxiliar había un libro. En la portada una bella imagen de la cúpula de una mezquita con su minarete elaborada con fino hilo de pan de oro. Se trataba de un poemario del escritor sufí Omar Khayam. Fue el amor por los libros lo que le llevó a abrirlo y descubrir que en su interior albergaba una sorpresa. Las páginas centrales habían sido agujereadas y en el hueco se ocultaba una llave. No tenía nada de especial, una llave como cualquier otra, de las que podrían abrir puertas, un arcón, una caja fuerte o el acceso a un pasadizo secreto. Esa tenía que ser la llave tan codiciada, escondida en el mejor lugar posible, un libro de poesía, algo que desgraciadamente ya no le interesaba a casi nadie y donde, por tanto, nadie iba a buscarla.

La guardó en el bolsillo de su chaqueta. Luego ordenó todo lo que había tocado para que no quedara rastro de su presencia allí, salió a la calle, cerró la persiana de metal tras de sí, y se perdió entre la multitud que, ahora sí, comenzaba a abarrotar las callejuelas del bazar de Khan el Khalili.

59

La columna de blindados avanzaba hacia la aldea de Al-Junum con la seguridad del que ostenta un poder incontestable, el de las armas y la destrucción. El capitán al mando de la división tenía órdenes tajantes de lo que debía hacer. Lo que no tenía tan claro, quizás porque nadie se lo había dicho, era lo que se iba a encontrar a su llegada. Ajenos a lo que se les venía encima, los trabajadores de las empresas contratistas británicas, protegidos por los servicios secretos del gobierno de Anthony Eden, continuaban con sus catas y pruebas horadando la tierra en busca del tesoro prometido. El campamento contaba con las instalaciones imprescindibles para comenzar a drenar el subsuelo. Támesis estaba muy satisfecho con la celeridad con la que se había montado todo el operativo. Estaba seguro de que su trabajo sería merecedor de un generoso reconocimiento por parte de sus jefes en los departamentos de inteligencia, justo lo que necesitaba para abandonar el servicio activo y retirarse a su casa de campo en la campiña de Norfolk. Sin embargo había un asunto que debería preocuparle de modo inmediato, un inconveniente que no había previsto y para el que no tenía contemplado mecanismo de defensa alguno. Y es que en sus planes nunca estuvo que el coronel Nasser, ocupado como debía estar con la guerra que le había montado su país con la colaboración de Francia e Israel, prestara atención a lo que ocurría en una remota región del desierto del Sinaí despoblada y abandonada a su suerte durante años por todos los gobiernos egipcios.

Ya se divisaban a lo lejos los restos de la torre del campanario de la iglesia, compitiendo en altura con los dos minaretes de la mezquita, cuando el comandante al frente del destacamento militar mandó detener su avance. Subido al techo de un carro de combate y armado con unos binoculares de largo alcance de fabricación alemana, fruto de alguna incautación al ejército nazi durante la segunda guerra mundial, observaba con sorpresa el bosque de grúas, vallas y demás parafernalia montada por los ingleses sobre la tierra yerma. Analizó la capacidad de resistencia que los ocupantes pudieran oponer, pero no divisó más de media docena de guardas de seguridad armados apenas con fusiles. Ni rastro de artillería pesada. Utilizó la radio de campaña para comunicar su situación a sus superiores en el cuartel general del ejército en El Cairo. Unos minutos más tarde la información estaba ya sobre la mesa del coronel Nasser. El dictador era un hombre decidido y audaz, pero eso no le impedía ser al mismo tiempo cauto y reflexivo. Había algo que no cuadraba, todo parecía demasiado simple, una operación demasiado sencilla. Tenía la peor opinión sobre los ingleses, a los que siempre había considerado unos imperialistas endiosados, pero no era tan estúpido como para pensar que fueran un enemigo fácil e ingenuo. Estaba convencido de que había alguna sorpresa oculta, y antes de dar la orden de entrar a fuego en la aldea quería tener bien atados todos los cabos. «Quizás —pensó—, era el momento de volver a utilizar al hombre que mejor se movía por las cloacas del país», el mismo que le había ayudado a fingir su atentando en Alejandría y que siempre estaba dispuesto, a cambio de un saco de monedas, a servir con eficacia a los intereses del coronel.

Pulsó el interfono y, como si fuera un resorte que estuviera preparado esperando para entrar en acción parapetado tras las puertas del despacho presidencial, un ayudante acudió raudo a la llamada. El coronel lo despachó con tres palabras, ni una más añadió: «Tráigame a Malek». Solo cuando el asistente correspondía con un taconazo y un saludo militar acompañado del consiguiente «a sus órdenes, mi coronel», el presidente egipcio consideró preciso añadir una cuarta palabra de propina: «Ya».

Al mismo tiempo que esto sucedía en el palacio Abdín, sede del gobierno de la nación, a algunos cientos de millas de allí, entre las laderas rocosas donde se enclavaban las casas abandonadas de Al-Junum, un vigilante a sueldo de Su Majestad informaba a Támesis del avance de la caravana militar egipcia en dirección a ellos.

—Están ya a las puertas de la ciudad.

—¿Cuántos son? —preguntó Támesis.

—Demasiados.

El agente del MI6 británico maldijo su mala suerte. A estas alturas de su vida empezaba a importarle un carajo la corona, el dominio imperial del que no quedaban ya ni las raspas, o la victoria final frente al enemigo. Lo único que le importaba era su retiro en la casa de campo, cuidar del jardín y jugar al golf. Consideraba que se lo había ganado sobradamente tras tantos años de servicio haciéndoles el trabajo sucio a sus jefes. Miró hacia el interior del barracón donde se ubicaba el puesto de mando y vio a su jefa, la agente Alexandra Maxwell, fumando con elegancia de una larga boquilla de nácar y hablando por teléfono.

—Ya lo sé, querido —le oyó decir al interlocutor con el que hablaba al otro lado del receptor—, nada es lo que parece. Fíjate en mí, que parezco una buena chica y después ya ves.

Y soltaba una carcajada que completaba dándole una calada al cigarrillo. «Había que reconocer —pensó Támesis—, que sonreír le sentaba de maravilla». Pero él ya no tenía la cabeza para perderla en relaciones pasionales con mujeres hermosas. A su edad solo le interesaba ya el descanso del guerrero. Así que informó a su jefa de la situación y de la amenaza de los blindados a las puertas de la aldea, cercando el campamento. Alexandra lo miró con esos ojos felinos de los que salían más destellos que de las esmeraldas más bellas del tesoro del *nizam* de Hyderabad, y lo despachó con tres palabras, ni una más le dijo: «Tráigame a Malek». Solo cuando Támesis correspondía con un movimiento de cabeza acompañado del consiguiente «a sus órdenes, jefa», Alexandra Maxwell consideró preciso añadir una cuarta palabra de propina: «Ya».

60

Arno tenía que volver a ver a Jezabel cuanto antes para continuar desarrollando su plan y completar las piezas del rompecabezas que aún quedaban por cuadrar. Ir a buscarla al Camelot, que era el único lugar donde sabía con seguridad que la encontraría, era una temeridad. La resultaría imposible pasar desapercibido, y supondría meterse voluntariamente de nuevo en la boca del lobo. Mal negocio. Solo había dos caminos para mantenerse a salvo. Uno de ellos, el que había demostrado ser el más efectivo, consistía en esconderse para quedar a resguardo de cualquiera que lo quisiera localizar. El viejo barco que había alquilado, con el que se movía continuamente de una ribera del río a la otra aprovechando cualquier recodo del cauce para amarrar la embarcación, había cumplido sobradamente su cometido. Pero ahora no le quedaba ya más remedio que arriesgarse y pasar directamente a la acción, aunque esa exposición implicara un peligro manifiesto. Eligió para ello el segundo de los caminos, totalmente opuesto al anterior. Consistía en hacer su presencia tan notoria que cualquier atentado contra su vida tendría que hacerse ante la mirada de numerosos testigos. Y dejar tantas pruebas y cabos sueltos era algo que no solía gustarles a los asesinos. Así que dejó el barco amarrado en el pantalán, y se dirigió al bar de los toneles del Windsor, punto de encuentro indiscutible de todos los expatriados europeos en el país. El bar estaba abarrotado a cualquier hora del día, acogiendo conversaciones en las que se hablaba de negocios, conspiraciones, adulterios o alta política, todo revuelto en la misma marmita, cargado el ambiente de humo de cigarrillos y narguiles y aromas de ginebra, con música de Gershwin o de Cole Porter en la gramola. Arno pidió un *dry martini* y observó al personal del hotel. El chico que le había abierto la puerta del local parecía el más espabilado de la plantilla. El agente secreto lo llamó aparte mientras aprobaba con un gesto de satisfacción la calidad del cóctel, proporción justa de ginebra y vermut, vaso muy frío y una ligera nota a cáscara de lima rematada, como siempre le gustaba añadir, con dos olivas ensartadas en una banderilla.

—¿Quieres ganarte una buena propina? —le preguntó al botones en cuanto lo tuvo delante.

El chaval asintió entusiasmado.

—¿Qué tengo que hacer, señor?

Arno metió la mano en el bolsillo interior de su americana de lino color hueso, sacó la cartera y apartó cuatro billetes de los grandes.

—Es muy sencillo. Hay un local en el barrio de Zamalek llamado Camelot. ¿Lo conoces?

El chico negó. Era demasiado joven y demasiado pobre como para frecuentar lugares así.

—Es un cabaret —prosiguió Arno mientras le entregaba los billetes—, un lugar poco recomendable para un chaval de tu edad. Pero a nadie le sorprenderá que entres buscando algo de diversión, intrigado por lo que ocurre allí dentro. Cuando llegues siéntate en uno de los taburetes de la barra y pregunta por Jezabel. Seguramente será ella misma la que te atienda, pero asegúrate bien de que sea ella con la que hablas y que no haya nadie escuchando. Dile que Arno la espera aquí mismo, mañana, a mediodía.

El muchacho asentía tratando de memorizar las instrucciones para no cometer ningún error.

—Tómate algo, que no parezca que has ido allí a entregar un mensaje. Habrá chicas de alterne que se acercarán a ti. Dales conversación, disimula, y luego te vas alegando que no tienes tanto dinero como para irte con una de ellas al piso de arriba. —Ahora fue Arno el que se quedó pensativo—. Bueno, o escoge una y vete con ella, haz lo que te dé la gana, chaval, eres joven y libre de cometer tus propios errores... o de disfrutar de ellos.

El chico volvió a asentir.

—Venga, vete. Y recuerda: mañana a mediodía en el bar de los toneles del Windsor. Para Jezabel de parte de Arno.

Apenas una hora más tarde el joven botones se hallaba frente a las puertas del Camelot. El neón de la entrada prometía un universo de aventuras y de placer. Siguiendo las instrucciones que le había dado el agente, el chico, vestido de calle al modo occidental, entró decidido en el antro. El guarda que había a la puerta le flanqueó el paso tras repasarlo con la vista de arriba abajo. «Otro incauto al que sacarle un dinero fácil», pensó. El interior del local estaba oscuro, iluminado tenuemente por unas lámparas con tulipas rojas que aportaban una luz mortecina, compensada únicamente con los focos fijos que arrojaban su cañón de luz sobre las bailarinas que, periódicamente, salían a escena a excitar la libido de los clientes más receptivos. En cuanto cruzó el umbral de la puerta, todas las miradas se clavaron en él. Desde su posición en un extremo de la barra Salmán lo clasificó al momento. Seguro que se trataba de uno de esos niñatos hijos de algún comerciante o de algún nuevo rico egipcio de los de madre con velo y padre estricto seguidor de los dictados del profeta. Un chaval rebelde, en definitiva. Buen cliente, de los que no dan muchos problemas, pagan ingenuamente lo que les pidas y terminan pronto la faena. Hizo una seña a una de las chicas indicándole a la leona la presencia del cachorrito de gacela y siguió a lo suyo. El muchacho estaba nervioso, fuera de su ambiente, sorprendido y atemorizado a un tiempo. Arno había elegido bien al mensajero. Nadie podría sospechar nunca que aquel pipiolo anduviera metido en algo turbio.

Cuando vio la barra al fondo del local se le iluminaron los ojos, como si hubiese encontrado el bote salvavidas en mitad del océano. Guiado por el reflejo de las botellas alineadas en la pared de espejos, se acercó con timidez, se sentó en el lugar más solitario y alejado de Salmán que encontró, y esperó a que la camarera se acercara.

—¿Qué te pongo, chaval? —El chico tartamudeó.

—¿Es usted la señorita Jezabel?

—¿Quién lo quiere saber? —preguntó ella desconfiada.

—No se lo puedo decir hasta estar seguro de que usted es Jezabel —contestó el muchacho.

—Vaya, pues vamos a tener un problema, porque no tengo manera de demostrarte que soy yo —dijo la mujer, al tiempo que se preguntaba de dónde habría salido aquel chico tan torpe.

El botones carraspeó.

—Sí la hay. Quien me envía ya lo había previsto. Solo tiene que contestarme a una pregunta.

—¿Y cuál es esa pregunta?

El chico miró a ambos lados para asegurarse de que nadie lo escuchaba.

—¿En qué parte de su cuerpo tiene una cicatriz el enviado de Roma?

Jezabel sonrió. Al fin y al cabo el muchacho no era tan torpe, y mucho menos el que lo había enviado. La pregunta sonaba a acertijo o a la palabra que faltaba para completar un crucigrama, pero el truco resultó tan eficaz como había previsto Arno. Jezabel se sonrojó ligeramente, bendita oscuridad la del Camelot que impedía fijarse en tan nimios detalles. Por fin contestó. Respuesta correcta, obviamente.

Camarera y cliente llevaban demasiado tiempo hablando, y eso atrajo la atención de Salmán, que levantó la vista de lo que estaba haciendo y dirigió un gesto de sospecha hacia la pareja. Jezabel se dio cuenta y abandonó momentáneamente al chico para preparar un combinado de ron de contrabando. Volvió con la bebida y la puso ante el joven cliente. Salmán pareció relajarse y continuó a lo suyo. Ella le imploró que le diera el mensaje cuanto antes y que fuera a sentarse a cualquier rincón a disfrutar de la bebida, tratando de quitárselo de encima cuanto antes pues la estaba poniendo en un serio peligro.

El muchacho, encantado en su papel de aprendiz de agente secreto, volvió a asegurarse de que nadie los escuchaba y en voz muy queda entregó la información: mañana a mediodía en el bar de los toneles del Windsor. Ella asintió, tratando de mantener la calma y, con un leve movimiento de cabeza, confirmó que había entendido el mensaje. El joven botones, satisfecho tras haber completado con éxito su primera misión, agarró el vaso de tubo que contenía su bebida y fue a sentarse a uno de los reservados del local. Abejas a la miel, no tardaron en dirigirse allí un par de señoritas de holgadas hechuras que se sentaron una a cada lado del chaval mientras le daban ligeros tirones de las orejas y tonteaban con él acariciándolo y susurrándole frases tan picantes como soeces. El muchacho palpó su bolsillo y comprobó que llevaba el dinero que Arno le había dado. Suficiente para pasar un buen rato bien acompañado. Después de todo el Camelot no era un lugar tan sórdido y hostil.

Jezabel, desde la barra, meneó la cabeza en señal de disgusto. «Hombres —pensó—, no tienen arreglo, son todos iguales, seres demasiado primarios». Una música festiva anunciaba a la concurrencia que lo mejor de la noche en el Camelot aún estaba por venir.

61

Al tercer ulema asesinado comenzó a desatarse el pánico entre la comunidad musulmana. El padre Gunnard seguía sacando demonios imaginarios de los cuerpos de los guías espirituales del islam, y en esa eterna batalla entre el bien y el mal el exorcista nunca perdía, aunque para ello tuviera que cruzar los límites de la ley y del sentido común. Su estrategia consistía en invertir la carga del miedo, que los mahometanos supieran que ninguno de los suyos estaría a salvo mientras siguiera muriendo un solo cristiano más. Y lo estaba consiguiendo, aunque el precio a pagar fuera la posibilidad de una guerra de religiones más propia de otra época que podía causar una oleada de sufrimiento innecesario, sangre, dolor y muerte en el nombre de la paz.

Como las noticias corrían como la pólvora, todas las mezquitas del país reforzaron su seguridad, temerosos de que en cualquier momento recibieran la misteriosa visita de aquel que no dudaba en coleccionar cadáveres. Hubo fieles que dejaron de acudir a los oficios y que preferían hacer sus oraciones en la intimidad de sus hogares, alejados de la exposición pública. Los atentados y linchamientos contra los católicos se habían detenido momentáneamente. Sin embargo, esa sensación de calma no era más que el preámbulo de una tempestad de mucho mayor calado. Tal y como suele ocurrir en estos casos, ante las adversidades los grupos se unen aún más. Al sentir el aliento del peligro en el cogote, los islamistas se agruparon en torno a su líder Mohammed Al Bana, líder de los Hermanos Musulmanes, a los que este renovado e inesperado fervor popular les vino como el maná bíblico para salir del ostracismo en el que habían caído por la prohibición y la persecución que había desatado contra ellos el presidente Nasser. Era inevitable que, tarde o temprano, el dictador terminara por enterarse de lo que estaba ocurriendo y añadiera una nueva preocupación a su lista de desvelos. Y como los disgustos nunca vienen solos, todo se vino a complicar aún más una calurosa mañana de un viernes de agosto cuando siete cadáveres de otros tantos guías espirituales del Islam aparecieron ahorcados y con evidentes signos de tortura en el patio de la mezquita de Al Azhar.

Aquello acababa de dejar de ser una cuestión de delincuencia ocasional para convertirse en un serio asunto de orden público. El presidente convocó a una reunión en su despacho a los principales responsables de la seguridad del Estado. El *rais* estaba enfadado, y la preocupación de los militares a sus órdenes era directamente proporcional a su ira. Ellos iban a ser el primero de los muros de contención contra el que se estrellasen los vientos de su cólera.

—¿Nadie tiene nada que decir? —preguntó. No hubo respuesta.

—¿Están ustedes sordos? No me hagan repetir mis palabras. Y respiró hondo, tratando de enfriar su temperamento.

—La verdad es que este incidente nos ha cogido por sorpresa, señor —habló uno de sus asesores—. Tengo a mis mejores hombres investigando lo ocurrido, le aseguro que no tardaremos en saber qué es lo que ha pasado.

Nasser no quedó satisfecho con la respuesta.

—Esperar. Esperar, siempre hay que esperar. Y a mí no me gusta esperar. Cuénteme lo que sabemos.

—El asesor de seguridad bajó la cabeza y habló con voz temblorosa. Poca cosa, *rais*. Los siete cadáveres aparecieron sobre la explanada de la mezquita. Los cuerpos mostraban signos de tortura.

—¿Quiénes son las víctimas?

—Líderes religiosos. Todos ellos imanes o ulemas. Fanáticos, eso sí, simpatizantes todos ellos de los Hermanos Musulmanes, algunos incluso con cargos relevantes dentro de la organización.

Nasser miró el dossier con las fichas de los asesinados. Conocía a alguno de ellos.

—Lo más sorprendente —prosiguió el asesor de seguridad— es la forma en la que se encontraron los cuerpos.

El presidente se interesó por el dato mientras revisaba de nuevo el informe que le habían entregado.

—Aquí no dice nada sobre eso.

—Cierto, señor, preferimos no mencionarlo para evitar que la información pudiera filtrarse

—Pues dígame, ¿cómo se encontraban los cuerpos?

—Al principio nos pareció que estaban apilados, sin un orden aparente, pero en cuanto subimos al minarete de la mezquita para revisar cada rincón del templo, tuvimos una perspectiva aérea completa del patio.

—¿Y? ¿Qué está tratando de decirme? Hable de una vez.

El asesor presidencial, responsable de la seguridad del Estado, miró a su jefe y dijo:

—Los cadáveres formaban una gran cruz.

62

En el centro de otra gran cruz, la de la planta de la basílica de San Pedro en Roma, bajo el soberbio baldaquino diseñado por Bernini, con sus retorcidas columnas salomónicas, situado en el mismo centro del crucero, el cardenal Rúspoli oficiaba una misa ante varios centenares de fieles peregrinos llegados de todo el mundo. El Santo Padre seguía descansando en su residencia veraniega, y la cabeza del cardenal era una olla a presión en la que se cocinaban los problemas, que estaba ya a punto de ebullición. En cuanto bendijo a los presentes se apresuró a quitarse la rica casulla ornamentada de las celebraciones eucarísticas y se dirigió a uno de los salones de la biblioteca vaticana, donde le esperaba ya el cardenal Brandolini. En la soledad de tan magnífico espacio no hubo lugar a la mínima cortesía entre colegas. El jefe de los servicios secretos vaticanos y el máximo responsable del santo oficio se saludaron sin darse ni tan siquiera la mano, mucho menos la paz que acababa de pedirles Rúspoli a los asistentes a la misa. Él fue el primero en hablar.

—Se ha metido usted en un avispero, cardenal. Ordene a su hombre que regrese inmediatamente, mañana mismo. Este asunto le queda grande.

—Le noto nervioso, Rúspoli. Ese a quien usted llama «mi hombre» es el exorcista más reputado de la Iglesia, y ha viajado a Egipto con un mandato expreso del tribunal de la santa inquisición para solucionar los problemas que su torpeza e incapacidad nos están causando. El padre Gunnard no regresará hasta que complete su misión.

—¿Y cuál es esa misión? ¿Desatar una guerra de religiones que podría poner en riesgo a medio planeta? ¿Acaso tengo que recordarle que el islam cuenta con mil millones de seguidores en todo el mundo? Y algunos de ellos bastante fanáticos, por cierto —dijo Rúspoli.

—Ese no es mi problema, cardenal. Fueron ellos quienes empezaron esta guerra, y cuando a uno le declaran la guerra solo quedan dos salidas: huir o luchar. A mí me gusta más luchar.

—Pues a mí lo que me gusta es ganar, y para eso hace falta utilizar el cerebro, no la irracionalidad ni la fuerza bruta.

—Ese ha sido siempre su problema, cardenal —contestó Brandolini—. Usted es demasiado blando, por eso este puesto no debería estar en manos de un incompetente como usted. Pero no se preocupe, que esto también tiene arreglo. Dios nuestro Señor, que es misericordioso y cuida de su rebaño, se llevará muy pronto con él al papa. Y entonces será mi turno, y podré poner un poco de orden en el caos en el que ustedes dos han sumido a nuestra iglesia.

Nada de aquello era nuevo para Rúspoli, que de sobra conocía la ambición de Brandolini y las terribles consecuencias que podían tener para el Vaticano que él se hiciera con el poder. Sin embargo prefirió no decir nada. No tenía sentido insistir en una partida que ambos sabían que llevaba tiempo jugándose. Lo más urgente era resolver el asunto de Egipto antes de que el polvorín volara por los aires. Brandolini utilizó el sarcasmo.

—¿Ve cómo no era tan difícil de entender?

Rúspoli jugó su última carta reglamentaria a sabiendas de que no iba a lograr gran cosa.

—De acuerdo, pues entonces tendrá que ser Su Santidad en persona quien se lo ordene.

La mirada de Brandolini se encendió, sus ojos inyectados en sangre y fuego.

—Dígale al papa que esto ya no tiene vuelta atrás. Poco importa lo que diga un anciano moribundo.

Rúspoli le sostuvo la mirada, pero no respondió a sus palabras. Tal como preveía no había conseguido nada jugando limpio, así que no le quedaba más remedio que meter las manos en el fango y utilizar métodos que hubieran avergonzado al mismísimo Espíritu Santo.

63

La noche en el Camelot se presentaba tranquila. Clientela habitual de la buena, de la que no regatea en consumiciones y no da problemas, chicas al salón al compás de la percusión de las darbukas, vientres que se contraen como la gelatina, velos que insinúan lo que ocultan, caderas poderosas que prometen exprimir hasta la última gota de placer, luz mortecina, *chin chin* de copas y la orquestina que ameniza la velada a los puteros. Lástima que el destino tenga sus propios planes y no entienda de rutinas, porque toda la calma del lugar estaba a punto de saltar por los aires.

Los primeros en llegar fueron un par de oficiales del gabinete de la presidencia de la nación. Lo hicieron con discreción, como si fueran dos altos funcionarios de los muchos que frecuentaban el local y que acudieran en busca de un rato de esparcimiento. Jezabel estaba tras la barra ocupándose de las bebidas cuando los vio llegar. Buscaron al viejo Malek con la mirada, pero no estaba en su reservado habitual. Tampoco vieron a Salmán, sin dueño el taburete del extremo del mostrador desde el que acostumbraba a controlar el ambiente.

—Buscamos a tu jefe —dijo el que parecía al mando de la pareja de militares. Jezabel los miró con el descaro que se esperaba de una de las chicas del cabaret.

—No está —dijo.

—¿Y Salmán? —preguntó el otro. Ella señaló con la cabeza al taburete.

—Si no está Malek, no está Salmán. Él siempre está donde esté el viejo.

Los militares intercambiaron una mirada y recorrieron el local con la vista. Ni rastro del tipo.

—¿Os sirvo una copa, guapos?

Jezabel sabía que estaban de servicio y que no podían beber, pero también conocía las debilidades de los hombres y estaba segura de que aquel par de esbirros suspiraba por una copa y un poco de compañía. Uno de ellos, el que parecía tener mayor rango, estuvo a punto de asentir. Fue el otro el que zanjó la cuestión por los dos.

—Hoy no, preciosa. Estamos de servicio.

«Vaya —pensó Jezabel—, las apariencias engañan». Resultaba que el que mandaba era el otro más tímido.

—¿Dónde podemos encontrarlo? —preguntó.

La chica se encogió de hombros mientras se afanaba en secar unos vasos.

—Ni idea. ¿Acaso crees que me rinde cuentas? Yo aquí soy solo una empleada más. A mí no me dice cuándo se va ni cuándo regresa, ni tampoco adónde va. Lo mío es servir copas, así que si no vais a tomar nada despejad la barra, guapos, que me estáis poniendo a la clientela nerviosa.

—En cuanto aparezca dile que vaya urgentemente a palacio. El presidente quiere verle. Y al presidente no se le hace esperar.

Ya se iban cuando el más callado, el que realmente estaba al mando, la miró y le dijo:

—Y tú y yo ya nos tomaremos esa copa en cuanto me quite el uniforme, que el tuyo ya me encargaré yo de quitártelo —y le regaló una sonrisa cínica, despreciable, que dejaba a la vista unos dientes amarillos virando a barro.

—Gilipollas —susurró ella, mientras no dejaba de vigilar todo lo que sucedía alrededor.

No habían pasado más de diez minutos desde que los emisarios de Nasser abandonaron el local, cuando cruzó la puerta un joven de piel pálida y cabellos de querubín, un angelito con la brújula estropeada que se había extraviado en su regreso a casa y había terminado en un purgatorio del vicio en el que su presencia resultaba, cuando menos, llamativa. Sin embargo se movía con soltura por el local. No era la primera vez que lo pisaba. Jezabel recordó haberlo visto acompañando al señor mayor inglés que había negociado con Malek la vigilancia de Arno. Al ver que el viejo no estaba en su lugar habitual, el joven de los ricitos dorados se acercó a la barra y le preguntó a Jezabel.

—Estoy buscando a Malek. Mi jefe quiere hablar con él. Es urgente.

La chica se preparó para repetir una conversación idéntica a la que acababa de tener. La situación era tan rocambolesca que, lejos de preocuparle, empezaba a divertirle.

—Cuando le vea dígale que Támesis le está buscando. Él ya sabrá de qué se trata.

—¿Seguro que no quieres tomarte algo, guapo? A tu jefe no creo que le importe, y tampoco tiene por qué enterarse. Además, un chico tan joven no debe andar solo por las noches, necesitas que te cuide una de nuestras mamás —y le hizo un gesto a una de las damas de alterne, la más entrada en años, que acudió rauda a la llamada.

Esperaba la camarera ver el rubor en las mejillas del chaval, azorado en el trance, y ya se lo imaginaba echando a correr a toda prisa en busca del aire puro de la calle cuando, una vez más, la realidad eligió un camino diferente al esperado y el joven agente de los servicios de inteligencia británicos tomó a la mujer del brazo, dos capas de barniz maquillando su cara ajada y unas lorzas de carne flácida mostrando el género en oferta, y se la llevó escaleras arriba hacia una de las habitaciones del Camelot. A Jezabel, que estaba interpretando su papel a la perfección, no podía divertirle más la situación.

Escondido detrás de un cortinón de terciopelo, el viejo Malek había escuchado con preocupación las conversaciones que acababan de tener lugar. Cuando salió de su escondite se acercó a Jezabel y posó una mano paternal sobre su hombro. Era el gesto más cariñoso que jamás había tenido con ella. Salmán, siempre un paso por detrás de su jefe miraba a la chica con lascivia. Iba a decirle alguna impertinencia, una grosería de las suyas a las que tan habituado estaba, cuando la voz del viejo lo cortó en seco.

—Vámonos —dijo—. Tenemos trabajo. —Jezabel continuó secando los vasos.

64

Ni las gruesas losas de mármol ni los grandes bloques de piedra resistieron el paso enfurecido del sobrino Salmán. ¿Quién se ha llevado la maldita llave? Con el libro de poemas en la mano se maldecía al ver el hueco vacío entre sus páginas, en el que ya no quedaba rastro alguno del secreto que guardaba. Buscó por todo el taller utilizando la fuerza bruta en lugar de la inteligencia, desbaratando todo lo que encontraba a su paso hasta que no dejó, nunca mejor dicho, piedra sobre piedra. Cuando por fin se dio por vencido abandonó el taller. En su cabeza no había más que un pensamiento, cómo le iba a decir a su tío que había perdido la llave. De sobra sabía el sobrino cómo reaccionaba el viejo cuando lo poseía uno de sus ataques de ira. El calmado abuelito se transformaba entonces en un volcán de cólera capaz de arrasar con todo lo que encontrara a su paso.

Ya estaba llegando al Camelot y seguía sin tener ni idea de cómo plantearlo, así que en cuanto se vio frente a Malek optó, con aplastante lógica cobarde, por no decirle nada. Mientras no le preguntara estaba a salvo, y aunque sabía que tarde o temprano ese momento llegaría, la huida hacia adelante le servía por ahora como parapeto. El viejo tenía dos preocupaciones en su cabeza.

Acababa de regresar del palacio Abdín, la sede del gobierno de la nación, tal y como el coronel Nasser había requerido. De momento, al igual que hacía su sobrino con él, había conseguido ganar tiempo al prometerle al presidente que, en tan solo veinticuatro horas, averiguaría qué estaban haciendo los ingleses en Al-Junum, pidiéndole que no ordenara ataque alguno hasta que pudiera atar todos los cabos y proporcionarle esa información. En realidad sobraba completamente el plazo que había pedido, pues había estado trabajando también para los británicos en un ejercicio de funambulismo que ahora amenazaba con venirse abajo. A él le habían contratado para mantener a raya a un cura inoportuno e impedir que se enterara de lo que estaba pasando y les estropeara el negocio a los ingleses. Con lo que no contaba es que eso colisionara con los intereses de su otro gran cliente, el presidente Nasser. En esto estaba pensando cuando Jezabel, tras la barra del bar, le entregó una nota que un mensajero acababa de traer para él. Era el lugar y la hora en el que Támesis le citaba con urgencia.

Mientras tanto, en Al-Junum, Alexandra ordenó reforzar la seguridad en cuanto vio a los soldados acampados a las puertas de la aldea. Lo hizo más por mantener las apariencias y la dignidad que por razones prácticas, pues de sobra sabía que contra un destacamento militar su pequeña guardia no tenía nada que hacer. Ella aprovechó el momento de aparente calma tensa, ese instante previo en que los oficiales esperan a recibir instrucciones de sus superiores para pasar al ataque, para escapar del lugar. Envió un coche por la única carretera de acceso mientras Támesis y ella huían a caballo por una de las suaves colinas pedregosas que rodeaban la aldea. Tal como esperaba, el coche fue detenido y revisado de arriba abajo por los militares, pero cuando vieron que no llevaba nada ni a nadie lo dejaron continuar su camino. Tres millas más allá, superado un recodo de la carretera y a resguardo de las miradas de las tropas egipcias, el vehículo esperó al guía que acompañaba a la jefa de la operación y a su segundo trotando en sus monturas. Támesis no dejaba de maldecir su suerte mientras hacía esfuerzos por mantenerse erguido sobre el caballo. Sus riñones y sus huesos no estaban preparados ya para semejantes esfuerzos. Cuando llegaron a la altura del coche dejaron las cabalgaduras a cargo del guía y se subieron al asiento trasero con la esperanza de que el viaje hasta El Cairo se les hiciera lo más corto posible. Al día siguiente tenían una cita con Malek, y de la información que este les diera dependerían los próximos movimientos de la inteligencia británica. Lo habían citado en el bar del Continental. Desde luego no era el sitio más discreto para pasar desapercibido, pues la clientela de expatriados y espías mayoritariamente ingleses era abundante. Junto con el bar del Windsor, no había un lugar de reunión en toda la capital más concurrido que aquel, quizás porque ambos eran los únicos bares de la ciudad en los que se servía ginebra de importación y cerveza de Newcastle.

Alexandra y Támesis ocupaban una de las mesas cercanas a la entrada, de esas que te facilitan la huida en caso de problemas. El viejo llegó puntual, vestido con una *galabeya* algo andrajosa, el *tasbih* en las manos y las gruesas gafas de concha protegiéndole la mirada. Estaba mal afeitado, dejando unos pelos duros como púas aquí y allá, como pequeños huertos en el mentón. Saludó a los ingleses con educación, aunque no pudo disimular un gesto de sorpresa al ver que Támesis acudía acompañado de la hermosa mujer que, tal como ya había tenido ocasión de comprobar, parecía estar al mando de la operación. Alexandra fumaba insolente lanzando volutas de humo a la cara del proxeneta, dejándole claro su desprecio. Malek aguantó estoicamente mientras saboreaba la infusión que acababan de servirle. Támesis aprovechó para darle un buen trago a su malta de Speyside. Fue ella la primera que habló, y lo hizo sin rodeos:

—Le hemos pagado mucho dinero para que mantuviera despejado el terreno, y ahora que hemos comenzado a excavar resulta que tenemos a un ejército a las puertas de la aldea amenazando con intervenir en cualquier momento, y a un cura peligroso que trabaja para los servicios secretos vaticanos por ahí suelto al que han enviado para detenernos. En mi país, Malek, a lo que está haciendo usted con nosotros se le llama estafa.

El viejo no perdió la calma. Miró a Támesis y le habló directamente a él, ignorando por completo a la mujer, como si ella fuera insignificante y sus palabras no valieran nada. Era una forma sutil de provocarla para hacerla sentirse menospreciada, o quizás en el fondo se trataba simplemente de que el viejo proxeneta no comprendía que una mujer pudiera tener libertad, opinión, criterio e inteligencia para estar al mando de una organización.

—Ustedes los europeos han perdido toda la capacidad de ser pacientes, todo ha de estar según sus órdenes cuando ustedes lo deciden. Pero en mi país, señor, que atesora una sabiduría milenaria, estamos habituados a convivir con los caprichos del destino, por eso resulta necesario mantener la calma para alcanzar los objetivos trazados. Ustedes han contratado mis servicios para conseguir un resultado, y yo cumpliré mi parte del trato para que satisfagan sus anhelos, pero han de entender que los tiempos solo los domina Allah.

—Menudo vendedor de alfombras —dijo Alexandra con desprecio. El viejo siguió sin inmutarse.

—Hasta la fecha hemos realizado nuestro trabajo con gran profesionalidad, y los resultados están a la vista. Hemos expulsado a toda la población de Al-Junum siguiendo el plan que ustedes mismos diseñaron, y nadie les ha impedido realizar su labor, ni siquiera ese agente del Vaticano al que parecen tenerle tanto miedo. Le aseguro que no tiene de qué preocuparse, señor Támesis, no tardaré mucho en entregarles su cabeza en una bandeja de plata.

Alexandra dio un respingo al escuchar las últimas palabras, al fin y al cabo había tenido esa cabeza junto a la suya en la almohada en varias ocasiones, y los recuerdos se le amontonaban en la memoria.

—Deme veinticuatro horas y le aseguro que todo estará resuelto. Eso es todo lo que necesito, veinticuatro horas para averiguar las intenciones del ejército y desmontar cualquier operación que pudiera perjudicarles.

Támesis miró a su jefa, pero esta estaba pensativa, ausente. Aun así renunció a tomar las riendas de la conversación y dirigirse al impertinente de Malek. Ante la falta de respuesta fue el viejo el que continuó hablando.

—Muy bien, pues entonces nos vemos mañana aquí mismo a la misma hora. Y, por favor, señor Támesis, si quiere traer a las reuniones de trabajo a las chicas de su harén, por mi parte no hay problema, pero avíseme antes para traer yo a las mías. Y así estaremos en igualdad de condiciones. Y ahora si me lo permiten...

La provocación había llegado demasiado lejos. Antes de que iniciase el movimiento para levantarse de la silla y disponerse a abandonar el local le sorprendió la voz de Alexandra. Era una voz suave, sedosa, que no reflejaba enfado alguno.

—Ya sé que los tendrá de adorno, pero como se le ocurra levantarse de esta mesa le vuelo los cojones.

El viejo miró abajo y vio el cañón de una *browning* del calibre nueve apuntando directamente a su entrepierna. Alexandra sostenía el arma disimuladamente con una mano oculta bajo la mesa, mientras que con la otra daba caladas al cigarrillo encastrado en la boquilla de nácar, solo que ahora las azuladas volutas de humo no las mandaba al aire, sino directamente de nuevo a la cara de Malek. Támesis intercambió una mirada con el viejo en la que parecía decirle «a mí no me mires, tú solito te lo has buscado», y se refugió en el *whisky* que tenía ante sí. Sudaba el viejo, buscando desesperadamente a su sobrino Salmán para que acabara con aquella mujer, y ahora lamentaba haberle indicado que le esperara fuera, así que no le quedaba otra que sentarse y escuchar.

—Ha sido usted un maleducado y un grosero —prosiguió Alexandra—, aunque ya sé que no se podía esperar otra cosa de un tipejo de su calaña. Pero a partir de hoy va a aprender a respetar a las mujeres, cerdo machista, si no quiere acabar como Farinelli.

—Un castrado muy famoso en su época —terció Támesis al ver la cara de sorpresa del egipcio.

—Así que ahora se va a disculpar y va a prometerme que, en adelante, tratará a las mujeres con educación y con respeto.

Silencio.

—Venga, adelante, estoy esperando y el gatillo está recién lubricado. Si tarda mucho me temo que mi dedo...

—Le pido disculpas, señorita.

—Muy bien. ¿Qué más?

—Y prometo que, en adelante, respetaré siempre a las mujeres.

Alexandra miró a Támesis con gesto burlón. Este volvió a refugiarse en el burladero de su vaso de *whisky*.

—Muy bien, así me gusta. Y ahora ya puede irse.

El viejo se levantó azorado, todavía con el miedo en el cuerpo, y se dispuso a marcharse. Justo en ese momento volvió a escuchar la voz de Alexandra, esta vez más rotunda, autoritaria.

—Tiene veinticuatro horas. Ni una más.

65

Todo hacía presagiar que la de esa mañana iba a ser una reunión de trámite. No había asuntos de relevancia en el orden del día, ningún tema especialmente escabroso o delicado sobre el que deliberar. El cardenal Brandolini tampoco tenía intención de informar a sus colegas del santo oficio sobre la marcha de las gestiones que el padre Gunnard estaba llevando a cabo cerca de tierra santa. Lo despacharía con un simple «todo sigue su curso según lo previsto» y así no tendría que responder a preguntas incómodas.

Eso era lo que estaba previsto y otra cosa muy distinta lo que ocurrió en realidad, porque cuando apenas llevaban unos pocos minutos de reunión, las puertas de la sala se abrieron de par en par y ante ellos apareció el papa en persona. Estaba demacrado, con un aspecto muy débil y cansado. Iba rodeado de un pequeño grupo de colaboradores entre los que no faltaban su médico personal ni su hombre de máxima confianza, el cardenal Enzo Rúspoli. Todos los presentes se quedaron petrificados, no era en absoluto habitual que el titular del trono de Pedro saliera de sus aposentos en el palacio apostólico para asistir al plenario de una de las congregaciones de la Iglesia, y mucho menos con los rumores sobre su precaria salud que corrían por toda Roma.

—Santidad, ¿qué hace usted aquí? —preguntó Brandolini con sorpresa. Al papa no se le pasó por alto que no le había dado ni los buenos días.

—Ya veo, eminencia, que le alegra tenerme entre ustedes —dijo con ironía—. No se preocupen, no les robaré mucho tiempo para no distraerles de los asuntos fundamentales de la fe en los que imagino que estarán trabajando.

Ante la estupefacción general, Brandolini se dio cuenta de que aquella batalla, al menos, la tenía perdida, pues no era cuestión de echarle un pulso al líder de todos ellos delante de buena parte del colegio cardenalicio y de altos representantes de la curia.

—Disculpe, Santo Padre, ha sido la sorpresa y la emoción de verlo aquí, tenía entendido que estaba descansando en Castel Gandolfo, y que su salud no era... bueno, ya me entiende.

—Y así es —respondió el papa—, pero había ciertos asuntos de Estado que requerían mi presencia, ya que algunos de los miembros de esta Iglesia parecen tener sus propias ideas, y me he visto obligado a volver a Roma para solucionarlos.

—Si hay algo que esté en nuestras manos para ayudarle... —comentó otro de los cardenales presentes.

—Lo hay, eminencia, ciertamente lo hay. Hace unos días enviaron a Egipto a uno de nuestros hermanos, el padre Gunnard, conocido por la cantidad de exorcismos que ha realizado, alguno de los cuales, tal como ustedes sabrán, llevados a cabo no sin cierta polémica por los peculiares métodos que en ocasiones ha utilizado. Pues bien, ordeno que el padre Gunnard regrese de inmediato a Roma.

Brandolini osó interrumpirle.

—Con todo el respeto, Santo Padre, creo que eso sería un error. El exorcista aún no ha terminado su trabajo, y por las informaciones que me llegan parece ser que está realizando un gran trabajo. Tenemos que darle algo más de tiempo.

Sin necesidad de alzar la voz, en parte porque no era su estilo y en parte porque su debilidad se lo impedía, Pío XII dio una orden tajante que no dejaba lugar a debate alguno.

—Es una situación que tiene implicaciones de política internacional, cardenal, y en ese campo confío plenamente en el criterio de nuestro hermano Rúspoli, aquí presente. Y ahora, si me lo permiten, les doy mi bendición y les dejo continuar con sus asuntos.

Todos los presentes se persignaron ante la cruz que dibujaba en el aire con su mano diestra el papa, y respondieron al unísono con un amén. Apoyado en un bastón y agarrado al brazo de su médico abandonó la sala, dejando tras de sí un silencio más propio de un monasterio en el que imperara el voto de silencio que de un órgano de debate que tenía como responsabilidad, ni más ni menos, que fijar la doctrina de la fe y gestionar sus incumplimientos.

Pío XII regresó al Vaticano, pero se encontraba tan débil que ni siquiera pudo pasar por su despacho. La hermana Pascalina Lenhart, su cuidadora y ama de llaves durante tantos años, ya tenía preparada la cama y una tacita de caldo caliente para que, ya que apenas comía, al menos tuviera los nutrientes necesarios para hidratarse y alimentarse. Cuando estuvo acostado, y sin darse un minuto de descanso, hizo acudir a su dormitorio al cardenal Rúspoli. El jefe de los servicios secretos entró en la alcoba. El papa le hizo una indicación para que se acercara al cabecero de la cama. Tras el esfuerzo solo le quedaba un hilillo de voz, suficiente en cualquier caso para darle una importante instrucción.

—Enzo, habla con mi secretario y que prepare los papeles para cesar a Brandolini de su puesto en el santo oficio. Y de paso quitémosle cualquier otro cargo que no sea inherente a su condición de cardenal de base.

Rúspoli asintió.

—Y no lo expulso del colegio cardenalicio porque no puedo, no sabes lo que lamento el error que cometí al nombrarlo.

Algunos me quieren enterrar ya, pero aún me quedan fuerzas para dirigir la Iglesia. Y solo abandonaré cuando Dios todopoderoso lo tenga a bien. Entre tanto, querido amigo, vamos a limpiar la casa. Espero que no sea demasiado tarde.

Rúspoli asintió de nuevo tratando de que no se notara demasiado la sonrisa de victoria que se le acababa de dibujar en la cara.

—Sabe que esto significa la guerra, Santidad.

El papa cerró los ojos como quien cierra un capítulo de su vida que prefiere olvidar y, simplemente, dijo:

—Cuando tengan la orden lista que me la traigan para firmarla.

La tajante decisión papal causó una conmoción en la curia. El más sorprendido de todos fue, curiosamente, el afectado, pues se sentía tan poderoso en su posición en el seno de la institución que se consideraba intocable, olvidándose de que según las propias reglas de la Iglesia el único infalible era el papa y, por tanto, todos los prelados del orbe, con independencia de cuál fuera su rango o posición, estaban subordinados a él. Una vez superado el *shock* inicial causado por su cese, que además había recibido con la frialdad de una mera carta, Brandolini analizó la nueva situación y comenzó a definir su nueva estrategia en estas circunstancias. Como bien había vaticinado Rúspoli, lo consideró una declaración de guerra, y se conminó a dar la batalla para hacerse con el poder absoluto y ascender él mismo al trono papal y hacerse con el anillo del pescador. Estaba sumido en estos pensamientos cuando su asistente en las oficinas de la santa inquisición, que se había puesto de inmediato a ordenar los papeles para facilitar la transición con el nuevo prelado, le preguntó:

—Eminencia, ¿quiere que llame al padre Gunnard para ordenarle que regrese de inmediato a Roma? —Brandolini se quedó pensativo unos instantes. De repente pareció volver en sí, miró a su ayudante, y con una sonrisa cínica contestó:

—¿El padre Gunnard? No sé de quién me habla.

El secretario, que conocía bien a su jefe y le profesaba lealtad en la esperanza de que lo llevara con él cuando fuera elegido papa, sonrió a su vez y dijo:

—De acuerdo, eminencia, no podemos intervenir en lo que no conocemos.

Y se fue, dejando a su jefe encerrado en su despacho y destruyendo papeles que, al igual que algunos pecados, es mejor dejarlos dormir en el limbo.

66

Un caballero con la leontina prendida de su chaleco miraba su reloj de bolsillo. Las doce en punto. El reloj de pared que decoraba la sala del bar lo confirmaba. Las doce en punto. Arno ojeaba la edición en inglés del *Daily News* mientras saboreaba un *negroni*. Inquieto, fue él ahora el que miró su reloj de pulsera, el mismo Patek Philippe que llevaba el día que conoció a Alexandra en una fiesta en el palacio del virrey de la India en Nueva Delhi. Las doce en punto. El sabor fuerte y amargo del cóctel se endulzó con los recuerdos de aquel día en el que una mujer puso su vida del revés enseñándole territorios hasta entonces vírgenes para él. Distraído en sus recuerdos no le dio mayor importancia a que Jezabel no llegara puntual a la cita. El joven botones le había asegurado que el mensaje había sido entregado, por lo que no tenía razones para dudar de que la chica acudiría a su llamada. Pero pasaban los minutos y nada sucedía. A esas horas el bar estaba más tranquilo que de costumbre, con unos pocos clientes ociosos desperdigados por las mesas. Arno miró al fondo del vaso. Apenas quedaban ya restos del líquido rojizo de su cóctel, cuando sintió que se le nublaba la vista y comenzaba a marearse. En una fracción de segundo pasaron por su cabeza la necesidad de salir de allí cuanto antes y la amarga sensación de decepción y torpeza por haber confiado en Jezabel. Intentó ponerse en pie cuando vio ante él a un hombre mayor, de inequívoco aspecto inglés con su chaleco y su leontina, sonriéndole.

—Señor Arno, tenga la amabilidad de acompañarnos.

Mientras se desplomaba sintió cómo dos fuertes brazos lo arrastraban fuera del bar. Aún pudo ver al caballero inglés dejar un billete sobre la mesa para pagar su consumición, y un coche con los cristales tintados que abría sus puertas para engullirle como si entrara en el vientre de una ballena. Y después el silencio y la oscuridad.

Cuando se despertó estaba atado a una silla. Le dolía la cabeza y tenía la boca reseca. Como si le estuvieran leyendo el pensamiento, uno de sus carceleros le dio un vaso de agua que el agente bebió de un trago. Al fondo de la sala, en penumbra, escuchó la voz de una mujer. No tuvo problemas para identificarla. Se trataba de Jezabel. Un foco le apuntaba directamente a los ojos impidiéndole ver a su interlocutora. Arno interpretó que tanta precaución se debía a que había alguien más en la habitación, alguien que prefería pasar desapercibido.

—En el fondo me lo tengo merecido —dijo el agente—. Si ya lo hiciste una vez no había ninguna razón para creer que no volverías a hacerlo.

—Las cosas no son como crees, Arno —replicó Jezabel.

—¿Ah no? ¿Y cómo son? Malek, Salmán y tú me secuestrasteis, yo me escapé, confié en ti y, ahora, habéis vuelto a hacerlo. No es tan complicado. Fin de la historia.

Ella salió de la penumbra y se acercó a él.

—Te repito que las cosas no son como crees. Para empezar yo no me llamo Jezabel.

Arno sonrió.

—Menuda novedad. Ni Jezabel, ni Siena, nada en ti es verdad.

—Y tampoco trabajo para el sinvergüenza de Malek ni para la bestia de su sobrino. Ya te lo dije, pero no quisiste creerme.

Ahora el agente parecía ya más interesado en escuchar a la chica.

—Entonces, ¿para quién trabajas? —preguntó.

Hubo un silencio en la sala. Podía escucharse el crujir de cañerías y el sonido rítmico y machacón de una gotera al golpear sobre una base de hojalata.

—Te he preguntado que para quién trabajas —repitió Arno con más vehemencia.

Pero no fue Jezabel la que respondió, sino que lo hizo una voz que surgía desde la oscuridad, tras el foco que cegaba al agente.

—Trabaja para mí.

Arno pensó que seguía bajo los efectos de los alucinógenos. No podía ser cierto. Pero no tardó en salir de dudas. De repente el foco de luz que golpeaba contra su cara se apagó. Necesitó unos segundos para que sus pupilas se acostumbraran a la nueva situación. Cuando abrió los ojos de nuevo se encontró ante él con la figura tanto tiempo añorada de Alexandra. Un poco más atrás, en un discreto segundo plano, estaba Jezabel, y junto a ella el hombre mayor al que había visto en el bar del Windsor, al que todos llamaban Támesis. También había un chico más joven, un querubín de ricitos rubios, con la piel rosada y permanente cara de susto, al que llamaban Clyde.

—¿Qué demonios...?

Alexandra se acercó a él, animal inofensivo inmovilizado en una silla, y le puso el dedo índice sobre los labios ordenándole callar.

—Jezabel trabaja para nosotros. En realidad ese no es su nombre, nosotros la conocemos como Mersey. Es una de nuestros agentes en Egipto desde hace ya varios años. La infiltramos en la organización de Malek para que pudiera suministrarnos información de primera mano sobre los bajos fondos cairotas, que es donde se fraguan todas las conspiraciones. Para la alta política tenemos otros agentes y otras vías de información.

—Así que Mersey, como el río, aquí todos tenéis nombre de río —dijo Arno con sorna.

—Son nombres en clave, hemos elegido ríos como podíamos haber elegido montañas o árboles —respondió ella.

—¿Pero de qué organización me estás hablando? ¿A quién te refieres cuando dices «nosotros»? ¿En qué demonios andas metida, Alexandra? Y por el amor de Dios, suéltame. Soy yo, soy Arno, ¿es que ya te has olvidado de mí?

Ella le miró con un gesto difícil de interpretar, calma, ira, amor, odio, crueldad, piedad, todo mezclado y sin orden alguno.

—Así que resulta que eres Arno, claro, pero ¿cuál de ellos? Porque no has hecho otra cosa que mentirme durante toda tu vida.

Él bajó la cabeza. Ciertamente no tenía muchos argumentos de defensa. Fue entonces cuando cometió su gran error y dijo una solemne estupidez.

—Soy el que siempre te ha amado.

La bofetada resonó en toda la sala, silenciando el repetido e insoportable ruido de la gotera y el crujir de las cañerías.

—¿Cómo te atreves? Serás falso...

El error fue provocar a la loba herida, con su comentario no había hecho más que complicar su situación. Pero con el aire del bofetón se despertó su instinto de supervivencia. De acuerdo, pensó, él nunca había sido muy sincero con ella, pero por lo visto ella con él tampoco.

—Ya veo que no era el único que guardaba secretos, así que no te pongas tan digna, que si yo no fui sincero tú no te quedaste atrás.

Si la primera fue un drive, la segunda fue de revés, *zas*, y la cara desencajada de nuevo por el golpe. Las manos de él seguían atadas a la espalda, sin poder defenderse, ofreciendo un blanco fácil.

—Nunca te mentí. Bueno, al menos cuando nos conocimos.

Ella pareció tranquilizarse. Tomó una silla, la colocó frente a él, y se sentó a caballo en ella, con los brazos apoyados en el respaldo.

—Sir Stewart Menzies era un viejo amigo de mi familia. Fue mi profesor en la universidad, y siempre me tuvo mucho aprecio. Un día me confesó que estaba al frente de los servicios de inteligencia de la corona e intentó reclutarme para que trabajara a sus órdenes. Al principio me resistí, la vida era mucho más divertida sin responsabilidades. Esa fue la época en la que te conocí, cuando aún pensaba como una idiota que existía el amor verdadero y que había conocido al hombre de mi vida. Pero lo que me encontré fue a un cabrón mentiroso que me engañó, me utilizó y me dejó tirada en el andén de una estación de tren. Y ni siquiera se trataba de que fuera un hombre casado, que de esos ya había conocido a unos cuantos, ¡es que eras un cura! ¿Tú sabes lo absurda que puedes llegar a sentirte cuando te engañan así? Eres un manipulador, Arno Axel, y te odio por ello.

No era completamente cierto. A pesar de todo aún quedaban rescoldos, al menos eso era lo que él quería creer. Pero los hechos desmentían su teoría, quizás estaba confundiendo una vez más sus deseos con la realidad, pues lo que en verdad sucedía es que su vida estaba en serio peligro.

Támesis, Jezabel y el chico rubio al que llamaban Clyde, asistían perplejos a la conversación. Su jefa en el MI6 tenía más secretos de los que ellos hubieran imaginado. Pero ninguno se atrevió a abrir la boca. Arno sabía que una mujer herida es peligrosa y que, además, Alexandra tenía todas las razones para estar enfadada y dolida, por lo que era consciente de lo delicado de su situación, aunque no mentía cuando juraba que él jamás tuvo intención de hacerle daño y que había estado a punto de mandar al traste su carrera religiosa por culpa de ella, pues de todo lo que se había dicho, lo único cierto entre tantas mentiras es que él había estado profundamente enamorado de ella. Su mejor defensa era un buen ataque, así que en vista de que allí los embustes se repartían con igual abundancia, decidió ir al ataque.

—¿Por qué me persigue el servicio secreto británico? ¿O acaso esto es un asunto personal que nada tiene que ver con las organizaciones para las que trabajamos? Te advierto que mi jefe y el tuyo son amigos.

—Arno, querido —contestó ella con tranquilidad—, amigos es una palabra que no existe en el mundo del espionaje. Sé que en Londres aprecian a Rúspoli, ese viejo zorro que lleva media vida moviendo los hilos del Vaticano, pero tú mejor que nadie entenderás que, en ocasiones, hasta los aliados tienen intereses distintos, y cada uno ha de pelear por lo suyo.

—No has contestado a mi pregunta —dijo Arno.

—¿A cuál?

—A por qué me persigue el servicio secreto británico.

Ella parecía ahora cansada, su mirada no tenía el brillo de otras veces. Incluso sus gestos se habían vuelto más violentos, menos dulces.

—Porque tu presencia supone un peligro para una operación de gran interés para nosotros. Has venido a meter las narices donde no debías, y ahora resultas una amenaza para Gran Bretaña.

Arno trató de defenderse.

—Te aseguro que no tengo nada que ver con la guerra, no tengo ninguna instrucción al respecto. El canal de Suez no es algo que nos interese especialmente, por lo que al Vaticano respecta sois muy libres de mataros los unos a los otros.

Alexandra movió la cabeza.

—No estoy hablando de la guerra, Arno, estoy hablando de la aldea de Al-Junum. Ya estaba todo solucionado y en marcha y has tenido que venir tú a complicarnos las cosas.

—Acabaréis pagando vuestra avaricia.

—Puede ser —concedió Alexandra—, pero me temo que tú no estarás ya aquí para verlo.

Alexandra hizo un gesto que no precisaba de más palabras. En la oscuridad se oyó el inconfundible *clac clac* metálico de una pistola al amartillar su percutor y dejarla lista para disparar. Arno no podía creer lo que estaba a punto de suceder.

—Alexandra, por favor, la broma ha llegado demasiado lejos.

Pero ella, indiferente, dio media vuelta y se dispuso a abandonar la lóbrega sala, mientras daba una orden con una sola palabra que sonaba más brutal que el disparo que estaba a punto de producirse.

—Mátalo.

De la penumbra salió el joven rubio de piel pálida con un revólver del calibre veintidós en la mano y puso el cañón en la sien del cura. Este seguía pensando que era inconcebible que fuera a acabar así, asesinado por la única mujer a la que había amado en su vida, la responsable de que renunciara al celibato y lo iniciara en los misterios de la carne, destrozando su paz de espíritu que le llevó a poner en duda todo aquello en lo que, hasta entonces, había creído. Jezabel y Támesis abandonaron también el lugar. A ninguno de los dos le agradaba el espectáculo de un cráneo reventado y unos sesos desparramados por el suelo. El tiempo se acababa y la mente de Arno estaba bloqueada preguntándose por qué, cuando lo inteligente sería preguntarse cómo salir de aquella situación. Y entonces, de repente, un rayo iluminó su mente y con solo tres palabras consiguió que la maquinaria de la muerte se detuviera:

—Tengo la llave.

67

Malek empezó por fin a atar cabos. Jezabel había vuelto a desaparecer y seguían sin noticias del cura. Había estado ciego al no darse cuenta de que había un vínculo que unía a ambos, y que la única manera de cumplir su trato con los ingleses y dejar fuera de la circulación al espía vaticano pasaba por encontrar a Jezabel. Conocía bien a la que había estado durante los últimos años a sus órdenes como para no darse cuenta de que la chica era muy buena en su trabajo, y que no iba a dejarse atrapar con facilidad. Se le acababa el plazo que había solicitado para resolver la situación y su posición era cada vez más delicada. No podía pedir una nueva prórroga y, por tanto, no le iba a quedar más remedio que asistir a las reuniones programadas y asumir las consecuencias que de ellas se derivaran.

Camino del palacio Abdín, sede de la presidencia de la república, se le ocurrió la idea que podía sacarlo del lío en el que se había metido. Si le resultaba imposible satisfacer a dos clientes con intereses contrapuestos, y de ambos había recibido ya el pago por sus servicios, pago que no pensaba devolver, lo más inteligente sería enfrentarlos para que se aniquilaran el uno al otro, con lo que nadie podría venir ya a pedirle cuentas. Y si ello no era posible, dejar que fuera uno de los dos el que derrotara al otro.

Esta vez Nasser no le hizo esperar en la antesala de su despacho. En cuanto puso un pie en el edificio, Malek fue llevado en presencia del presidente. Se notaba la tensión en palacio. Militares y asesores iban y venían por los pasillos como pollos sin cabeza, dándose instrucciones los unos a los otros sin que nadie ejecutara ninguna. El coronel le esperaba vestido con su uniforme verde oliva y el arma reglamentaria en la cartuchera ceñida a la cintura.

—¿Va todo bien, señor presidente?

—Estamos en guerra, Malek. ¿Le parece poco?

—No es la primera vez que los israelíes se meten en nuestro territorio, y siempre hemos sabido cómo detenerlos. Además, usted es un gran estratega militar, señor presidente.

Aunque en teoría no le gustaban los aduladores, la realidad era que el descomunal ego del coronel se alimentaba de los halagos de los demás, con independencia de que fueran hechos con el necesario cinismo.

—Tiene razón, tarde o temprano terminaremos por doblegarlos. Pero, en fin, vayamos a lo nuestro. Habíamos acordado que hoy me traería noticias sobre lo que ocurre en esa dichosa aldea del Sinaí. Y ya puede ser algo importante, porque se me acumulan los problemas y no tengo tiempo para dedicárselo a asuntos menores.

En ese instante fue cuando Malek vio ante sí la salida de su particular laberinto. Inicialmente había pensado traicionar a los ingleses para que fueran barridos por el ejército del coronel, pero con la nueva situación quizás no fuera necesario llegar tan lejos. Un comentario del presidente que interrumpió su pensamiento terminó por convencerle.

—Y después está el asunto ese de los clérigos asesinados. ¿Ya se ha enterado usted? Supongo que sí porque lo sabe media ciudad. Han aparecido siete ulemas asesinados en la mezquita de Al

Hazar. Y al parecer no son los primeros. Pero discúlpeme, estábamos con el tema de Al-Junum. ¿Es algo grave?

Malek siguió su improvisada nueva estrategia.

—No es nada, señor presidente, solo un pequeño grupo de descontrolados que quería instalarse en la zona, nada que merezca la pena como para que pierda el tiempo con ellos. Si quiere, y por una módica cantidad, mis hombres y yo podríamos encargarnos de ellos. Para su tranquilidad, ya sabe.

Nasser asintió complacido.

—Me quita usted un peso de encima, Malek, porque tengo un batallón inmovilizado a las puertas del pueblo y necesito a todos los hombres posibles para combatir a los invasores israelíes.

El presidente llamó a uno de sus asistentes que apareció bajo el dintel de la puerta al instante.

—A sus órdenes, mi coronel.

—Dígale al jefe del Estado Mayor que puede contar con las tropas que tenemos desplazadas en Al-Junum. Que los lleven hasta la frontera, a la primera línea de batalla.

—A sus órdenes, mi coronel —repitió el secretario.

Iba a retirarse cuando la poderosa voz del *rais* lo detuvo de nuevo.

—Y arregle con Malek el pago de sus honorarios.

—A sus órdenes, mi coronel —repitió por tercera vez, como si esas fueran las únicas palabras que supiera pronunciar.

—Lo dejo en sus manos —dijo dirigiéndose al viejo—. Usted siempre ha sido leal conmigo. Y muy eficaz. Así que confío en que sabrá deshacerse discretamente de esos desocupados que se han apropiado del pueblo. Seguramente serán campesinos que están tratando de librarse del reclutamiento. Esa gente no ama a su país. No se merecen el sol que los calienta ni el trigo que los alimenta. Tiene mi permiso para hacer con ellos lo que quiera. Yo tengo que centrarme en problemas más complejos.

Un grupo de oficiales que esperaban impacientes a la puerta del despacho pusieron fin al breve encuentro.

—Y ahora, si me permite, me están esperando para darme el último parte de guerra.

El viejo salió del despacho presidencial con una sonrisa en los labios y un sobre lleno de billetes en el bolsillo interior de la *galabeya*. Había llegado temiendo por su vida y, apenas media hora más tarde, salía de allí con un inesperado y reconfortante triunfo. La caprichosa ruleta de la suerte había vuelto a ponerse de su parte.

68

En el mercado de valores de la vida la palabra de honor de un canalla cotiza tan a la baja como un bono basura. Por eso poco importaba que Malek le hubiese prometido a todo un jefe de Estado que él se encargaría de expulsar a los ocupantes de la aldea y que, además, hubiese cobrado de nuevo por ello. El viejo no tenía ninguna intención de enfrentarse a nadie, mucho menos a todo el poder de un imperio como el británico que, por muy desmantelado que estuviera, seguía siendo una de las grandes potencias mundiales. Nasser había confiado en él sin ser consciente de que una de las máximas de un tipo sin escrúpulos como Malek era que la confianza te la otorgan para poder traicionarla. El repentino cambio de las piezas en el tablero de juego le obligaba a improvisar y le abría una serie de perspectivas muy halagüeñas, hasta entonces implanteables, que el anciano, como buen jugador de ajedrez que era, no pensaba desaprovechar.

Se apresuró a ponerse en contacto con Támesis y, aprovechando que este estaba en la ciudad acompañando a su jefa, solicitó verles antes de cumplirse incluso el plazo de veinticuatro horas que le habían marcado. Apenas una hora más tarde se encontraban en el café El Fishawi, en pleno zoco cairota. Malek estaba ya esperándoles en una de las mesas del interior, en mitad de la galería de espejos. Esta vez Támesis apareció solo. El viejo ni siquiera le preguntó la razón.

—Tengo buenas noticias para ustedes —empezó diciendo—. He movido mis hilos y puedo hacer que las tropas del ejército se retiren de la aldea inmediatamente.

Támesis enarcó una ceja con escepticismo.

—¿Ah sí? ¿Y cómo lo piensa hacer?

—Eso, señor, es asunto mío. No pretenderá que comparta con usted las intimidades de mi oficio. Yo vendo un producto, no la fórmula para fabricarlo. Como si fuera uno de esos refrescos de cola tan famosos con los que su país está invadiendo el mundo.

—No es mi país —replicó Támesis—. Nos confunde con los americanos. —Malek esbozó una de sus cínicas sonrisas.

—Americanos, ingleses, qué más da. Tampoco ustedes son capaces de distinguir un sirio de un jordano, para ustedes es todo lo mismo.

Támesis encajó deportivamente el comentario. Era consciente de que no le faltaba razón al viejo.

—No cambie de tema. Me alegro de que me traiga buenas noticias, no esperaba menos de usted —hizo una pausa—, por su bien. En fin, pues si eso es todo proceda y encárguese de la retirada de esos soldados. Nosotros saldremos dentro de unas horas para allá. Espero que, cuando lleguemos, el camino esté libre. Y ahora si me permite...

Malek le detuvo antes de que se fuera.

—Me temo que falta un pequeño detalle —dijo, y sorbió con parsimonia el vasito de té a la menta que tenía ante sí, creando una pausa dramática que obligó a Támesis a sentarse de nuevo—. Ya sabe usted que en la vida todo tiene un precio, y que una de las cosas más caras que existen es el tiempo. Yo podría satisfacer sus necesidades sin coste adicional y cumplir con mi contrato, pero me llevaría unos cuantos días. Sin embargo, si quiere que esta misma tarde se retiren las tropas para que ustedes puedan continuar tranquilamente con su labor, pues en ese caso me veré obligado a incurrir en unos gastos no previstos más elevados, y para eso, obviamente, necesitaré de ustedes una provisión de fondos adicional. Será preciso engrasar algunas bisagras, usted ya me entiende.

Támesis estuvo tentado de liquidarlo allí mismo. Empezaba a estar harto de aquel sinvergüenza. Sin embargo, en ese momento pasó por su mente su ansiado retiro en la casa de campo de la campiña de Norfolk, su inminente jubilación y, sobre todo, conseguir sacar adelante esta misión postrera sin provocar la ira de su jefa Alexandra y los altos mandos en Londres. Al fin y al cabo solo era una cuestión de dinero, de un maldito dinero que ni tan siquiera era suyo. La operación de extracción de petróleo y gas en Al-Junum era lo suficientemente rentable y estratégica como para convertir en calderilla cualquier cantidad gastada en acelerar la prospección y asegurar la posesión del yacimiento. Una vez que los primeros barriles fueran extraídos se produciría una consolidación del *status quo* que dificultaría mucho las reclamaciones territoriales egipcias, obligando a Nasser a indemnizarles si pretendía nacionalizar los pozos excavados por la empresas británicas alegando derechos adquiridos durante su permanencia en el país a lo largo de tantos años.

—¿Y cuánto aceite será necesario para engrasar esas bisagras? —preguntó el inglés con su habitual flema británica.

Malek sonrió. Ya había entrado al trapo y ahora solo sería cuestión de negociar la cifra.

—Usted y yo nos entendemos bien. Podríamos hacer muchos negocios juntos.

Támesis le entregó un cheque al portador con la cantidad pactada que firmó allí mismo, esta sí con un pequeño regateo que sirvió para aliviar su conciencia y satisfacer su ego. No fue necesario especificar en detalle el uso que se le daría a ese dinero. Los interventores del gobierno se conformarían con incluirlo en la partida genérica de fondos reservados. Antes de irse, y más por imitación de lo que haría su jefa que por convencimiento, lanzó una advertencia que pretendía ser intimidatoria.

—Usted no es un tipo de fiar. En realidad no me sorprende, porque ninguno de los que se dedican a este negocio lo son. Lo suyo es la extorsión, la explotación sexual, el trapicheo de drogas y, llegado el caso, el asesinato. Pero escúcheme bien porque no se lo voy a volver a repetir. Si esta es otra de sus estafas le aseguro que mañana mismo su cuerpo aparecerá flotando en el Nilo. Y no creo que a nadie le sorprendiera demasiado. Así que no juegue conmigo, Malek, no voy a consentir que un indeseable como usted estropee mis planes de jubilación.

El viejo volvió a darle un traguito a su vaso de té antes de responder.

—Curiosa forma la que tienen ustedes de hacer negocios, amenazando a sus socios. No hace falta que le recuerde que me necesitan ustedes a mí mucho más que yo a ustedes. Yo ya era un próspero empresario cuando usted llegó a mi país y lo seguiré siendo cuando se vaya. Usted, en cambio, no es más que un visitante que está de paso, y no es de buena educación tratar así a sus anfitriones. Pero, en fin, no estamos aquí para darnos lecciones sobre buenos modales sino para hacer negocios, así que pasaré por alto sus groserías. No tema, acaba de cerrar usted un buen trato, no se arrepentirá. Le aseguro que en unas horas conseguiré que el destacamento del ejército abandone su posición y les deje en paz.

Támesis abandonó el legendario café mientras lanzaba su última advertencia.

—Eso espero.

Cuando llegó al sótano en el que tenían retenido a Arno lo recibió el rostro sonriente del joven agente Clyde.

—Acaban de llamar del campamento. Los soldados han abandonado sus posiciones y nos han dejado el terreno libre.

Támesis sonrió. Después de todo Malek era un hombre de palabra y había cumplido su parte del trato. Poco podía sospechar el agente del MI6 que, en realidad, quien les había dejado expedito el camino era su principal enemigo, el coronel Nasser, el mismo al que el jefe de su gobierno había pretendido aniquilar a cualquier precio. Extrañas carambolas de la política y del espionaje a su servicio. Fue en busca de su supervisora y la encontró fumando, sola, mirando hacia una pared en blanco como si se tratara de una pantalla de cine. Quizás estaba viendo la película imaginaria de los momentos más felices de su vida, cuando era una joven aristócrata descarada y divertida que iba por el mundo viviendo una aventura mucho más poderosa que la guerra: la aventura del amor.

69

La llama del odio había prendido, avivada por el miedo y por los vientos de violencia y venganza que acompañaban al padre Gunnard allá donde iba. El conflicto entre musulmanes y cristianos fue escalando intensidad hasta resultar insoportable. Peligroso guiso el que se estaba cocinando en una olla exprés sin espita de salida. Los más radicales de cada bando tomaron las armas, aunque estas no fueran más que estacas, piedras, azadas o cuchillos, y se dedicaron a asaltar los templos del otro, matando de paso a quienes estuvieran a su cargo. Prender esa mecha resultó ser un mal negocio para los cristianos, muy inferiores en número, que se vieron de pronto acosados y acorralados en una tierra enemiga. Si hasta entonces habían podido convivir en paz, respetando mutuamente sus creencias y liturgias, ahora, a consecuencia de los últimos asesinatos en las mezquitas, la situación se había complicado en exceso y todo el peso de una sociedad hasta entonces mayoritariamente tolerante o indiferente se había vuelto hostil atacándoles sin piedad. Lo que unas semanas antes no eran más que unos incidentes aislados en una remota aldea del Sinaí, ahora era un incendio que arrasaba todo el país. Gunnard, en lugar de asumir su error de cálculo, estaba encantado con la situación. Le enviaba mensajes cifrados a su mentor, el cardenal Brandolini, en los que le decía que el demonio estaba herido y por eso intensificaba sus ataques, pero que con la fuerza de la cruz lograría someterlo.

El coronel Nasser, ajeno por completo a la causa de los disturbios, solo estaba preocupado por mantener el orden y la disciplina en el país. No le preocupaban tanto los enemigos externos como los internos, pues bien sabía que si alguien le movía la silla sería desde dentro del país e incluso desde el interior de su círculo más cercano. La ocasión era perfecta para dar un nuevo golpe a sus tradicionales enemigos, los Hermanos Musulmanes, a los que consideraba el auténtico peligro para su supervivencia. Amplias capas del pueblo, temerosas ante las, cada vez más frecuentes, noticias de asesinatos de imanes y religiosos, se solidarizaban con estos, generando una corriente de empatía y apoyo que, a la larga, terminaría por fortalecerlos. Esa fue la auténtica razón por la que Nasser decidió intervenir y cortar de raíz los desórdenes. Decretó la protección de todos los templos de Egipto con independencia de su creencia religiosa y amenazó con instaurar el estado de sitio si continuaban los disturbios. Para ello tuvo que detraer tropas dedicadas a la defensa de la integridad territorial del país, por lo que algunos flancos de batalla quedaron desasistidos. Se vio obligado a movilizar reservistas y a reclutar a cualquier varón entre los quince y los sesenta años. Con ellos formó un patético ejército de niños y abuelos sin apenas formación militar que, en ocasiones, no hacían más que estorbar a las tropas profesionales.

La estrategia dio resultados y cesaron las reyertas. Las emisoras de radio lanzaban mensajes patrióticos y pinchaban música militar, mientras los egipcios se defendían de las agresiones de la metrópolis imperialista, como se encargaban de repetir sin cesar los locutores a sueldo del gobierno. Boletines de noticias censurados que exacerbaban los éxitos del líder se alternaban con novelas románticas y canciones de amor que mantenían a los oyentes enganchados a las ondas, intentando que la vida transcurriera con toda la normalidad posible, y en la que las únicas preocupaciones fueran las habituales de llegar a fin de mes o casar bien a los hijos para aumentar la familia.

Pronto llegaría el Ramadán, y en las calles comenzaban los preparativos para la gran fiesta que se desataría a la caída del sol, instalando mesas al aire libre donde se comería y se festejaría hasta el alba, a la luz de los *fanús* elaborados por los niños y sus abuelos, entre aromas de especias y refrescos de frutas y pasteles de pistacho y almendras con clavo y canela. Y, entre tanto, el padre Gunnard, agazapado en su escondite, estudiaba cuál debía ser su próxima víctima, el siguiente en su lista de exorcismos. Llevaba días sin noticias del padre Arno lo cual, en lugar de inquietarle, le facilitaba el trabajo, pues bastante complicado es enfrentarse al diablo con chilaba como para tener que ocuparse también de otro con sotana. Ya iba siendo hora de asestar el golpe definitivo antes de regresar a casa. Por eso le vino bien la intervención del gobierno calmando los disturbios, porque así todo el mundo estaría más confiado y no se esperarían su hachazo final tras el cual, ya nada volvería a ser lo mismo. Gunnard había decidido practicarle uno de sus exorcismos al gran muftí de El Cairo, la máxima autoridad del islam en todo el orbe, el elegido del profeta, la cabeza visible del universo musulmán.

70

Arno viajaba engrilletado en el asiento trasero de un lujoso todoterreno de importación. A pesar de lo delicado de su situación estaba contento porque al menos, en esta ocasión, no lo habían sedado. En el asiento del copiloto iba Alexandra, al lado de Jezabel que era quien conducía el coche. Atrás, escoltándole a ambos lados, llevaba al viejo Támesis y al joven Clyde, con su piel pálida y su pelo rojizo, el mismo que había estado a punto de volarle la tapa de los sesos. «Me llevan emparedado como un fiambre», pensó Arno con humor negro, y se lamentó de estar amordazado y no poder decir el juego de palabras en voz alta, porque estaba seguro de que Alexandra apreciaría su sentido del humor aún en semejante trance.

El viaje, tedioso, transcurrió en silencio. De vez en cuando Jezabel conectaba la radio y buscaba en el dial alguna emisora que ofreciera música árabe, pero en cuanto encontraba una y el cantante de turno repetía interminablemente el mismo estribillo, Alexandra le ordenaba que la apagara de inmediato. El camino era pedregoso, valles entre pequeñas colinas con zonas de arena y la misma sensación de desolación por todas partes. El calor apretaba con fuerza, y el sol arrancaba destellos de luz al reflejarse en la carrocería ardiente del vehículo. La postrera y desesperada confesión revelando que poseía la llave le había salvado la vida momentáneamente. Y aunque no había jugado de farol, esa era la única carta que tenía, pues no sabía ni a qué correspondía la llave ni qué misteriosa caja o puerta abriría.

En un momento del camino, entre los largos minutos de letargo y silencio, Arno escuchó a Clyde decir «Jawal Musa». Al parecer ese era el lugar al que se dirigían. El agente conocía la historia del lugar. Se trataba de uno de esos territorios míticos mencionados en el antiguo testamento que había tenido ocasión de estudiar durante sus años en el seminario y, posteriormente, en la universidad pontificia. Jawal Musa era el nombre que los beduinos daban a la zarza ardiente donde Dios se apareció a Moisés para entregarle las tablas de la ley. Un lugar aislado, situado al sur de la península del Sinaí, como si estuviera enclavado en la punta de esa flecha de tierra triangular. Desierto y piedras por doquier y la vida que, en lugar tan hostil, se desarrollaba escondida entre los cuatro matorrales que surgían de la nada como por arte de magia. Situado en la falda de una montaña grandiosa que alcanzaba los dos mil seiscientos metros de altura, alrededor de una zarza incandescente de la que surgieron las religiones del libro, el emperador Constantino había ordenado construir un monasterio amurallado de una belleza sin igual. En su interior, además de la sagrada zarza, se custodiaba una de las mejores bibliotecas de cuantas hubo en el mundo durante muchos siglos. Bajo la aparente austeridad de sus muros se encontraban joyas de un valor incalculable, tablas y esculturas bizantinas, retablos medievales, cálices de oro macizo y piedras preciosas. Una comunidad de monjes grecolatinos, descendientes de los primeros custodios del lugar, regentaban el monasterio que, desde el siglo VI, estaba dedicado a la figura de Santa Catalina de Alejandría, mártir cristiana de quien la tradición contaba que, tras ser torturada hasta la muerte, unos ángeles trasladaron sus restos hasta el monte Sinaí.

Atardecía cuando el vehículo en el que viajaban los ingleses con su prisionero llegó a las puertas del monasterio. Unos beduinos *jebeliya*, descendientes de los primeros soldados enviados desde Roma para defender el recinto, salieron a su paso. Ellos eran los únicos que gozaban del privilegio de ser los guardianes del lugar. Escoltaron a los recién llegados hasta las puertas de madera maciza que daban acceso a la fortaleza. Uno de los monjes, vestido con una larga túnica negra, una barba blanca aún más larga y un enorme crucifijo de plata al cuello, los recibió y los invitó a pasar. Les dio la bienvenida y los acomodó en sus habitaciones, tan austeras y modestas como cabe esperar de un lugar de recogimiento. Les anunció que el padre prior los recibiría a la hora de la cena y que, mientras tanto, podían refrescarse y descansar del largo viaje. A Arno le sorprendió que el monje no prestara ninguna atención al hecho de que él estuviera maniatado y amordazado. A sus ojos parecía invisible. Lo bajaron a un sótano que quedaba oculto tras un retablo de gran tamaño y lo encerraron en una celda oscura y mugrienta. Allí lo desataron y le quitaron la mordaza, pero a cambio lo encadenaron a una argolla anclada a la pared. Gritar y pedir auxilio era inútil, pues el sótano estaba demasiado profundo como para que alguien pudiera oírle y, además, era evidente que los monjes estaban conchabados con sus captores. Necesitaba reunir todas las fuerzas posibles para enfrentarse a lo que le depararan las próximas horas, así que decidió acostarse en el jergón de paja que hacía las veces de incómodo camastro y tratar de ordenar sus ideas y cargarse de energía. Mientras tuviera la llave su vida estaba a salvo. Una vez entregada, para lo cual no faltaba mucho, su vida dependería de Alexandra y, por mucho que le costara asimilarlo, ya no le quedaba ninguna duda de que aquella mujer le guardaba tanto rencor que no tendría ningún inconveniente en eliminarlo si su presencia suponía una amenaza para sus intereses.

En el refectorio del monasterio el patriarca de la comunidad presidía la gran mesa en la que se sentaban los monjes que habitaban el monasterio, y que el refitolero del convento había preparado con esmero. Tras bendecir los alimentos, los comensales comenzaron su colación en silencio mientras escuchaban la lectura de las sagradas escrituras que uno de sus hermanos pronunciaba desde un púlpito situado al fondo de la sala. Junto al prior, ocupando sus asientos como invitados de honor, se sentaban Alexandra, Támesis y Clyde. Jezabel había preferido quedarse fuera de los muros con los beduinos *jebeliyas* que custodiaban el templo, con los que estaba emparentada. Ella había nacido en esas tierras y, aunque de niña emigró a la capital y terminó siendo captada por los servicios de inteligencia británicos para que trabajara a sus órdenes, nunca había perdido sus raíces. A ella le debían el trato hospitalario que les otorgaban los monjes.

Acabada la cena, mientras los religiosos volvían a sus quehaceres y Támesis y el pelirrojo Clyde salían al patio exterior a fumar un cigarrillo, el abad invitó a Alexandra a una copita de licor en la tranquilidad de su despacho.

—Lo hacemos nosotros mismos aquí, con moras y bayas de los arbustos —dijo mientras servía las copas.

Alexandra probó un trago. No le gustó, por mucho que viniera de una zarza bíblica. «Demasiado tosco, demasiado alcohol sin refinar», pensó, pero no le dijo nada al prior. Era evidente que se conocían desde hacía tiempo, había una complicidad entre ellos que no era fingida. No era la primera vez que colaboraban en un asunto turbio. En cuanto conoció la historia del monasterio, Alexandra supo que era el lugar ideal para esconder un secreto. Desde entonces no había dejado de trabajarse la simpatía de los monjes que, aunque técnicamente eran autosuficientes con lo que ellos mismos cultivaban y producían intramuros de la fortaleza, no desdeñaban cualquier dinero que les llegara desde fuera, especialmente si, como era el caso, se trataba de cantidades sustanciosas. Y ahí era donde la agente del MI6 había encontrado la grieta por la que penetrar. Santa Catalina era lo más parecido a un Estado independiente dentro de otro, un país autónomo al que todos respetaban por ser un lugar sagrado para cualquier creyente de cualquier credo monoteísta. Un espacio que nació judío, luego se hizo cristiano y hasta acabó cobijando al mismísimo profeta Mahoma en una de sus huidas de los enemigos que le acechaban. Tanta concentración de divinidades en un espacio tan pequeño había hecho que la impresionante fortaleza amurallada a los pies del Monte Sinaí contara con veinticuatro iglesias y capillas de todo tipo, católicas, ortodoxas, bizantinas, y hasta con una mezquita milenaria de origen fatimí. Los *jebeliya*, los beduinos del desierto guardianes del santo lugar, carecían de nacionalidad, por lo que no obtenían ninguno de los beneficios inherentes a ser ciudadanos egipcios, pero a cambio tampoco estaban atados a ninguno de sus deberes tales como el pago de impuestos o la prestación del servicio militar obligatorio. Dentro de la comunidad la máxima autoridad era el prior, dueño y señor de cuanto ocurriera en el interior del complejo sagrado.

Alexandra cumplió con las reglas de cortesía y bebió el amargo licor hasta vaciar la copa.

—El prisionero que hemos traído, el hombre que está encadenado en las mazmorras —comenzó diciendo, pero el abad la interrumpió.

—No es asunto mío, no tengo interés en saber quién es o lo que ha hecho, pero no me gustaría tenerlo en custodia demasiado tiempo. Alguien terminará por echarlo de menos y empezará a hacer preguntas, e irá tirando del hilo hasta llegar aquí.

—No se preocupe —replicó Alexandra—, será solo por esta noche. Si todo va bien mañana ya no debería suponer molestia alguna.

El monje asintió mientras se mesaba la larga y poblada barba blanca que le hacía darse un aire al mago Merlín de las leyendas artúricas.

—¿Sigue todo...?

—Absolutamente. Donde usted lo dejó —contestó el prior. Alexandra relajó entonces la tensión de su rostro.

—El hombre que hemos traído, el prisionero, él tiene la llave. —El monje asintió.

—Muy bien, pues supongo que esto pone fin a nuestra colaboración.

—Espero que podamos seguir haciéndolo en el futuro —respondió Alexandra.

—No veo por qué no. Nuestra relación ha sido muy fructífera para ambas partes, ¿no le parece?

—Quiero que sepa que mis jefes en Londres están muy agradecidos. —El prior tensó el gesto.

—Esto debe quedar entre nosotros, yo preferiría que mi superior en Jerusalén no tuviera conocimiento de nuestros acuerdos. Por aquello de mantener la confidencialidad, usted ya me entiende, los secretos entre varias personas acaban convirtiéndose en noticia de primera plana en los diarios.

—Lo comprendo perfectamente. No tiene de qué preocuparse, a nosotros tampoco nos interesa que nuestro Parlamento se entere de determinados detalles. Creo que podemos confiar el uno en el otro, señor abad.

Rubricaron su pacto con un apretón de manos y otro vasito del infame licor, y acordaron verse a medianoche cuando todo el convento estuviera dormido, para abrir la caja custodiada por los monjes. Aún les quedaban un par de horas para descansar, pero Alexandra estaba demasiado alterada como para acostarse un rato, por lo que prefirió salir al patio y dejar que la suave brisa de la noche le acariciara la piel, llevándola a recuerdos más felices que no terminaban de cicatrizar.

71

Tenía que decírselo. Tarde o temprano acabaría por enterarse y su enfado sería mayor cada día que pasara. Sabía que le faltaba valor, así que antes de enfrentarse a su tío para darle la noticia se sirvió un buen trago de *arak* para infundirse coraje. Nada más terminar la copa se arrepintió. El aliento le delataba, y Malek, a pesar de traficar con cualquier cosa que le dejara beneficios, era un musulmán de sorprendentes sólidos principios. Solo le faltaba enojarlo aún más con su actitud de infiel. Pero ya era tarde para pensar en eso, porque el viejo le había visto y le estaba llamando desde su mesa en el reservado del Camelot. Salmán trató de hablarle desde una distancia prudencial. El viejo estaba ocupado con los libros de cuentas y apenas le prestó atención.

—¿Qué querías decirme?

Salmán tragó saliva. «Vamos allá», pensó.

—Se trata de la llave.

—¿Qué le pasa a la llave?

—Que ya no está.

Malek levantó la vista de los libros y lo fulminó con una mirada que ni siquiera los cristales ahumados de sus gafas podían suavizar.

—¿Cómo que ya no está?

Salmán volvió a tragar saliva. La oratoria nunca había sido uno de sus puntos fuertes, pero las cosas ahora eran aún peores, porque balbuceaba sin cesar y le costaba hilar dos palabras seguidas.

—La lápida... el taller... el libro... y la llave que no... el hueco vacío.

El viejo dio un puñetazo sobre la mesa que hizo saltar por los aires el lapicero con el que estaba realizando apuntes contables. También derramó el vaso de té, algo que ya empezaba a ser habitual cuando le daba uno de sus ataques de ira.

—¿Pero tú sabes el valor de lo que guarda esa llave? Eres un maldito inútil, me vas a hacer perder una fortuna.

El matón agachaba la cabeza aguantando el chaparrón, con la esperanza de que algún día escamparía.

—¿Quién se la ha llevado?

—No lo sé, tío. Fui al taller de Ezequiel y la llave no estaba donde le pedimos al cantero que la dejara. El libro estaba abierto y la llave había desaparecido.

Poco a poco la ira del viejo fue transformándose en resignación.

—Hay que encontrarla. Esa llave vale una fortuna, pero si la consiguen los ingleses ya no vale nada. ¿Lo entiendes? Búscala y no vuelvas a presentarte ante mí hasta que la consigas.

Salmán se fue como un perrillo fiel al que su dueño hubiera apaleado injustamente. Ni siquiera sabía por dónde empezar a buscar. Se sentó en su taburete habitual, en el extremo de la barra, y se tomó otro *arak* cuidando de que su tío no lo viera. El muchacho parecía hundido. La bestia implacable resultaba tener corazón.

Ajenos a cuanto ocurría en la capital, en la aldea de Al-Junum los trabajadores contratados por las empresas británicas que controlaban el yacimiento comenzaban las labores de extracción del crudo. El plan inicial consistía en distribuirlo utilizando para ello las facilidades que les brindaba el canal de Suez. Pero ahora, con la expropiación llevada a cabo por Nasser y la consiguiente pérdida del control del tráfico por los ingleses, todo se complicaba exponencialmente, pues sacar el petróleo de allí iba a resultar más complejo y, sobre todo, más caro. La opción más aconsejable era construir un oleoducto, pero con la guerra declarada y las relaciones políticas rotas, eso iba ahora a resultar imposible.

Antes de irse, Alexandra había dado instrucciones muy precisas al capataz. Debían continuar su trabajo con normalidad, como si nada de lo que ocurriese a su alrededor debiera preocuparles, pues de mantener su seguridad ya se encargaría el MI6. Lo que ocurría, sin embargo, era que la guerra estaba perdida aunque militarmente ganaran todas las batallas. El gobierno británico, tras la dimisión forzada de Eden, estaba sumido en una profunda crisis y a punto de implosionar. Sir Stewart Menzies, jefe de la inteligencia británica, no podía respaldar por mucho más tiempo la operación diseñada por Alexandra. Lo que ocurría, en definitiva, es que de seguir así las cosas el castillo de naipes se les vendría abajo y pronto habría que dar el toque de retreta y gritar sálvese quien pueda. Todo eso estaba a punto de suceder, Alexandra era muy consciente, y lo último que faltaba era que un cura inoportuno, al que ella no sabía si odiaba más de lo que lo amaba o viceversa, viniera a destapar todo el pastel. Y no iba a permitir que esta vez fuera el *pater* el que pusiera el amén a la misa.

72

Arno calibró sus opciones de fuga y vio que no tenía ninguna posibilidad. Lo más sensato era esperar a que la misteriosa llave abriera lo que tuviera que abrir y confiar después, una vez que Alexandra y los suyos hubieran obtenido lo que buscaban, en que le dejarían marcharse. Poco antes de la medianoche escuchó pasos acercándose a la celda, preludio de ruido de cerrojos y chirriar de bisagras de hierro al abrirse la cancela. En el umbral, como si fueran los cuatro jinetes del apocalipsis, aparecieron el prior del monasterio junto a Támesis, Alejandra y el joven agente Clyde. Con ellos iba de comparsa el monje carcelero que le había puesto los grilletes.

—Ven con nosotros —dijo ella—, vamos a ver si es cierto que tienes la llave o si nos has engañado.

Lo soltaron de la argolla que lo mantenía encadenado al muro y se lo llevaron con ellos. Cruzaron pasillos que formaban laberintos, subieron unas escaleras de piedras gastadas y salieron al patio. El silencio de la noche del desierto los envolvía por completo. Hacía frío, y el aire limpísimo dejaba sobre sus cabezas un cielo despejado en el que miles de estrellas, como diminutas libélulas cósmicas, punteaban el firmamento decorando una bóveda celeste de una belleza sin igual.

—Parece el manto de la virgen en la anunciación de Fra Angélico —susurró Arno, que trataba de distraer sus pensamientos ante la inminencia de lo que habría de ocurrir.

Al otro lado del gran patio había un edificio de aspecto humilde. Entraron en él y subieron al primer piso. El abad encendió un interruptor y ante ellos apareció uno de los más grandes y desconocidos tesoros de la cultura universal. Estanterías infinitas de madera vieja albergaban una impresionante colección de libros, códices y legajos de todo tipo. Decenas de incunables, manuscritos redactados en las lenguas más extrañas de la creación, muchas de ellas ya muertas. Eso era algo que siempre le producía al agente una cierta tristeza melancólica, que consideraba a cualquier idioma como un patrimonio de valor incalculable, un ser vivo y cambiante, al que había que cuidar y proteger, y cuya muerte era una bombilla más que se fundía en la casa común de la humanidad. Arno había oído hablar muchas veces de aquella mítica biblioteca escondida a los pies de una montaña protegida por un desierto. Se decía de ella que era la más importante de cuantas existían en el planeta junto a la biblioteca vaticana, e incluso había algunos que le negaban tal privilegio a la biblioteca papal en favor de la del monasterio de Santa Catalina. En ella había documentos milenarios que databan de los orígenes mismos del cristianismo. Era un milagro que tantas obras maestras de la antigüedad, tratados de filosofía, teología, matemáticas y hasta heráldica, se hubieran conservado a lo largo de tantos años, tantas guerras, tantos incendios, tantos diluvios y tanta destrucción. Y sin embargo, mágicamente, allí estaban, esperando a una nueva generación de lectores y estudiosos para compartir su sabiduría.

Cruzaron la sala central, poblada de vitrinas cuya temperatura y grado de humedad estaban regulados, y se dirigieron a un ala adyacente en la que había un pequeño despacho. Y allí, protegida tras una falsa pared, escondida entre las baldas de un estante en el que había una colección de botánica, se encontraba una gran urna acorazada de aspecto extraño con una pequeña cerradura como único modo de apertura. El monje carcelero apartó los libros con cuidado y dejó a la vista el curioso artefacto. Alexandra, Támesis, Clyde y el prior parecían ahora hipnotizados mirando la caja. Fue ella la que rompió el silencio.

—La llave, Támesis.

Este sacó de su bolsillo la llave que les había entregado Arno y la metió en el ojo de la cerradura. Silencio monacal, todos pendientes del giro del cerrojo, expectantes ante si cedería ofreciéndoles el secreto que guardaba. De pronto Alexandra tuvo una premonición, la extraña sensación de que algo ocurría a sus espaldas. Tan concentrados estaban aguardando el desenlace, que se habían olvidado por completo de todo lo demás. Miró hacia atrás y exclamó:

—Será hijo de puta. —Arno había desaparecido.

Justo en ese momento Támesis exclamaba:

—Jefa, nos ha engañado. Esta no es la llave.

Aprovechando el descuido, el agente secreto del Vaticano había dado unos cautelosos y silenciosos pasos hacia atrás hasta abandonar la sala sin causar el menor ruido. Una vez fuera del edificio no le había resultado difícil esconderse dentro de la fortaleza. De todos modos su situación no era nada favorable. Seguía llevando las manos atadas, y escapar de los altos muros del monasterio no le iba a resultar una tarea fácil, que si el recinto se había construido para que fuera inexpugnable y resultara casi imposible entrar en él, más complicado aún sería salir de allí sin permiso. Y, por si todo ello no fuera suficiente, lo único que esperaba al fugitivo al escapar del convento era desierto y montañas en centenares de kilómetros a la redonda, y un reducido pero eficacísimo ejército de beduinos guardianes del santo lugar y extraordinarios conocedores del terreno, dispuestos a darle cacería.

Por fortuna para él la soledad de la noche le hizo de cómplice. Los monjes dormían, y el único ruido que se oía era el del estridular de los grillos y las chicharras entre los arbustos. Buscando una salida se encontró con el refectorio. Al fondo estaban las cocinas y la despensa. Tomó un cuchillo y cortó las ligaduras que le ataban las manos y que comenzaban a hacerle heridas en las muñecas. Bebió agua fresca, tratando de hidratarse y, con las ideas más claras y el cuerpo más sereno, buscó la salida. En una de las esquinas de la cocina había una puerta que daba a un cuarto donde se almacenaban las basuras. Tras una trampilla un agujero daba paso a un tobogán por el que se lanzaban las bolsas con los desperdicios hasta un depósito situado extramuros del monasterio. Esa era la rendija que necesitaba Arno para escapar. Abrió la trampilla y se lanzó tobogán abajo, esperando que en el depósito hubiera suficiente basura como para amortiguar su caída. Tuvo suerte, y el aterrizaje fue más sencillo de lo que esperaba. Lo que no pudo evitar fue la desagradable sensación de revolcarse entre la mierda de restos de alimentos putrefactos. Pero estaba fuera, y eso era lo único importante, mientras a sus espaldas comenzaban ya a escucharse los inconfundibles sonidos del zafarrancho en mitad de la noche, órdenes a voz en grito, como si por hablar más alto fueran más efectivas, «aquí no duerme nadie hasta que no encontremos al fugitivo», exclamaba el prior siguiendo instrucciones de Alexandra, que no dejaba de maldecirse por su error al descuidar la vigilancia del cura. Era un fallo imperdonable, a esas alturas de su relación debería tener muy claro que el agente secreto era muy bueno haciendo su trabajo. Al fin y al cabo había conseguido engañarla cuando se conocieron en Nueva Delhi, precisamente a ella, que era una mujer a la que no era fácil confundir. Mientras estaba concentrada en estos pensamientos escuchó la voz de Támesis a su lado.

—Tranquila, jefa, no escapará. Lo encontraremos.

Pero el comentario, lejos de tranquilizarla, le arrancó una mueca de escepticismo. Quien pensara así estaba claro que no conocía a Arno.

73

En cuanto se vio reflejado en el espejo descartó la idea. Por mucho que se disfrazara nunca podría pasar por un árabe musulmán. La peluca y la barba postiza podían ocultar sus cabellos rubios, pero el azul líquido de sus ojos y la piel blanquecina delataban su procedencia. Así no conseguiría engañar a nadie, el plan resultaba ridículo. Así que el padre Gunnard olvidó su plan inicial de colarse en la gran mezquita haciéndose pasar por un fiel seguidor del profeta para poder llegar hasta el gran muftí. Lo mejor era ampararse en la complicidad de la noche, cuando todos los gatos son pardos, y colarse en el dormitorio del máximo mandatario del mundo islámico. Disciplinado y meticuloso como era, preparó el asalto sin perder de vista ningún detalle. Había seguido a su víctima y conocía sus horarios y sus rutinas. Había estudiado los planos de su residencia y sabía cómo acceder hasta su lugar de reposo. El muftí gustaba de proteger su intimidad y mantener la soledad de su refugio, un cuarto escasamente iluminado en el que podía meditar sin la preocupación de ser molestado a cada rato. Y eso era, precisamente, lo que necesitaba el padre Gunnard para poder trabajar con comodidad y efectuarle uno de sus particulares exorcismos, solo que este presagiaba ser más largo y complicado de lo habitual, pues no en vano debía enfrentarse con aquél a quien consideraba el mayor de todos los demonios.

Pasaba de la medianoche cuando el exorcista, armado con sus utensilios de faena en un maletín de cuero, llegaba a las puertas de la residencia del líder musulmán. Todo parecía en calma, una suave brisa se encargaba de refrescar el aire seco y contaminado de la gran ciudad, regalando una noche plácida y serena, ideal para conciliar el sueño y descansar tras una extenuante jornada de trabajo. Enfundado en su sotana negra, Gunnard se movía como una sombra por el interior de la residencia. No le costó forzar la puerta de servicio que daba a un pequeño callejón, y ahora, dentro ya de la gran mansión, solo era cuestión de llegar hasta el cuarto del muftí y aplicarle el cloroformo antes de que pudiera reaccionar. Una vez sedado le resultaría sencillo atarlo con fuerza a la cama y comenzar su ritual, o como prefería llamarlo él, su pelea a muerte con el maligno.

El silencio de la noche solo era interrumpido por el refrescante tintineo de las aguas de una fuente que presidía el patio de la casa, al chocar con el mármol. Gunnard pensó que esas mismas aguas le vendrían bien en su batalla, así que llenó un recipiente y la bendijo. Convertida ya en agua bendita llenó el hisopo de hierro y lo dejó junto al resto de instrumentos de los que había de valerse para el combate que se avecinaba. Con sigilo llegó hasta la puerta del dormitorio. Escuchó con atención, hasta que pudo oír la trabajosa respiración del muftí que, por momentos, se convertía en ronquidos rítmicos y acompasados que quebraban la delicada paz nocturna. Buenas noticias para Gunnard, que podría acercarse a su víctima sin miedo a ser descubierto. Con gran suavidad giró el pomo de la puerta, que cedió sin que las bisagras, por fortuna bien engrasadas, hicieran demasiado ruido. Cerró tras de sí y permaneció inmóvil unos instantes, dejando que sus ojos se habituaran a la oscuridad. Poco a poco se fueron desvelando todos los detalles de la habitación, un cuarto tan espartano que bien podría haber pasado por el de cualquier monje de una orden mendicante. Lentamente, como si toda la noche le perteneciera, se acercó a su víctima. El sueño vuelve frágil y vulnerable al más bravo. Desde la superioridad que le otorgaba la lucidez en mitad de la noche, Gunnard destapó el frasquito de cloroformo, empapó con él un pañuelo, y aplicó el sedante sobre el rostro del muftí. Al sentir el contacto con su cara abrió los ojos e intentó gritar, pero ya era tarde para presentar batalla. Y así, apenas unos segundos después, volvía a sumergirse en el negro pozo de la falta de consciencia.

Comenzó entonces el ritual del exorcista. Sobre una mesita auxiliar dispuso los objetos que había de utilizar en su labor, se revistió con los hábitos sagrados de su condición y esperó pacientemente a que el efecto de la adormidera química se hubiera disipado por completo para poder interactuar con su maligno enemigo. Un murmullo inconexo anunciaba que la víctima comenzaba a despertarse. Un par de minutos más y comenzaría a comportarse como el resto de los exorcizados por Gunnard, repitiendo un patrón que, el cura sabía por experiencia, era idéntico porque obedecía a los instintos más primarios del ser humano. Primero abriría los ojos con tal fuerza que se dirían a punto de salirse de sus órbitas. Después intentaría gritar, pero la mordaza aplicada sobre su boca con precisión de experto se lo impediría. A continuación vendrían los movimientos violentos tratando de librarse de sus ataduras, pero no conseguiría con ello más que realizar unos patéticos movimientos espasmódicos que le causarían heridas en las muñecas y los tobillos. Dominando los tiempos con la pericia de un director de orquesta, el exorcista le dejaría hacer durante unos minutos hasta que le venciera el agotamiento y la impotencia. Entraría entonces en una nueva fase en la que comenzaría a plantearse qué estaba ocurriendo, por qué estaba en ese estado de indefensión y quién era la sombra rubia que como un cuervo de cabellos dorados se apostaba a los pies de la cama con un libro de salmos en las manos. Todo transcurría tal y como Gunnard lo había preparado. El esquema se repetía con precisión, por lo que era lógico pensar que el desenlace no difiriera mucho del que habían tenido las anteriores intervenciones del exorcista. Sin embargo, en esta ocasión, el guion no se cumplió. Algo salió mal. Todo ocurrió tan rápido que el cura no tuvo tiempo siquiera de plantearse dónde había estado su error. Tampoco tuvo tiempo para encomendar su alma al Señor, o para averiguar si era cierta esa afirmación que dice que en el último segundo antes de morir, uno ve pasar toda su vida ante sí como si de una película vertiginosa se tratase. Por no tener no tuvo tiempo ni para girarse cuando oyó a su espalda cómo alguien reventaba la puerta de una patada, porque en un instante todo se transformó en oscuridad. El suyo sí que iba a ser un buen sueño, pero eterno, y sin necesidad de cloroformo o de cualquier otro sedante. Un disparo en mitad de su cabeza, que entró por el occipital y salió por la frente, fue el encargado de bajar el último telón de la vida del padre Gunnard.

74

El sargento de la policía militar a cargo del operativo estaba exultante. No solamente había conseguido evitar el asesinato del gran muftí de El Cairo, sino que además, y con un único disparo, había logrado atrapar al asesino que llevaba días atemorizando a las comunidades musulmanas de todo el país. Si esto no le suponía un ascenso sería, sencillamente, porque no existía justicia en el mundo.

Cuando los forenses terminaron de levantar el cadáver del padre Gunnard, el sargento comenzó a elaborar su informe. El dispositivo de vigilancia puesto en marcha tras decretar el gobierno la alerta ante los casos de agresiones a ulemas y dirigentes religiosos había resultado exitoso. Y, tal como era habitual entre las tropas, primero disparaban y después preguntaban. Las instrucciones emitidas desde palacio no hablaban de detener con vida a los sospechosos, sino de eliminarlos, y eso era lo que él había hecho en cuanto fue consciente de lo que iba a sucederle al gran muftí. El hecho de que disparara por la espalda y sin aviso previo era un detalle menor, que consideró mejor obviar en su relato de los hechos, para no empañar la épica de su acción. Nasser acogió con alivio la noticia. Lo último que necesitaba en plena guerra con israelíes, ingleses y franceses, era una revuelta de sus enemigos los Hermanos Musulmanes que, tal como suele ocurrir en estos casos, ante la desgracia y la adversidad generaban una oleada de empatía entre los habitantes del país.

Esperaron un par de días a que alguien reclamara el cadáver del padre Gunnard, pero nadie lo hizo. Al presidente le preocupaba que sus hombres hubieran liquidado a un extranjero perteneciente a un Estado neutral como el Vaticano. Muy discretamente, utilizando canales diplomáticos extraoficiales, averiguaron que nadie había notificado la desaparición de ninguna persona y que, aparentemente, nadie lo estaba buscando. Así que, cumpliendo con la máxima que dice que el mejor cadáver es el que no existe, las autoridades militares decidieron hacer desaparecer el cuerpo sin vida del exorcista. Y, del mismo modo que un prestidigitador consigue que los naipes se esfumen ante los estupefactos ojos del espectador, los restos del padre Gunnard se diluyeron en un mar de cal viva. Esta vez no lo salvó ni el crucifijo, ni los salmos, ni el agua bendita. El que se quemó en el infierno fue él.

Como los muertos no pueden defenderse, al exorcista Gunnard le adjudicaron los asesinatos que había cometido y alguna otra muerte con la que nada tuvo que ver. Lo importante para las autoridades era encontrar a un culpable a quien endosarle el crimen. Que fuera una decisión justa era lo de menos, pues de lo que se trataba era de que el pueblo, esa palabra tan manoseada que sirve para ocultar tras ella a las masas manipulables y a menudo violentas, viera que sus gobernantes velaban por ellos. A él le adjudicaron la muerte del cartero Ezequiel en la iglesia de los santos Sergio y Baco, sin reparar en que no tenía ninguna vinculación previa con él que justificara el asesinato, ni mucho sentido que se deshiciera de alguien sin poder eclesiástico alguno, lo que rompía la pauta del resto de sus crímenes. Simplemente se trataba de una muerte violenta que había quedado impune, a pesar de las continuas denuncias de la nunciatura exigiendo una investigación para aclarar un suceso ocurrido en uno de sus templos más relevantes, territorio por tanto sagrado.

Al ver la noticia, Salmán respiró aliviado, un problema menos que añadir a su larga lista de preocupaciones. Cuando descubrió que la llave no estaba donde le había ordenado al cartero que la ocultara, fue detrás de este a pedirle explicaciones. Lo siguió hasta la iglesia, y allí mantuvo una fuerte discusión con él. Ezequiel juraba desconocer qué había sucedido. Él había cumplido todas las instrucciones que le habían dado. Que alguien hubiera hurgado entre sus cosas, libros de poesía incluidos, y que la llave hubiese desaparecido era algo que ignoraba por completo, algo a lo que él era totalmente ajeno, hasta el punto de que esa era la primera noticia que tenía al respecto. De poco le sirvieron sus explicaciones y sus súplicas porque Salmán, cegado por la ira y pensando en los problemas que se le vendrían encima en cuanto su tío se enterase, había forzado tanto al bueno del cantero que no controló su fuerza y acabó ahogándolo en la pila bautismal. Después le tatuó una cruz cristiana en la frente con su gumía y le metió en el bolsillo un misal que encontró sobre la pila bautismal. Con ello pretendía despistar a la policía que investigaría el caso, de modo que nadie pudiera sospechar de él.

La muerte del cura calmó los ánimos del clero sunita. No volvieron a repetirse situaciones violentas, todo parecía volver a una cierta normalidad, si no fuera porque el país seguía en guerra y la pobreza continuaba siendo endémica. El sargento de la policía militar fue ascendido tal como esperaba, aunque su felicidad no duró mucho, pues con su ascenso vino aparejado un cambio de destino que lo llevó a las duras y secas tierras del sur del país, ya en territorio nubio. La vida en el desierto era tediosa, sin ninguno de los alicientes de la capital cairota. El ascenso en el escalafón llevaba implícito un miserable incremento salarial que no compensaba las nuevas condiciones de vida. Sus amigos, en cambio, le animaban. Serán solo unos años y podrás ahorrar casi todo el sueldo, le decían, pues al fin y al cabo no tenía ni dónde gastarlo. Con el tiempo empezó a considerar que lo ocurrido en casa del muftí había sido una maldición. Supersticioso y sin apenas lecturas, se obsesionó pensando que algún dios que no era el suyo le había castigado por matar a uno de sus ministros.

El presidente Nasser, en cambio, estaba muy satisfecho con el resultado de la operación. Eran numerosos los enemigos que trataban de enfrentarle con los Hermanos Musulmanes, los únicos que él consideraba que podían derrocarle. Era un héroe con suerte, poseedor de la mítica *baraka* de los más fieles seguidores del profeta, aunque él no creyera en otro enviado del altísimo que no fuese él mismo. Estaba ganando una guerra a pesar de perderla, se había deshecho de sus opositores internos, se había convertido en un gran líder panarabista y en uno de los mandatarios más influyentes del grupo de los países no alineados, se había apoderado del canal de Suez sin que la comunidad internacional le hubiera castigado por ello, había expulsado al rey terminando con una dinastía milenaria en las tierras de los faraones, y todo eso sin necesidad de un derramamiento masivo de sangre. Definitivamente era un triunfador con mucha suerte. *Baraka.*

75

Tenía que comprar tiempo. Arno sabía que cuantas más horas consiguiera permanecer escondido menos oportunidades tendrían de atraparle, pues los nervios y el desánimo no tardarían en poseer a sus perseguidores. También era crucial aprovechar las horas de oscuridad que aún quedaban hasta el amanecer, cuando sería más complicado ocultarse de los beduinos que peinarían cada palmo de un terreno que conocían a la perfección. Trató de ponerse en la piel de sus captores, valorando por dónde comenzar la persecución, y decidió hacer lo contrario de lo que se suponía más lógico. En lugar de lanzarse a la carretera confiando en encontrar a alguien que pudiera sacarle de allí, emprendió el camino de subida al monte Sinaí, una escalada para la que apenas existía un pequeño sendero que cubría unos pocos metros, más allá del cual el peregrino debía confiar en su intuición y en sus habilidades físicas para ascender hasta la cima.

Una luna bien cebada iluminaba la noche, arma de doble filo que por un lado le mostraba la ruta y por otro le dejaba expuesto a las miradas de sus perseguidores. Los primeros metros los subió el agente con mucho sigilo, tratando de que ningún canto rodado lo delatase al desprenderse montaña abajo. Lo hizo con decisión, sin mirar atrás, sabiendo que en cualquier momento un disparo por la espalda podría fulminarlo. Con cada metro que ganaba aumentaban sus esperanzas de fuga. Jadeando por el esfuerzo aprovechó un recodo del camino que lo mantenía oculto para descansar y mirar hacia el valle. La impresionante fortaleza amurallada del monasterio se veía ahora abajo, lejana y majestuosa. El silencio habitual en la montaña que contribuía a la paz del monasterio se quebraba en la noche con el ruido de las órdenes nerviosas que daba Támesis organizando la batida, y con los pasos apresurados de los *jebeliya* movilizados en plena madrugada a la llamada de los ingleses.

La cima aún estaba lejana, pero Arno había conseguido la ventaja suficiente como para mantener la distancia y ascender hasta la cumbre sin ser atrapado. Una vez arriba debería buscar la mejor opción para descender por una vertiente alejada del monasterio, donde menos posibilidades había de que lo encontraran. Las voces a su espalda le iban indicando la distancia a la que estaban sus enemigos. Le llegaba un eco cada vez más lejano, lo cual probaba que la huida estaba resultando exitosa. A medida que ascendía el camino se tornaba más complicado. El sendero inicial se había convertido en roca intransitable y, a veces, era necesario ayudarse de las manos para seguir trepando. Al agente le seguían preocupando las piedras sueltas que iba encontrando, pues el desprendimiento de una sola de ellas, por pequeña que fuera, y su caída montaña abajo, podría desencadenar una pequeña avalancha que lo delatara. Por fortuna no era mal escalador, lo que sumado a su buena forma física le estaba resultando muy útil en el reto. A pesar de ello Arno pensó que últimamente había descuidado demasiado su paso por el gimnasio, y ahora lamentaba no haberlo frecuentado más a menudo. Era un sentimiento muy humano ese de acordarse de las cosas cuando ya no tenían remedio.

A medida que ascendía, el aire se volvía más puro, fresco y cristalino. Las estrellas se multiplicaban hasta ocupar toda la bóveda celeste, formando el cielo más hermoso que jamás hubiera contemplado. Fascinado, no pudo evitar detenerse un instante a admirarlo y recuperar el resuello, tratando de reducir las pulsaciones y calmar su respiración. La belleza del firmamento lo mantuvo unos segundos absorto, hipnotizado ante el grandioso espectáculo de la naturaleza. Y nuevamente acudieron a su cabeza sus esfuerzos para conciliar la ciencia con la fe. ¿Quién había creado algo tan soberbio, mágico e infinito? Pero todo le conducía a un círculo vicioso que le llevaba a preguntarse, al final del camino, quién había creado al creador, ya fuera un Dios superior o materia o energía. No importaba el camino que eligiera, todo le llevaba al mismo callejón sin salida. A Arno siempre le había sorprendido lo seguros de su posición que se mostraban los defensores de una u otra teoría, ya fuera la del creador todopoderoso o la de los que lo fiaban todo a una explosión de vacíos perfectos. Y a pesar de que él había optado por agarrase a la fe, asumía con humildad la incapacidad del limitado cerebro humano para descifrar la verdad. Y ahora, ante la visión de la inmensidad cósmica que se mostraba desde la altura del monte Sinaí, esas dudas lejos de disiparse no habían hecho más que aumentar, potenciando esa sensación de desconcierto y desvalimiento hasta niveles que nunca antes había experimentado. Y por eso le sorprendía el hecho de que fuera precisamente allí donde habían nacido las grandes religiones monoteístas que dominaban el mundo, la forma en la que los seres humanos, conmovidos ante semejante grandeza, habían optado por el camino más fácil, el de aceptar la solución intelectual más simple y atribuir el origen del universo y de la vida a un creador omnipotente. Distraído con estos pensamientos, Arno sonrió al darse cuenta de que en esta aventura no solo iba a perder la vida si no también la fe. La buena noticia era que ya se divisaba la cima a unos pocos metros. Desde arriba tendría una panorámica completa del valle. Allí nadie podría sorprenderle y atacarle por sorpresa, y podría decidir por qué ladera de la montaña iniciaría el descenso para alejarse del lugar.

Podía escuchar los latidos de su corazón golpeando su pecho con fuerza, sintiendo la sangre en las sienes. Cuando por fin llegó arriba se dejó caer sobre una gran piedra plana. Estaba agotado por el esfuerzo. Pero la naturaleza aún le tenía preparado un nuevo regalo de deslumbrante belleza. Una delgada línea anaranjada comenzaba a despuntar por el este, allá lejos, en el horizonte. Su color se iba tornando lentamente en amarillo, al que se sumaban brochazos cárdenos, nazarenos y azulados hasta dibujar un espectacular amanecer que confirmaba que el ciclo de la vida continuaba imparable. Lástima que no pudiera disfrutar mucho tiempo del espectáculo, porque el silencio se quebró a sus espaldas con el inconfundible chasquido de un revólver al amartillar el percutor para dejarlo en posición de disparo. Se giró lentamente, con las manos arriba, que lo mismo podían significar que iba desarmado o que imploraba al cielo para que le sacara con vida del trance. Fue entonces cuando escuchó la voz serena de Alexandra que le decía:

—Hola, Arno. Te estaba esperando.

76

No dejaba de resultar paradójico que la lección que hoy estaba impartiendo a los futuros agentes de La Entidad tratara precisamente sobre las virtudes de la paciencia. Lejos de convertirse en un disciplinado seguidor de Job, el cardenal Rúspoli estaba deseando con ansiedad que terminara la clase para regresar a su despacho y leer con detenimiento el informe que Arno le había enviado y que había recibido esa misma mañana. Habían pasado cuatro semanas desde su última comunicación y desde entonces no había ni rastro de él, hasta el punto de que eran muchos los que en la sede de los servicios secretos le daban ya por muerto. El padre Gunnard también había desaparecido sin que se supiera nada de su paradero. Las autoridades egipcias, en un buen ejercicio de cinismo, afirmaban desconocer qué podía haber ocurrido. Nadie les había notificado formalmente la entrada en el país de ningún ciudadano del Vaticano, por lo que mal podían ayudar a resolver asuntos que nunca habían existido.

Cuando por fin pudo sentarse ante su escritorio, el cardenal pidió a su secretario que le sirviese un café doble, ordenó que no le pasaran ninguna llamada salvo que lo requiriese el santo padre, y comenzó a leer la crónica escrita por su agente. En un estilo telegráfico, sin dejar lugar a adornos de aspirante a novelista engolado, Arno narraba las peripecias que había vivido desde su aterrizaje en Egipto. Le contaba cómo a su llegada había sido engañado por una mujer que suplantó a su contacto sobre el terreno y resultó ser una agente al servicio del espionaje británico, infiltrada en un turbio negocio de prostitución y contrabando que delinquía a las órdenes del mejor postor. Contaba cómo había sido drogado en su viaje a la aldea de Al-Junum, y cómo el MI6 había experimentado con él haciéndole creer que lo que no existía era real, hasta el punto de enviarle coches teledirigidos por control remoto para que creyera estar volviéndose loco al no ver a nadie al volante. Habían contratado figurantes para que bailaran como si hubieran enloquecido. Habían creado pueblos de la nada, puro atrezo teatral que montaban y desmantelaban en un instante en cuanto él los abandonaba, haciendo que dónde antes había un pequeño asentamiento ahora no hubiera nada. Le habían disparado, nunca supo si solo para asustarle o para impedirle realmente llegar a su destino. Y todo ello con la intención de mantenerlo alejado de la aldea de Al-Junum e impedirle descubrir sus misterios, otra pantomima para crédulos sin educación ni cultura que aún creían en posesiones diabólicas. En su informe Arno reflejaba cómo la causa final de tanto teatro no era más que el petróleo, y cómo una guerra no prevista pero utilizada arteramente por todos los contendientes, había venido a trastocar los planes de toda la operación. También le hablaba de la compleja situación política del país, y de cómo el coronel Nasser había conseguido someter a toda la oposición interna eliminando a los disidentes, y se había convertido sorprendentemente en un líder respetado internacionalmente, si bien el agente advertía de que un movimiento radical de corte ultra islamista que pretendía imponer la ley coránica a sangre y fuego comenzaba a tomar fuerza, y el agente pronosticaba que, con el tiempo, acabaría convirtiéndose en una pesadilla para occidente.

El viejo Malek y su descerebrado sobrino Salmán, el cartero Ezequiel o el destronado rey Faruk también aparecían en su informe, junto con el misterio de una llave que guardaba inconfesables secretos del espionaje internacional y que era objeto de deseo por todos los implicados. Sin embargo Arno no mencionaba en su relato a Alexandra. A ella no le dedicaba ni una sola línea, como si borrándola de los documentos consiguiera hacerla desaparecer. Su relación con ella era algo demasiado complejo e íntimo para compartirla con nadie, ni tan siquiera con su jefe y maestro el cardenal Rúspoli. Era una parte de su vida que había decidido mantener en secreto. Ninguna referencia, por tanto, a la mujer que como agente de los servicios secretos británicos había estado engañándole y jugando con él, cuando él creía ingenuamente que las cosas eran justo al revés.

Rúspoli dejó el informe sobre la mesa, se quitó las gafas de présbita, y se restregó los cansados ojos. Su agente había conseguido alcanzar todos los objetivos de la misión: el linchamiento a los cristianos había cesado, el estallido de una guerra religiosa abierta había sido abortado, los intereses del Vaticano habían sido preservados ante dos nuevos actores emergentes, Estados Unidos y la Unión Soviética, que se consolidaban como los grandes dominadores del nuevo marco de relaciones internacionales en detrimento de las viejas potencias coloniales, abocadas a iniciar su particular travesía del desierto en el tablero geopolítico mundial. Arno había conseguido resolver el misterio de Al-Junum que, lejos de ser objeto de una maldición diabólica, no era en realidad más que una gran farsa montada por los ingleses con el apoyo de un inteligente criminal local, dueño de un cabaret, para alejar de allí a todo el mundo y permitirles tomar posesión de unas tierras aparentemente yermas y sin valor que resultaron estar encintas de gas y petróleo, aunque al aplicar su sorprendente plan no midieran las trágicas consecuencias que iban a desencadenarse.

Y sin embargo, a pesar de todo ello, había algo que no terminaba de encajar por completo y torturaba al cardenal: Arno había desaparecido. El informe indicaba que su misión había sido concluida con éxito y que, por tanto, él debería haber regresado al redil vaticano. Pero ni en su misiva, ni por medio alternativo alguno había notificado ningún problema que lo mantuviera aislado y apartado de los suyos. Esto, sumado a la desaparición del enajenado exorcista, no coadyuvaba a tranquilizar a su jefe, temeroso de que hubiese ocurrido una desgracia postrera con la que ya nadie contaba, que se hubiera cobrado la vida de su mejor agente.

Rúspoli pulsó el interfono y le pidió a su secretario que lo pusiera con su homólogo en Londres, el jefe de los servicios secretos británicos Sir Stewart Menzies. Apenas un par de minutos más tarde sonaba el teléfono.

—La línea es segura —le dijo su asistente.

Sir Stewart Menzies y Rúspoli eran dos perros viejos, veteranos en los servicios de información y contravigilancia desde los duros tiempos de la gran guerra, hombres curtidos en mil batallas que mantenían una relación cordial, pero que eran muy conscientes del primer mandamiento de su profesión: en las relaciones de los servicios secretos no existen los amigos, solo los intereses compartidos. El cardenal era un experto en manejar el lenguaje de una forma tan críptica que podía decirlo todo sin que nadie pudiera acusarlo de haber dicho palabra, un maestro en el arte de mostrar que lo sabía todo sin necesidad de revelar nada. Por eso a su interlocutor no le extrañó la forma en la que sacó el espinoso tema del canal de Suez, un asunto sin aparente incumbencia para el Vaticano pero que le sirvió para sugerir que estaba al corriente de las maniobras de los británicos para apropiarse del oro negro del Sinaí, y en esa ecuación, y aunque fuera de forma colateral, sí que quedaban dañados los intereses de la Iglesia. Su colega inglés captó el mensaje, pero a pesar de ello no iba a reconocer abiertamente lo que ambos sabían que había ocurrido. Se tantearon como dos duelistas antes de acometer una zambullida y lanzar la estocada, perros que se husmean antes de dar el siguiente paso. Finalmente fue Rúspoli el que cedió y habló primero.

—Si tus agentes hubieran tenido conocimiento de algún percance ocurrido a alguno de mis hermanos en Cristo, te quedaría muy agradecido si me lo hicieras saber.

Un largo silencio se instaló al otro lado de la línea. Por fin Sir Stewart Menzies respondió, y lo hizo con la misma cautela.

—Puedes tenerlo por seguro, mi querido Enzo, pero a cambio te pediría igualmente que hicieras lo propio conmigo si a tus oídos llegaran noticias sobre algún... ¿cómo lo has llamado? percance, eso es, algún percance ocurrido en el transcurso de esta aventura a algún súbdito de Su Majestad.

Aquello era suficiente, no había necesidad de preguntar nada más. Si la Iglesia había perdido a uno de sus agentes, lo mismo les había ocurrido a los británicos. Y lo peor de todo era que el gobierno egipcio no parecía estar muy dispuesto a colaborar con ninguno de ellos en el esclarecimiento de los hechos. No les quedaba más remedio que esperar y confiar en que, en algún momento, sus respectivos agentes se pusieran en contacto con sus oficinas centrales, o bien, que alguien les diera razón de lo que les había sucedido. De lo contrario lo único que el cardenal Rúspoli podría hacer sería oficiar un funeral en memoria de uno de sus mejores hombres.

Los responsables de los servicios de inteligencia británico y vaticano se despidieron cordialmente. Ninguno de los dos se sentía traicionado por el otro, ni tan siquiera defraudado. Ambos conocían las reglas del juego y jugaban conforme a ellas. El desengaño era un concepto demasiado poético para incluir en la ecuación, un sentimiento completamente ajeno a la realidad de sus trabajos. El descarado y manipulador coronel egipcio, al que tanto despreciaban ambos, había terminado por ganarles la partida, demostrando que en ocasiones la alta política no obedece a unas reglas basadas necesariamente en la lógica de los hechos, sino que hay acontecimientos que pueden transformarlo todo mientras que lejos de los círculos del poder, sobre el terreno, unos peones juegan una partida bien distinta en la que les va su propia vida. Para eso estaban los servicios de inteligencia y los agentes secretos, personas hechas de una pasta especial que mantenían su propio código de lealtades, trampas y doble moral con tal de cumplir las misiones que les encargaban y a los que, llegado el caso, les importaba mucho menos la geopolítica que ajustar sus cuentas personales.

Ya iban a colgar cuando el cardenal recordó algo que aún no había conseguido averiguar.

—Una última cosa, Stewart. No se trata de nada importante, solo una pequeña curiosidad que, quizás, pueda ayudarme a responder.

Al otro lado del teléfono el jefe de la inteligencia británica se puso en guardia.

—Si está en mi mano satisfacerla, con mucho gusto lo haré, Enzo.

Rúspoli prefirió, una vez más, evitar el combate descarnado cuerpo a cuerpo y plantear su pregunta del modo más sutil.

—Verá, mi duda es la siguiente. A mí me gustan mucho los animales, sobre todo los perros. De niño tuve uno, y me gustaba observarlo. Desde entonces llevo tiempo estudiando su comportamiento. Y, ciertamente, tienen reacciones muy humanas, demuestran lealtad, alegría, miedo, ira, incluso pueden llegar a deprimirse. Sin embargo nunca he visto a un perro suicidarse.

Ese es un instinto muy humano, quizás la última frontera del libre albedrío, algo innato a las personas que no compartimos con ninguno de los otros seres de la creación. El suicidio es nuestro acto final de rebeldía contra el creador, la capacidad de decidir cuándo le ponemos fin a nuestra vida sin dejar que la naturaleza siga su curso o que se realice plenamente el plan que Dios tiene preparado para cada uno de nosotros. Por eso la Iglesia condena el suicidio, porque implica contradecir la voluntad divina, es un acto de soberbia inaceptable en nuestra concepción del mundo. Pero ¿y los perros? ¿Qué sucede con ellos? ¿Qué lleva a todos los perros de una aldea a inmolarse, uno tras otro, hasta no quedar vida alguna en el lugar? Dígame, Stewart, ¿cómo se consigue tal cosa?

Sir Stewart se mantuvo en silencio. Esa pregunta postrera era la confirmación de que los servicios secretos vaticanos habían descubierto toda la operación. Valoró la respuesta que debía dar, y llegó a la conclusión de que ya no haría ningún daño compartir ese pequeño secreto con su homólogo romano. Obviamente, eso sí, sin admitir explícitamente que el gobierno de Su Majestad estuviera implicado en conspiración alguna.

—Ultrasonidos —respondió por fin—. De todos es sabido que los perros tienen la capacidad de oír en frecuencias que los humanos no podemos captar. Imagínese, por ejemplo, que hay un puente sobre un abismo. Si los perros son llamados con un silbato que solo ellos pueden percibir, y previamente se les ha enseñado que al otro lado les espera una recompensa, no tenga dudas de que saltarán el pretil, y para cuando se den cuenta de que al otro lado no está el suelo sino un profundo despeñadero, ya será tarde para volver atrás. Durante la guerra, amigo Rúspoli, experimentamos con el poder de las ondas hertzianas y su capacidad de enviar el mensaje adecuado al cerebro el cual, previamente condicionado mediante un sencillo protocolo de estímulos y resultados, no dudará en dar la orden al resto del organismo. —Sir Stewart volvió a quedarse en silencio para, al cabo de un instante, rematar su argumento—. Pero esto, por supuesto, son solo teorías. No sé por qué me ha hecho esa pregunta, pero supongo que esta podría ser una explicación plausible.

Ahora fue Rúspoli el que hizo una pausa dramática antes de dar por finalizada la conversación.

—Por nada, no lo preguntaba por nada en especial, una mera curiosidad, como le he dicho. Digamos que tengo un perro muy fiel y estoy preocupado por su seguridad.

77

El paisaje era de una belleza indescriptible. La arena fina de los suelos se alternaba con praderas verde menta de las que brotaban árboles de infinitos colores, árboles sin ramas con sus troncos retorcidos decorados con un esmalte que parecía hecho de piedras preciosas. Eran corales. Los rayos del sol se filtraban entre la maleza destacando los colores de un mundo tan hermoso, en el que el silencio aportaba la paz a un universo habitado por peces de caprichosas formas y tonalidades que parecían haber salido de la paleta de un pintor embriagado de arcoíris.

Llevaba ya un buen rato buceando, absorto en la contemplación de los paradisiacos fondos marinos, cuando se percató de que la reserva de oxígeno de su botella de buceo comenzaba a agotarse. Decidió subir a la superficie para reponer fuerzas, pero antes enterró la llave en una pequeña cavidad que era refugio de morenas y otros depredadores del mar. Cumplida su misión, aún tuvo tiempo de pescar un par de langostas que se estaban dando un atracón de camarones, marisco sobre marisco y sabor a mar, que no tardarían en acabar sobre las brasas de la parrilla de Yusuf.

Ascendió lentamente hasta regresar al sol abrasador que calentaba las aguas, sintiéndose más anfibio que humano, y nadó hasta la costa con su botín en una nasa. Al llegar a la orilla se quitó las aletas y el traje de neopreno que se había puesto para protegerse de las medusas, dejando a la vista un cuerpo bronceado y musculado que le hacía asemejarse a una estatua romana. «Paisaje hermoso el del mar Rojo», pensó Alexandra con picardía mientras contemplaba el torso de Arno frente a sí. Ella tomaba un batido de frutas recostada en una hamaca, a la sombra de un tendejón de paja que dejaba filtrar algunos rayos de sol fugaces que le causaban una infinita sensación de paz. El cura se acercó a ella, el pelo mojado, la respiración ya más calmada, llevando una langosta en cada mano como quien exhibe un trofeo.

—Traigo nuestro almuerzo —dijo sonriente, y Alexandra pensó que la sonrisa de ese hombre irradiaba más luz que el severo sol que, a esas alturas del mediodía, mostraba todo su poder.

Le dio un beso en los labios y se deshizo del agua de sus cabellos, moviendo la cabeza de un lado a otro como si fuera un perro que se seca al salir del mar. Las refrescantes gotas cayeron sobre la chica que, divertida, le amenazó.

—No se te ocurra... ¡está fría!

Arno le guiñó un ojo y caminó unos metros hasta el pequeño negocio de Yusuf, cuatro mesas a la sombra de un sicomoro en las que servía los manjares que el mar le regalaba cada día. Al verle llegar, el tabernero aplaudió al agente.

—¿Pero qué maravillas traes?

Tomó las langostas y las metió en una gran pecera de agua salada que tenía en el interior del modesto local.

—¿Cómo nos las vas a preparar? —preguntó el cura.

Yusuf le respondió mientras sacaba una cerveza helada del refrigerador y se la entregaba a su cliente y amigo.

—A la brasa, con una salsa de especias ligeramente picante.

—Umm —aprobó el agente, y no quedaba claro si se refería a los crustáceos o a la cerveza helada que estaba saboreando.

—¿Y de guarnición?

—Ensalada. Tomates, cebolla y pepino, todo de nuestro huerto.

—Estupendo. ¿Has puesto a enfriar el vino?

Yusuf, que en una semana con Arno había aprendido más de vinos que en toda su vida, asintió orgulloso.

—Sí, el blanco de Chipre que trajo usted, pero ya solo quedan tres botellas.

—Será suficiente, mañana ya nos vamos.

La noticia puso un velo de tristeza en la mirada del posadero, quizás por perder a un buen cliente o quizás, simplemente, porque realmente se había encariñado con aquella pareja joven y guapa que había encontrado refugio en su humilde negocio, una casa de comidas que alquilaba habitaciones en una idílica playa desierta de fina arena coralina a las afueras del pueblito marinero de Hurghada. «Esto es el paraíso», le había dicho Alexandra cuando llegaron. Arno, más clarividente y resignado, le contestó:

—Pues disfrútalo, porque no tardará en correrse la voz y se llenará de turistas. Y entonces edificarán horribles y disparatados edificios y bloques de apartamentos para albergar a los visitantes, y el paraíso desparecerá.

—No seas tan pesimista —dijo ella—, ¿cómo va a llegar el turismo de masas hasta aquí?

Pero el agente sabía de lo que hablaba, empezaba a ver señales muy inquietantes en lugares que él consideraba mágicos, y estaba convencido de que el tiempo y una noción equivocada del progreso jugaban en su contra.

—El planeta es un juguete demasiado bello y frágil como para dejarlo en las torpes, brutas y ambiciosas manos de los seres humanos —reflexionó con tristeza.

Al ver su gesto, Alexandra lo acarició con ternura.

—Creo que exageras un poco, querido.

Él se encogió de hombros en un gesto de resignación y se dejó besar, y entonces todos los nubarrones desaparecieron de su mente y la vida volvía a ser luminosa, hermosa y feliz. Una cosa llevó a la otra y se olvidaron de que la comida ya estaba servida en su mesa habitual a la sombra del sicomoro, sobre la misma arena de la playa. Yusuf se había hartado de llamarles hasta que imaginó lo que estaba ocurriendo. Tuvo la prudencia de retirar las langostas del fuego para que no se secaran y perdieran toda la jugosidad de su carne. El vino, bien fresco, reposaba en una cubitera de hielo a la espera de su inexorable destino, que si el mar abre el apetito y la sed, la pasión de los cuerpos la desata.

Por fin aparecieron los amantes y se sentaron a la mesa. Se reían sin parar, y sus ojos bailaban como las estrellas que habían visto desde la cima del monte Sinaí. El tabernero y su mujer, que regentaban la posada, intercambiaron una mirada de envidia cargada de nostalgia. Se acercaron como dos imanes y se abrazaron. Los años no habían conseguido matar el amor.

—Anda, mujer, prepara tú la ensalada que yo voy a terminar de calentar las langostas. —Y algo parecido a una lágrima de alegría por tantos años de felicidad compartida se escapó de sus ojos.

La joven pareja, por su parte, no se soltaba las manos, mientras se decían al oído palabras empalagosas y almibaradas que, en otro contexto, resultarían ridículas. Pero también tuvieron tiempo para recordar la aventura que acababan de vivir. Rieron pensando en cómo habían conseguido engañar a todo el mundo, aparentando ser enemigos irreconciliables.

—Eres una gran actriz. Llegué a pensar que ibas a ordenar que me mataran —dijo Arno—. ¿Por qué no me contaste que trabajabas para el espionaje británico?

—Por la misma razón por la que tú tampoco me dijiste que eras un agente secreto del Vaticano —contestó ella.

Él encajó el golpe con elegancia.

—Ahora que te dedicas a este oficio ya entenderás que hay cosas que no se pueden contar. A nadie.

Alexandra asintió y le acarició la mejilla.

—Todo se complicó cuando apareciste en El Cairo. Yo no contaba con eso. La verdad es que tu llegada me puso en una situación muy delicada, no podía traicionar a los míos, pero tampoco podía permitir que nadie te hiciera daño.

Él le devolvió la caricia y la besó. Ella continuó hablando.

—Estuviste muy hábil diciendo que tenías la llave. Los engañaste a todos, pero yo sabía que ibas de farol y nos darías una llave falsa, porque nunca llegaste a encontrar la auténtica.

Arno mantuvo el gesto imperturbable, la mirada perdida en el mar donde apenas una hora antes se había deshecho de ella para siempre. Quizás, en el fondo, Alexandra aún tenía mucho que aprender del oficio.

—Yo no sabía nada de esa llave, nunca fue parte de mi misión. Ni siquiera sé qué secretos guardaba.

Alexandra suspiró profundamente, como si estuviera ya harta de todo aquello.

—Códigos nucleares, planos para elaborar armas atómicas, esas cosas. Si cayeran en manos de las personas equivocadas podrían resultar muy peligrosos, por eso teníamos órdenes de encontrarlos y llevarlos de vuelta a Londres. Pero sin la llave no había forma de abrir la caja fuerte. Malek la había robado y pretendía vendérsela a Nasser.

El agente sonrió.

—Tengo la sensación de que ese ya no va a ser un problema. No creo que nadie encuentre esa llave jamás.

El almuerzo terminó convirtiéndose en un auténtico festín, porque a las langostas recién pescadas por Arno, el posadero Yusuf añadió otros manjares que había capturado él durante la mañana, unos calamares y un par de pescados de roca típicos de la zona. Los amantes, abierto el apetito tras haberse devorado mutuamente, dieron cuenta de todo lo que sus anfitriones llevaron a su mesa. El vino fresco chipriota puso el contrapunto perfecto al banquete, con una segunda botella a la que, al principio, Alexandra era reticente y que terminó por saberles a poco. La tarde se les fue entre caricias y arrumacos, hasta para dormir una siesta a la fresca del ventilador de aspas de su habitación hubo tiempo. Un baño vespertino en las cálidas aguas del mar les devolvió la energía, y tras deshacer nuevamente la cama se vistieron sus mejores galas para contemplar la mágica puesta de sol. Bronceados, jóvenes y hermosos, parecían un par de criaturas sagradas salidas del mar, modelos de las más bellas estatuas esculpidas por los artistas de una época ancestral. Se sentaron en una roca frente al mar. La naturaleza desplegaba ante ellos una paleta de colores que competían en cromatismo con los arrecifes de coral de los fondos marinos y, despidiéndose lentamente por el horizonte, la gran esfera roja de un sol incandescente regalaba en su despedida pinceladas anaranjadas, malva, rosadas, rojas y amarillas. Alexandra y Arno se abrazaron estremecidos por la magnificencia del espectáculo que se reproducía cada tarde.

—No me canso de verlo —dijo ella.

Él, simplemente, sonrió y la besó, pero no dijo nada. Se cruzaron las miradas, y en el brillo de sus pupilas y el destello iridiscente de tonos esmeralda de los ojos de Alexandra, sintieron que les unía un vínculo mucho más poderoso que el que otorga un juez o un ministro de cualquier religión. Lo que sentían no se podía analizar a la luz de la razón. Nada nuevo bajo el sol en la historia de la humanidad, pero extraordinariamente novedoso y revolucionario en la vida del cura agente secreto. Llegaba el momento de tomar decisiones. Pero si Arno hubiese tenido más experiencia en los laberintos y menesteres del amor, sabría que de poco sirve lo que uno decida si no cuenta con la aprobación final de su pareja. Y, en ese delicado juego, son ellas las que dictan la sentencia definitiva. Así que Alexandra, intuyendo que él estaba a punto de decir alguna tontería, le puso un dedo en los labios, sellándoselos momentáneamente. Luego ladeó la cabeza y lo miró de arriba abajo con gesto travieso. Respiró hondo, le tomó la mano y, mientras lo miraba con dulzura desde el manantial cristalino de sus ojos verdes, dijo:

—Ay, Arno, mi querido Arno, ¿qué voy a hacer ahora contigo?

Madrid, Zahara de los Atunes
Verano de 2022